FILOSOFIA COMO ESCLARECIMENTO

COLEÇÃO **PRÁTICAS DOCENTES**

Bruno Guimarães
Guaracy Araújo
Olímpio Pimenta

FILOSOFIA COMO ESCLARECIMENTO

autêntica

Copyright © 2014 Os autores
Copyright © 2014 Autêntica Editora

Todos os direitos reservados pela Autêntica Editora. Nenhuma parte desta publicação poderá ser reproduzida, seja por meios mecânicos, eletrônicos, seja via cópia xerográfica, sem a autorização prévia da Editora.

Todos os esforços foram feitos no sentido de encontrar os detentores dos direitos autorais das obras que constam deste livro. Pedimos desculpas por eventuais omissões involuntárias e nos comprometemos a inserir os devidos créditos e corrigir possíveis falhas em edições subsequentes.

COORDENAÇÃO EDITORIAL DA COLEÇÃO PRÁTICAS DOCENTES
Maria Eliza Linhares Borges

CONSELHO EDITORIAL
Ana Rocha dos Santos (UFS)
Celso Favaretto (USP)
Juarez Dayrell (UFMG)
Kazumi Munakata (PUC-SP)

EDITORA RESPONSÁVEL
Rejane Dias

EDITORA ASSISTENTE
Cecília Martins

REVISÃO
Aline Sobreira

PROJETO GRÁFICO
Diogo Droschi

CAPA
Alberto Bittencourt
(Sobre imagem de *A morte de Sócrates*, de Jacques-Louis David)

DIAGRAMAÇÃO
Conrado Esteves

Dados Internacionais de Catalogação na Publicação (CIP)
(Câmara Brasileira do Livro, SP, Brasil)

Guimarães, Bruno
  Filosofia como esclarecimento / Bruno Guimarães, Guaracy Araújo, Olímpio Pimenta. -- 1. ed. -- Belo Horizonte : Autêntica Editora, 2014. -- (Coleção Práticas Docentes)

  ISBN 978-85-8217-429-6

  1. Filosofia 2. Filosofia - Estudo e ensino I. Araújo, Guaracy. II. Pimenta, Olímpio. III. Título. IV. Série.

14-10035   CDD-107

Índices para catálogo sistemático:
1. Filosofia : Estudo e ensino 107

Belo Horizonte
Rua Aimorés, 981, 8º andar . Funcionários
30140-071 . Belo Horizonte . MG
Tel.: (55 31) 3214 5700

São Paulo
Av. Paulista, 2.073, Conjunto Nacional,
Horsa I . 23º andar, Conj. 2301 . Cerqueira
César . 01311-940 . São Paulo . SP
Tel.: (55 11) 3034 4468

Televendas: 0800 283 13 22
www.grupoautentica.com.br

APRESENTAÇÃO
FILOSOFIA COMO ESCLARECIMENTO 7

CAPÍTULO 1
O ESCLARECIMENTO ANTIGO OU GREGO 11
    Observações preliminares 11
    A filosofia de Sócrates 20
    Platão e a tarefa da filosofia 28
    Sugestões de atividades 43
    Leituras recomendadas 45

CAPÍTULO 2
DO RENASCIMENTO AO ILUMINISMO 47
    Introdução 47
    Indivíduo e sociedade: as questões
    políticas do Renascimento ao século XVII 54
    As ideias iluministas, a ideia de Iluminismo 60
    A Revolução como acontecimento filosófico 70
    Adendo: ciência moderna e Iluminismo –
    aproximações e rupturas 71
    Sugestões de atividades 76
    Leituras recomendadas 78

CAPÍTULO 3
KANT E O ESCLARECIMENTO 79
    Introdução 79
    Kant e o formalismo de leis 87
    Autonomia e esclarecimento 92
    Sugestões de atividades 99
    Leituras recomendadas 103

CAPÍTULO 4
NIETZSCHE E O ILUMINISMO 105

    Elementos do contexto histórico............................105
    O pensamento de Nietzsche: programa...............106
    O pensamento de Nietzsche: desenvolvimento...110
    Nietzsche e o Iluminismo: uma relação ambígua...127
    Sugestões de atividades..136
    Leituras recomendadas..139

CAPÍTULO 5
MARX E A *DIALÉTICA DO ESCLARECIMENTO*........141

    Antecedentes: Hegel, Marx e a dialética.................141
    Marx e o Iluminismo..148
    A *Dialética do esclarecimento*
    de Adorno e Horkheimer...153
    Sugestões de filmes...172
    Sugestões de atividades..175
    Leituras recomendadas..176

CAPÍTULO 6
O ESCLARECIMENTO ENTRE FOUCAULT E HABERMAS...............................177

    Elementos do contexto histórico............................177
    Foucault e o poder...180
    Habermas e a política..186
    Entre Modernidade e Pós-Modernidade................196
    Últimas considerações..205
    Sugestões de atividades..206
    Leituras recomendadas..208

CONCLUSÃO 209
LISTA DE FIGURAS 217

APRESENTAÇÃO
FILOSOFIA COMO ESCLARECIMENTO

> *A verdadeira filosofia consiste em reaprender a ver o mundo.*
> MAURICE MERLEAU-PONTY

A filosofia não é independente das concepções que dela temos. Escolher um ponto de vista acerca da atividade filosófica não implica apenas um compromisso tomado frente aos conceitos, mas também um compromisso consigo mesmo. Não se conhece uma definição capaz de abranger os múltiplos acessos ao debate filosófico, inesgotável em seus desenvolvimentos e suas potencialidades.

Este livro foi escrito a partir de um consenso dos autores sobre esse ponto. Nosso horizonte comum é a proposta de que a atividade filosófica bem-sucedida favorece processos de esclarecimento pessoais e coletivos. Pensa-se aqui nos processos e nas situações com os quais se envolvem aqueles que se servem da racionalidade (atributo e conquista humana específica) na elaboração dos conflitos e desafios inerentes à vida, tendo como horizonte último a realização da liberdade.

Os aspectos principais da reflexão dos pensadores e das correntes filosóficas aqui examinados foram a concepção de razão e as práticas de vida efetivas propostas em cada caso. Evitamos a tentação – recorrente entre os filósofos – de buscar soluções universais para suas preocupações, o que facilmente resvala para o dogmatismo, inimigo perigoso de toda postura crítica. Associada ao conformismo e à falta de coragem, a atitude dogmática impede o mais importante: a conquista da autonomia por comunidades e indivíduos que se voltam para seu esclarecimento.

Desde o início a filosofia tem se encarregado da tarefa de esclarecer. No Capítulo 1 pretendemos mostrar a primeira manifestação dessa tendência: o esclarecimento grego, que emerge na Grécia Antiga, a partir do século VI a.C. A superação de uma forma de pensamento que se apoiava nos mitos em prol de uma visão mais racionalizada da natureza será a primeira escala dessa travessia, na qual figuras cruciais da cultura ocidental serão nossos guias. Falamos de Sócrates e Platão: eternos adversários de opiniões sem fundamento, propositores de uma vida que só vale a pena se examinada com rigor e sem vaidade.

O Capítulo 2 retraça as fontes e o desenvolvimento do esclarecimento no decorrer da Modernidade. Novas orientações nos campos da arte, do conhecimento, da religião e da política despontaram ao final da Idade Média e se consolidaram ao longo do Renascimento. Serão essas as condições históricas e filosóficas que viabilizaram o movimento intelectual que conhecemos como Iluminismo, momento central da cultura moderna e que conterá a mais explícita defesa do uso da razão como trampolim para processos de emancipação. O capítulo apresenta as posições iluministas relativas à elaboração e ao significado do conhecimento (em que terá papel decisivo o modelo de racionalidade proposto pelos cientistas modernos), bem como as propostas desses pensadores no que diz respeito à vida política e ao Estado, que desde então fornecem elementos cruciais para o desenvolvimento das democracias modernas.

Desde seu surgimento, o Iluminismo será acompanhado por constantes reflexões acerca de seu significado histórico e suas possíveis consequências. O Capítulo 3 discutirá com maior detalhe um dos maiores formuladores dessas reflexões: Immanuel Kant. O filósofo alemão formulou uma das descrições mais precisas da cultura iluminista, na qual esta é articulada ao amadurecimento de indivíduos e coletividades, bem como às necessárias liberdades sociais e políticas que permitiriam a entronização social dessa cultura.

O Capítulo 4 apresenta um dos mais surpreendentes personagens da história da filosofia: Friedrich Nietzsche. Reavaliações recentes demonstram o quanto esse filósofo assumiu e sublinhou o papel crucial da racionalidade. Alinhado a essa reavaliação, o capítulo começa remetendo as reflexões do pensador às questões de interesse público que dominavam o debate intelectual no período em que ele viveu. A partir daí, procura firmar o sentido de suas principais obras e ideias sem perder de vista o compromisso programático que existe entre elas e a afirmação da vida presente, compromisso que aproxima Nietzsche de práticas típicas do processo de esclarecimento. O saldo é a imagem de um pensador bastante próximo do leitor comum, que pode assim se beneficiar de sua companhia para a lida com os assuntos do dia a dia que envolvam a aspiração à liberdade.

Os debates sobre a cultura iluminista são intensos desde o século XVIII e jamais cessaram. Os capítulos finais deste livro pretendem expor esses debates. O Capítulo 5 discute a forma como a cultura iluminista foi recebida por pensadores como Hegel, Marx e os filósofos da Escola de Frankfurt. O tema do esclarecimento tomará aqui a forma de uma reflexão sobre a história, vista como espaço de autoconstrução da humanidade. Surgem versões diversas e contraditórias sobre o esclarecimento e o significado da racionalidade como tarefa, mas se mantém a aposta no valor e na dignidade da atitude crítica diante do mundo, da sociedade e da cultura.

O Capítulo 6 apresenta o debate entre dois filósofos que no século XX se reconheceram, de formas substancialmente diferentes, como herdeiros do Iluminismo: Michel Foucault e Jürgen Habermas. A trajetória desses autores e suas eventuais contraposições no que diz respeito às consequências da cultura iluminista para as práticas políticas, para a produção do conhecimento e para as vivências individuais formulam um quadro das polêmicas que o esclarecimento gera ainda hoje.

O livro pretende assim acompanhar as metamorfoses da razão em seu devir histórico, tendo em vista esse elenco conciso de pensadores em seus contextos de época e procurando surpreender nelas seus traços afinados com o cultivo da liberdade. Por isso a figura do Iluminismo europeu do século XVIII foi adotada menos como um referencial que como uma companhia, menos como um programa fixo que como a realização mais clara de intenções filosóficas voltadas para a libertação humana.

Porque interessados na vertente emancipatória dos processos de esclarecimento, procuramos dotar o livro de apelo prático. Em todos os capítulos diversas sugestões de atividades foram apresentadas, vinculando a discussão filosófica a situações e questões presentes no dia a dia. Não pretendemos com isso forçar uma aproximação artificial, mas sim promover o reconhecimento da dimensão filosófica no cotidiano, muito negligenciada em tempos de primazia dos valores ligados à produção e ao consumo. Essa estratégia favoreceu a superação das fronteiras disciplinares, vantajosa para o ensino e o aprendizado no ensino médio. Também por força dessa opção, restringimos ao mínimo necessário o recurso a aspectos mais especializados da recepção erudita dos autores e das obras estudados.

Nosso desejo é que os colegas e estudantes que tiverem consigo este livro encontrem nele razões para se envolverem com a filosofia como ela pede em seu próprio nome: construindo uma experiência intelectual e afetiva que pode ser considerada como verdadeira amizade.

CAPÍTULO 1

O ESCLARECIMENTO ANTIGO OU GREGO

Observações preliminares

Sobre o sentido da reflexão filosófica

Uma famosa história caracteriza o primeiro filósofo de que se tem notícia, Tales de Mileto, como um homem que, absorto em pensamentos ao contemplar o cosmos, não foi capaz de se dar conta do que estava fazendo e acabou caindo em um buraco, provocando muito riso em uma camponesa que passava pelo local.

Ao longo dos séculos essa história se consolidou como uma das mais repetidas caricaturas da filosofia, por motivos óbvios. Na medida em que a filosofia não nos oferece nenhuma utilidade imediata comparável à de outros afazeres, e como volta nossa atenção para assuntos aparentemente abstratos, ela corre o risco de passar por algo sem interesse, por não atuar de forma direta nos negócios do dia.

Esse entendimento comum, entretanto, esquece que a filosofia é de nascença uma atividade reflexiva. Não quer apenas ensinar uma determinada matéria, mas quer que sejamos conscientes do que pensamos.

Figura 1. Estátua de Sócrates na Academia de Atenas

É nesse sentido que podemos lembrar a conhecida afirmação paradoxal de Sócrates: "Só sei que nada sei". De fato, a sentença indica que Sócrates estava ciente de quão pouco conhecimento autêntico o homem é efetivamente capaz de alcançar e, ao mesmo tempo, quão pretensioso ele pode se tornar quando se mostra insensível em relação ao exame de si mesmo. Pode-se dizer que a consciência da ignorância sobre as coisas que realmente importam já é um indício de autoconsciência. Os homens são pretensiosos, aferram-se a suas orgulhosas opiniões e desprezam a verdadeira sabedoria, relativa à questão sobre como devemos viver. Daí a importância da orientação socrática: "Conheça-te a ti mesmo!".

Para que tenhamos uma melhor compreensão do caráter reflexivo originariamente presente na filosofia, devemos voltar ao momento em que ela surgiu, com Tales de Mileto e com os demais filósofos que aparecem antes do nascimento de Sócrates, os chamados filósofos pré-socráticos, no período que vai do século VI ao V a.C. Isso enfatizará que a filosofia, desde seu nascimento, é polêmica e não aceita dogmas. Como sabemos, o dogma caracteriza um tipo de certeza arraigada em pressuposições que não se desfazem nem mesmo diante da maior evidência. A aceitação dogmática revela uma falta de questionamento e uma acomodação em relação à maneira como as coisas são colocadas. Ela pode ser fruto da transmissão ancestral de uma tradição, mas também pode ser a afirmação cega de um simples preconceito. **É no sentido de combater os obscurantismos prévios e de vislumbrar a possibilidade de sermos diferentes do que somos que a filosofia se firmou como esclarecimento antigo, desde a passagem do mito ao logos.**

Narrativas míticas e discurso demonstrativo

A cultura nasce com o próprio homem, e, por mais primitiva que seja, toda cultura possui maneiras de explicar a origem das coisas. Os mitos gregos são relatos imaginativos e refinados de como os antigos entendiam o próprio mundo e de como todas as coisas surgiram, mas eles não são tão distantes das narrativas originárias

Figura 2. Capa do livro *O Saci*, de Monteiro Lobato

Figura 3. Capa do livro *Os doze trabalhos de Hércules*, de Monteiro Lobato

de outros povos. Algumas culturas indígenas da Amazônia, por exemplo, explicaram que o mundo foi criado do sopro do cachimbo de um ser sobrenatural. No Sul do Brasil, histórias indígenas como essa deram origem ao mito folclórico do saci-pererê, sobre um jovem negro travesso de uma perna só que protege as matas e que teria nascido de brotos de bambu. Em nosso país, Monteiro Lobato povoou a imaginação de muitas gerações ao registrar as histórias orais do saci, dos trabalhos de Hércules, etc., combinando nossa tradição com a dos gregos para formar a base cultural de nossas crianças. Apesar das diferenças contextuais, cumpre notar que as explicações míticas estão sempre repletas de histórias fantásticas sobre deuses e transformações de seres espirituais em fenômenos da natureza, em animais ou em homens.

Atribui-se a Homero o início da tradição literária do Ocidente. Ainda no século VIII a.C., ele foi o primeiro a reunir essas histórias ancestrais que passavam adiante através de uma transmissão oral. A *Ilíada* é baseada nos eventos que ocorreram na guerra de Troia, durante o século XII a.C., mas não é uma narração estritamente histórica. Homero nos conta, por exemplo, que a peste se abatia sobre os gregos, pois Apolo, o deus do Sol, lançava flechas de fogo sobre eles. No texto, os pobres mortais estão sujeitos à arbitrariedade caprichosa dos deuses que interferem efetivamente sobre os atos e sobre a vontade dos seres mortais. No momento em que Aquiles fica enfurecido pelo fato de Agamenon ter tomado sua bela Briseida, por exemplo, ele não consegue atacar seu rival, pois a deusa Palas Atena o segura pelos cabelos. Isso significa que o sobrenatural interrompe e altera arbitrariamente o curso natural das coisas.

Troia no cinema: naturalização do mito. No filme *Tróia*, de 2004, que tem Brad Pitt no papel de Aquiles, os elementos sobrenaturais, bem como a presença física dos deuses, foram quase inteiramente eliminados. Entretanto, mesmo tentando adaptar os mitos para torná-los mais aceitáveis à visão realista do espectador contemporâneo, o filme ainda mostra rastros dos elementos sobrenaturais. O episódio do famoso "calcanhar de Aquiles", cuja fragilidade levou o herói à morte, é assim retratado no filme: Tétis teria mergulhado seu filho no rio Estige, situado nas profundezas do Hades, para torná-lo imortal, mas teve de segurá-lo pelo calcanhar, tornando-o vulnerável nesse único ponto de seu corpo. Portanto, o apelo ao sobrenatural é elemento comum a todos os mitos. Por mais que o filme tente humanizar os relatos para dar mais dignidade aos seres mortais, tornando-os senhores de seu próprio destino, ele também não consegue transformar o que é sobrenatural no mito em um fato histórico. Não obstante, é óbvio que qualquer relato mítico reflete diferenças nas condições geográficas, históricas e sociais.

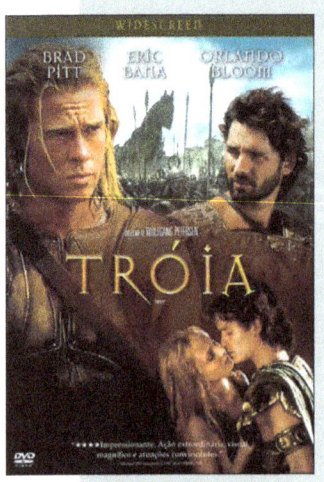

Figura 4. Capa do DVD do filme *Tróia*

Algumas condições situacionais que determinaram o surgimento da filosofia são igualmente relevantes. A invasão de tribos dóricas vindas da Ásia Central, desde o século XII a.C., já teria obrigado os habitantes gregos originários a se deslocarem e a fundarem colônias nas costas da Ásia Menor.

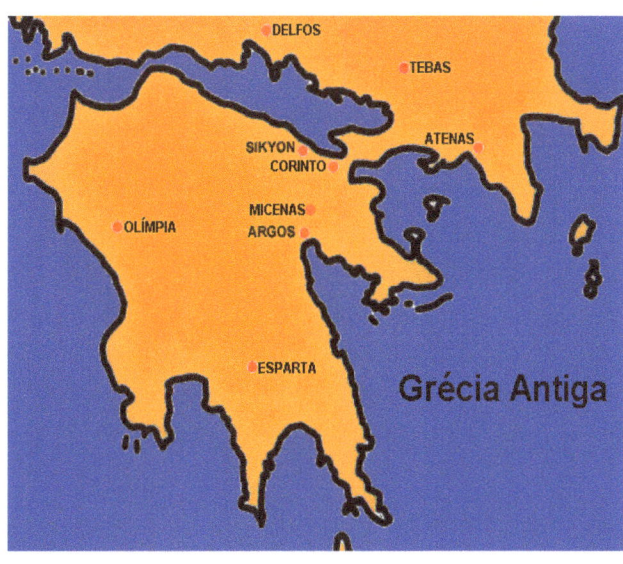

Figura 5. Mapa da Grécia Antiga

A adoção da moeda desde o século VIII a.C. beneficiou aqueles que viviam da navegação, incentivando ainda mais as trocas comerciais e culturais. A convivência com a diversidade de culturas exigia a adoção de uma linguagem mais simples, mais voltada ao dia a dia. É mais fácil manter crenças, ritos e explicações sobrenaturais se vivemos ilhados em uma região sem a convivência com outros que têm modos diferentes de pensar. A necessidade prática de trocar informações acaba por promover uma secularização da cultura e nos estimula a encontrar um diálogo comum. Surge daí também uma nova organização social, mais preocupada com a realidade concreta, que substitui as sociedades arcaicas, fundadas na monarquia divina e nas palavras sagradas de seus sacerdotes. Finalmente, o que se entende por "realidade" pode ser discutido, e a argumentação racional do logos começa a ganhar o terreno antes ocupado pela velha palavra mágica, sagrada e inquestionável dos mitos.

O que caracteriza o surgimento da filosofia, ou a passagem do mito ao logos, é a substituição de antigas explicações mitológicas sobrenaturais por investigações experimentais e especulações filosóficas que buscam explicar toda a natureza a partir da própria natureza. Em outras palavras, o fantástico e o misterioso dão lugar ao natural, e a mentalidade mítica dá lugar a uma racionalidade que teoriza. Os primeiros filósofos buscavam uma explicação causal para os fenômenos da natureza e criaram a primeira forma de física. Eles pensavam que as coisas que acontecem no mundo não eram arbitrárias, mas antes compunham uma certa regularidade do cosmos (palavra que em grego significa "ordem"). Investigando a complexidade perceptível no cosmos com um olhar causal, buscaram encontrar o princípio de todas as coisas. Afinal, o que seria o elemento primordial que sustentaria toda a realidade observada?

Figura 6. Busto de Pitágoras

Vale observar que, independentemente da variedade das respostas dadas pelos primeiros filósofos para a questão do princípio, o importante a reter é a presença do diverso, do contraditório, da possibilidade de argumentar de maneira diferente do antecessor. Mesmo porque, como mostrou Pitágoras ao nomear sua atividade com o nome de filosofia, ainda no século VI a.C., o que caracteriza o filósofo é justamente a amizade (*filia*, em grego) à sabedoria (*sophos*), seu interesse em buscar o saber, e não propriamente a posse de um saber incontestável.

Essa posição, como veremos a seguir, será reforçada com Sócrates, ao sustentar que inteligente é aquele que reconhece que não sabe. Além disso, devemos lembrar que, com as explicações que começam com esses primeiros filósofos, não temos efetivamente a ciência ainda, mas foi sem dúvida essa tradição que abriu caminho para a ciência e a atitude científica de tentar justificar as afirmações por meio de argumentos ligados à experiência comum.

> **Permanência ou movimento, ser ou devir?** Eventualmente, em uma mesma época, princípios defendidos por filósofos diferentes podiam ser até contraditórios entre si. É o caso, por exemplo, da famosa oposição entre Heráclito e Parmênides a propósito do movimento ainda no século VI a.C. Heráclito afirmava que tudo fluía, que nada se mantinha do mesmo jeito, enquanto Parmênides sustentava que as coisas só aparentemente mudavam, mas que o Ser, ou aquilo que é verdadeiramente, se manteria como sempre do mesmo modo. Qual das alternativas corresponde mais adequadamente à visão da realidade compartilhada pelos estudantes? Quais os argumentos pertinentes para a defesa de cada uma delas?

Figura 7. Parmênides em pé com um livro aberto e Heráclito ao lado, sentado, no detalhe da pintura *Escola de Atenas*, de Rafael, de 1510

A democracia ateniense

Para entendermos melhor o direcionamento original dado por Sócrates à filosofia, verdadeira revolução ética, centrada na busca da coerência consigo mesmo, cumpre ainda adiantar alguns elementos do contexto em que ele viveu.

Até o século VIII a.C. Atenas foi governada por um rei. O poder do rei passou progressivamente para a aristocracia. Abusos de poder e o uso indevido dos recursos da cidade por parte dos aristocratas levaram a maioria da população a exigir reformas políticas, em um processo que conduziu ao surgimento de um modelo político desconhecido do mundo de então e que seria conhecido por nós como democracia.

Embora fizesse parte da aristocracia, Clístenes (565-492 a.C.) foi um dos principais participantes do movimento que conduziu ao estabelecimento da democracia em Atenas, governando a cidade entre 510 e 507 a.C. Ele introduziu uma série de regras que definiriam o regime político adotado pelos atenienses. Uma dessas regras é fundamental: segundo ela, na Atenas democrática todos os cidadãos reconhecidos dispunham das mesmas condições, dos mesmos direitos e deveres, diante das leis, fossem eles pobres ou ricos. Isso é chamado de isonomia.

Outras duas regras definem o espaço de participação dos cidadãos nas decisões da Atenas democrática. A isegoria garantia o direito de todos os cidadãos a usarem da palavra nas assembleias nas quais as questões cruciais da cidade eram discutidas. A parresia, enfim, garantia a todos os que falavam nas assembleias o direito a dizer o que lhes parecesse importante, sem restrições – trata-se da liberdade de fala, do direito a usar as palavras com franqueza.

A democracia ateniense era direta (todos os cidadãos podiam, e deviam, participar das decisões), mas excluía as crianças e os jovens, as mulheres, os estrangeiros e os escravos. Ou seja, entre cinco e dez por cento da população da cidade tinha direito a uma participação plena.

> **A vida no regime democrático:** Veja o que Péricles, maior líder político ateniense, tinha a dizer sobre a democracia vigente em sua cidade. Essas passagens foram registradas pelo historiador grego Tucídides (460-396 a.C.):
>> Nossa forma de governo não se baseia nas instituições dos povos vizinhos. Não imitamos os outros. Servimos de modelo para eles.

Somos uma democracia porque a administração pública depende da maioria, e não de poucos. Nessa democracia, todos os cidadãos são iguais perante as leis para resolver os conflitos particulares. Mas, quando se trata de escolher um cidadão para a vida pública, o talento e o mérito reconhecidos em cada um dão acesso aos postos mais honrosos.

Nossa cidade institui muitos divertimentos para o povo. Temos concursos, festas e cerimônias religiosas ao longo de todo o ano. Isso tudo nos traz prazer de viver e afasta de nós a tristeza. Ao contrário de outros povos que impõem aos jovens exercícios penosos, nós educamos a juventude de maneira bem mais liberal e amena. A coragem dos atenienses é fruto da alegria de viver, e não da obrigação de cumprir ordens militares. Não nos perturbamos antecipando desgraças ainda não existentes. Porém, no momento do perigo, demonstramos tanta bravura quanto aqueles que passam a vida treinando e sofrendo.

Figura 8. Busto de Péricles

Usamos a riqueza como um instrumento para agir, e não como motivo de orgulho e ostentação. Entre nós, a pobreza não é causa de vergonha. Vergonhoso é não fazer o possível para evitá-la.

Todo cidadão tem direito de cuidar de sua vida particular e de seus negócios privados. Mas aquele que não manifestar interesse pela política, pela vida pública, é considerado um inútil.

Em resumo, digo que nossa cidade é uma escola para toda a Hélade, e cada cidadão ateniense, por suas características, mostra-se capaz de realizar as mais variadas formas de atividade (Tucídides, 2001, Livro II, capítulos 37-41).

Ver sugestões de atividades 1 e 2.

A filosofia de Sócrates

Sócrates nasceu por volta de 470 a.C. e desenvolveu um tipo de atividade filosófica bastante inusitada. Ele não se isolou dos outros homens; ao contrário, exercia sua atividade filosófica em intenso contato social na cidade de Atenas. Como aquilo que lhe interessava dizia respeito ao conhecimento das coisas humanas, a pergunta fundamental que precisava responder é: o que essencialmente é o homem? De todas as características que se pode atribuir a ele, qual seria o traço essencial que o homem possui que poderia distingui-lo de todos os outros seres? Sua resposta é: a alma racional. Tendo proposto que a essência do homem se encontra em sua alma racional, a doutrina gira em torno de dois princípios, o do *conhecimento de si mesmo*, o exame interior da alma, e o do *cuidado de si*.

O conhecimento de si mesmo

Figura 9. Ruínas de Delfos

Na verdade, o conhecimento de si mesmo era um preceito antigo que já fazia parte da religião grega. Na cidade de Delfos havia um templo dedicado a Apolo, e os gregos tinham o hábito de ir até lá prestar homenagens ao deus e consultar o oráculo que profetizava sobre o destino dos mortais. Na entrada do oráculo se encontrava uma inscrição que ensinava os homens a conhecerem a si mesmos para conhecer o cosmos e os deuses. Entretanto, a filosofia de Sócrates elevou esse preceito délfico a princípio ético. Havia em sua pedagogia um íntimo vínculo entre teoria e prática, pois ao se perguntar pela essência, Sócrates submetia a moral de seus contemporâneos a uma verdadeira revolução de valores.

A sociedade aristocrática antiga entendia que a *aretê* (excelência) de um homem descendia diretamente das qualidades inatas de seu sangue nobre. Nesse sentido, o jovem Aquiles, como precisamente caracterizado pela *Ilíada*, de Homero, tinha valores exemplares. Sua beleza, sua riqueza, sua força e sua coragem refletiam as qualidades dos bem-nascidos. A aparência predominava sobre a essência. Já Sócrates considerava que a verdadeira virtude não era inata, mas adquirida. Ela não poderia ser averiguada imediatamente, pois dependia de um trabalho de desnudamento da alma para ser contemplada. E essa atenção voltada para uma suposta dimensão *essencial interior*, contrária à valorização da *aparência exterior*, como veremos, será constitutiva da oposição *metafísica* fundamental entre *essência* e *aparência*.

Para Sócrates, os homens são melhores ou piores dependendo do *conhecimento de si*, do autoexame reflexivo, e do *cuidado de si*, isto é, de seu consequente autogoverno. É o conhecimento que torna os homens mais justos, melhores social e politicamente. Portanto, somente aquele que conhece realmente sua essência será capaz de cuidar de si para se aperfeiçoar, tornando-se melhor naquilo que por natureza deve ser.

A polêmica contra os sofistas

Para entendermos melhor o sentido dessa revolução ética, ligada à coerência consigo mesmo, cumpre levar em consideração a presença de outros personagens, centrais no contexto político em que Sócrates vivia. No século V a.C., eram muito influentes em Atenas os chamados sofistas. Sócrates muitas vezes se confrontou com eles ao problematizar o sentido da excelência.

Atenas vivia a época áurea da democracia direta. A Assembleia era aberta a todos os chamados cidadãos, e a decisão da maioria simples era soberana. O governo era, assim, feito pelo povo. Todos tinham igualmente a mesma oportunidade de discutir, apresentar propostas, votar e decidir os rumos políticos da cidade. Nessa época Atenas passou a ser visitada por estrangeiros que se apresentavam como sábios e que se tornaram conhecidos como sofistas (do grego *sophoi*, que significa "sábio"). Eles davam aula e cobravam por seus ensinamentos. Como conheciam uma diversidade de costumes e normas sociais, também ensinavam várias técnicas capazes de levar seus discípulos ao êxito social e político. Sócrates, por sua vez, considerava que a verdadeira virtude não poderia ser ensinada. Ele desconfiava de que os sofistas transmitiam apenas um saber aparente e de que seus ensinamentos não beneficiavam realmente ninguém. Para Sócrates, a virtude não consistia em um aprendizado de técnicas, mas sim no conhecimento de si mesmo. Em outras palavras, o conhecimento de si é um valor único, a única medida que pode servir para determinar o que é excelente ou não. Os sofistas seriam mestres apenas na retórica, isto é, na arte do convencimento, mas não tinham nenhum amor pela verdade. Seu saber visava, em última análise, apenas a fins lucrativos. Antifonte, por exemplo, chegaria mesmo a admitir que as leis poderiam ser infringidas quando fosse possível se beneficiar da transgressão impunemente, sem ninguém saber.

A maiêutica

Sócrates confrontava a presunção do conhecimento de seus oponentes com a exigência de que fossem capazes de justificar a razão de seu saber. Assim, voltava sua atenção à essência do conhecimento, percebendo que quase tudo o que seus concidadãos acreditavam conhecer acabava se provando incerto quando se exigia a explicitação de seus fundamentos. Foi por isso que preferiu o diálogo ao monólogo como método de conhecimento. Ele acreditava que o discurso, em vez de servir para beneficiar o mestre, deveria ser capaz de levar o discípulo a expor sua alma para poder contemplá-la e conhecer a si mesmo. O conhecimento da verdade exigiria essa autoexposição,

Figura 10. Sócrates dialogando com Alcebíades ou Alexandre, o Grande. Detalhe da pintura *A Escola de Atenas*, de Rafael

ou seja, uma espécie de desnudamento da alma para que o interessado fosse capaz de examinar a fundo suas próprias opiniões.

Devemos observar que esse método pedagógico é bastante diferente do método de estudos tradicional ao qual nos acostumamos. Em vez de pretender ser o único depositário do conhecimento e expor um conteúdo aos alunos para que eles pudessem memorizá-lo, Sócrates afirmava nada saber e acreditava que a confrontação de ideias presentes no próprio diálogo é que ensinava o indivíduo a pensar. Ao comentar seu próprio método filosófico, Sócrates o comparava ao trabalho que sua mãe, que era parteira, fazia. Ele o chamou de *maiêutica*, que significa simplesmente "parto", ou a "ação de parir". Assim como a mulher que está grávida no corpo tem necessidade do obstetra para dar à luz, o indivíduo que tem a alma grávida da verdade precisa de um obstetra espiritual. É por isso que diziam que aqueles que eram assistidos por Sócrates sentiam "dores de parto", pois estavam prestes a "dar à luz uma verdade". Entretanto, assim como não é a parteira quem coloca o fruto dentro da barriga da mãe, também não é Sócrates quem deve transmitir o conteúdo da verdade a seus discípulos. Devemos perceber que esse método de fato promove a autonomia intelectual, o que mais uma vez indica a presença de elementos constitutivos do processo do esclarecimento já na Antiguidade. O objetivo não é submeter a ignorância do discípulo ao saber de seu mestre. Não se trata de confrontar a verdade do mestre à do aluno, pois Sócrates, apesar de desejar alcançar a verdade, nunca afirmava ser o dono dela. A verdade deveria resultar do próprio dinamismo do processo pedagógico, em que, através do diálogo, o aprendiz era estimulado a expor seu próprio saber para poder contemplá-lo, avaliá-lo e aperfeiçoá-lo. Assim, poderia perceber quais opiniões estavam bem assentadas, quais não estavam e que falsas opiniões precisavam ser deixadas pelo caminho para poder avançar.

A confutação

Obviamente, nem sempre se pode contar com almas grávidas da verdade, pois nem tudo o que se diz saber corresponde a algo genuíno. Os homens são presunçosos, ignoram a própria ignorância e se agarram a suas enraizadas e orgulhosas opiniões. É justamente por isso que a maiêutica deveria ser antecedida por outro exercício preliminar, chamado de confutação. Antes de dar à luz uma verdade, a alma deveria eliminar os impedimentos internos. A confutação seria uma espécie de laxante da alma, pois assim como o corpo não pode absorver bons alimentos antes de eliminar aquilo que o está obstruindo, a alma não pode desfrutar dos conhecimentos fornecidos a ela antes de se desfazer das falsas certezas. Na prática, a confutação consistia em um processo de purificação destinado a desmascarar a ignorância que pretendia passar por saber. Mas como isso era feito? Como Sócrates afirmava uma posição de não saber, ele mesmo assumia a ignorância para se colocar na condição de quem queria aprender. Em seguida, pedia a seu interlocutor que definisse da melhor maneira possível o objeto de seu saber. Depois de ouvi-lo, Sócrates passava então a apontar as falhas, inconsistências e contradições de seu discurso e o convidava a se explicar, tentando novamente. Esse procedimento se repetia até a exaustão dos recursos de seu interlocutor, para que ele fosse capaz de reconhecer na prática sua própria ignorância.

Vamos reconstruir o procedimento através de um exemplo atual. Sabemos que Sócrates confrontou especialmente os sofistas e que esses antigos mestres do saber defendiam uma postura relativista, aliás, muito próxima do relativismo que é predominante em nosso mundo contemporâneo. Digamos que alguém propusesse a Sócrates uma tese muito defendida hoje, como aquela que afirma que "cada um tem sua própria verdade".

Diante dessa afirmação, Sócrates diria: "Bem, se você está me dizendo que cada um tem sua própria verdade, então você está me dizendo que a verdade é relativa a cada um, não é mesmo?". Ao que seu interlocutor deveria responder: "Sim, é isso que eu estou dizendo". Sócrates então possivelmente argumentaria: "Mas, se a verdade é relativa, ela não é absoluta, não é mesmo?". Ao que seu interlocutor assentiria: "Isso me parece óbvio, se é relativa, não pode ser absoluta!". Isso autorizaria Sócrates a avançar: "Bem, então, em outras palavras, você está me dizendo que não existe verdade absoluta, não é?". Ao que o interlocutor só poderia replicar: "É assim que me parece, não existe verdade absoluta".

Diante disso, Sócrates poderia concluir: "Mas, se é assim, aquilo que você defendia no começo também não é uma verdade absoluta, não é? Quando você me diz que 'não existe nenhuma verdade absoluta', é como se dissesse que não existe verdade absoluta, **com exceção** da 'verdade absoluta' pretendida pela frase 'não existe verdade absoluta'. Não há saída: ao dizer que 'cada um tem sua própria verdade', você está caindo em contradição".

Podemos perceber nessa reconstrução que o problema é que sempre pretendemos dar valor de verdade ao que dizemos, mesmo quando afirmamos a não existência de uma verdade absoluta. Sócrates de fato confrontou as ideias de um famoso sofista de sua época chamado Protágoras, que fazia algo semelhante ao afirmar que "o homem é a medida de todas as coisas". O que ele queria dizer é que é o homem que faz suas leis e seus parâmetros e que, em diferentes situações, cada um tem sua própria medida, o que faz disso, obviamente, uma afirmação relativista. O problema das afirmações relativistas de modo geral é que se digo que "tudo é relativo", já não sei se devo levar a sério ou não essa afirmação, pois ela também é relativa. A exigência que fazemos de que haja uma coerência interna no discurso não é um hábito exclusivamente filosófico. Somos confrontados com isso diariamente. Se começo a conversar com alguém que me diz coisas contraditórias, ou seja, se em um momento ele me diz alguma coisa e em seguida me diz o contrário, sinto que não devo perder tempo com essa conversa.

O pressuposto de Sócrates era simplesmente de que quem está com a razão não entra em contradição. O problema, como observamos, é que os homens se agarram a suas opiniões. Eventualmente, sua técnica pedagógica não impedia que o interlocutor aprendesse com seus próprios erros para formular respostas melhores que aquelas que haviam antes lhe ocorrido, mas nem sempre Sócrates foi bem compreendido. Na verdade, ele submetia qualquer um à mesma técnica, e os homens, como observamos, apegam-se a suas opiniões. Ele se encontrava com jovens, sofistas, tiranos e militares em lugares públicos, na praça, no mercado, e imediatamente punha em ação seu método de confutação. Com isso, ele acabou fazendo muitos inimigos. Nem todos gostavam de ver suas falhas expostas para todo mundo ver. Alguns acreditavam que Sócrates visava ao bem da cidade, outros se irritaram com ele e o acusaram de corromper a juventude e desprezar os deuses da cidade.

O julgamento de Sócrates e a "questão socrática"

Sócrates tinha uma decidida atuação política, e sua história mostra por que ficou reconhecido por sua coragem, não só como combatente na guerra, mas, sobretudo, pelo modo como mostrou estar disposto a dar a própria vida pela liberdade e pela cidadania em seu julgamento. Terminada a Guerra do Peloponeso, em 404 a.C., Atenas saiu enfraquecida politicamente com a derrota, após 27 anos de conflitos, e cedeu a um golpe da oligarquia dos Trinta Tiranos, amparada por forças militares de Esparta. Apesar da suspeita que pesava sobre ele por ter sido mestre de alguns dos tiranos que subiram ao poder, ele chegou a se manifestar publicamente contra a ditadura.

Restaurada a democracia, menos de um ano depois, sua situação não melhorou. Em 400 a.C. foi oficialmente acusado e em 399 se submeteu ao julgamento com um júri formado por 500 membros da população ateniense. Durante todo o julgamento, Sócrates manteve uma elevada independência de espírito, e em momento algum pediu clemência. Em vez disso, quando lhe foi dada a palavra para se defender, Sócrates dirigiu provocativamente as seguintes palavras aos atenienses: "Não te envergonhas de tentares adquirir o máximo de riquezas, fama e honrarias e de não te importares nem cogitares da razão, da verdade e de melhorar quanto mais a tua alma?". Repreendeu-os "por estimar menos o que vale mais e mais o que vale menos" (PLATÃO, 1980, p. 14).

Figura 11. Sócrates no último discurso a seus discípulos e amigos, antes de beber o cálice de cicuta

Ao final de seu julgamento, prevaleceu a pena de morte exigida por Meleto, um de seus acusadores, e Sócrates foi condenado a beber um veneno chamado cicuta. Ele teria direito a propor uma pena alternativa, como o pagamento de uma multa, por exemplo, mas não reconheceu sua culpa e sugeriu, ao contrário, que deveria ser honrado como um benfeitor da cidade. Apesar do constrangimento, seus juízes não viram outra saída, e uma votação apertada, com uma diferença de aproximadamente 50 votos contrários a Sócrates, decidiu seu destino. Na véspera de sua execução, seus discípulos e amigos tramaram uma fuga, mas Sócrates recusou a opção de viver exilado no ostracismo. Preferiu acatar a decisão do tribunal de sua cidade, mostrando como, apesar de sua irreverência e suas excentricidades, não lhe cabia a caracterização de mero transgressor da ordem.

Devemos observar mais uma vez a estreita relação que existe aqui entre teoria e prática. Há um sentido prático que se encaminha em direção à busca de uma autonomia para a própria vida, que talvez seja mais importante para vincularmos a filosofia de Sócrates a uma espécie de esclarecimento antigo que a mera substituição dos obscurantismos pelas explicações científicas. Afinal, essa sabedoria de Sócrates, que não pode ser ensinada, não é uma ciência sobre as coisas, como fica claro nos justamente chamados diálogos socráticos de Platão, pois o objetivo final do diálogo nunca era a solução do assunto, mas sim a própria alma do interessado.

Assim como não se considerava possuidor de um saber, Sócrates nada escreveu. As principais fontes usadas para reconstituir sua vida e seus pensamentos foram os testemunhos de seus dois discípulos, Platão e Xenofonte, bem como a caracterização jocosa que lhe deu seu contemporâneo, o poeta cômico Aristófanes. Dos três, Platão parece ter sido o único capaz de fazer render positivamente os ensinamentos de seu mestre e dar continuidade a eles através da constituição de sua própria filosofia.

Ver sugestões de atividades 3, 4 e 5.

Platão e a tarefa da filosofia

Platão nasceu em 428 a.C. e acompanhou Sócrates durante os últimos dez anos de sua vida. Os acontecimentos desse período tiveram profunda influência sobre a filosofia de Platão. A instalação de um governo tirânico, logo após a derrota na guerra contra Esparta, e a condenação de Sócrates, considerado por Platão "o mais sábio e justo dos homens", davam o tom da decadência do momento histórico-político. Sob a sombra da realidade vivida, Platão buscou durante toda a vida um conhecimento capaz de iluminar as ações na *pólis* (cidade) grega. Ele queria mostrar que a política poderia se guiar pela verdade e pela justiça. Mas, antes que isso fosse possível, fazia-se necessário corrigir a visão das falsas aparências. Portanto, a pergunta pela essência do conhecimento se tornou fundamental para sua proposta de reconstrução ideal dos costumes e da cidade.

Figura 12. Busto de Platão

O conhecimento não é redutível à sensação

O diálogo *Teeteto*, que trata exatamente da questão do conhecimento, é considerado um escrito da fase madura do pensamento da Platão. Sócrates continua a ser o personagem principal, e o diálogo também termina de modo aporético, ou seja, sem uma solução definitiva. Contudo, ele já nos dá pistas de quais seriam as qualidades exigidas por Platão à caracterização do tão desejado conhecimento verdadeiro. O diálogo se inicia quando Teeteto é apresentado a Sócrates pelo matemático Teodoro como um jovem talentoso, dotado de uma alma fecunda. Após essa conversa preliminar, Sócrates dirige a Teeteto a pergunta sobre a natureza do conhecimento.

A primeira resposta do jovem a Sócrates se mostra inadequada. Ao enumerar uma série de técnicas e artes, como a do sapateiro, que tem o conhecimento de como confeccionar sapatos, ou a do marceneiro, que lhe permite fabricar móveis, Teeteto dá uma definição meramente classificatória. Sócrates o repreende por não perceber que aquilo que realmente interessa é o conhecimento *em si, a essência do conhecimento*, e não exemplos de conhecimento. Considerando a insatisfação de Sócrates, Teeteto lhe apresenta então um problema de geometria que tentara solucionar buscando uma única operação para calcular um grande número de potências. Entretanto, Teeteto acrescenta que talvez não seja capaz de encontrar uma solução nos mesmos moldes para o problema do conhecimento. Ao lhe relatar o significado de sua arte maiêutica, Sócrates sugere que Teeteto já estaria sentindo as dores do parto. Afinal, apesar de não ter conseguido solucionar o problema inicialmente proposto, Teeteto havia desenvolvido um raciocínio capaz de levá-lo à solução.

Anteriormente, na *República*, Platão havia construído uma divisão entre conhecimento e opinião. Esse esquema indicava que a matemática era uma preparação para a ciência justamente por descobrir fórmulas gerais para coisas particulares. Uma solução matemática consegue submeter a multiplicidade a uma formulação geral. E esse tipo de operação mental é essencial para fazer avançar o conhecimento científico. É também por essa razão que, ao inaugurar a primeira escola de filosofia, em 387 a.C., Platão mandou gravar na entrada da Academia os seguintes dizeres: "Que não entre aqui quem não for geômetra". É como se estivesse prevenindo seus futuros discípulos de que não teriam nenhum sucesso na filosofia se não fossem capazes de deixar de lado suas opiniões particulares para buscar fórmulas gerais que pudessem ser aplicadas à explicação de todas as coisas.

Como matemático, Teeteto estava dando uma resposta a Sócrates que talvez o habilitasse ao conhecimento verdadeiro, em oposição à mera opinião. É por isso que Sócrates encoraja o rapaz a tentar mais uma vez. Assim, Teeteto define o conhecimento como sensação, pois, segundo ele, "quem sabe alguma coisa sente o que sabe". Entretanto, Sócrates aproxima essa nova resposta da famosa afirmação do sofista Protágoras sobre o homem-medida. Ele explica que, com sua resposta, Teeteto estaria admitindo o mesmo que Protágoras quando disse que as coisas são conforme elas parecem a cada homem. Sócrates contesta Teeteto ao mostrar como a relatividade dessa resposta seria problemática para a definição da ciência. Afinal, se homens diferentes sentem de modos diferentes, já não se pode dizer que sejam capazes de conhecer verdadeiramente a coisa em si mesma. É comum acontecer, por exemplo, de um homem sentir o vento como frio e outro não. Portanto, já não seria possível dizer como o vento é em si mesmo: se ele é frio ou não.

Duas outras teses são ainda extensamente discutidas, mas acabam igualmente refutadas. O diálogo termina sem uma solução e parece não atender à exigência platônica de encontrar uma definição final para a essência do conhecimento. Entretanto, se tomarmos a discussão realizada como um diálogo propriamente socrático, podemos dizer com segurança que o exercício foi bem-sucedido. Sócrates complexifica os argumentos de seu interlocutor para livrá-lo de suas falsas concepções e também não apresenta nenhuma resposta definitiva a respeito da questão. Auxiliado por Sócrates, Teeteto pôde ver as falhas de suas respostas e foi levado a considerar questões que antes não lhe ocorriam. Como fica claro no texto, apesar de não ter dado à luz um fruto verdadeiro, Sócrates se mostra satisfeito com seu trabalho, pois, através do acompanhamento desse seu parteiro, Teeteto pôde se livrar de suas falsas opiniões, tornando-se mais apto ao conhecimento real.

Do ponto de vista socrático, sabemos que o essencial é o conhecimento de si mesmo e que este não pode ser ensinado. Em outras palavras, caberia apenas ao jovem Teeteto dar à luz uma tal verdade. Entretanto, isso não significa que o conhecimento seja relativo, e é isso que se reflete nesse texto a partir da teoria que Platão soube extrair dos ensinamentos de seu mestre. Cada homem deve desnudar a própria alma, livrar-se dos falsos frutos e encontrar a razão. As indicações deixadas pela refutação da tese do conhecimento como sensação nos levam a reconhecer que é somente a alma racional, e não as sensações individuais, que pode conhecer verdadeiramente as coisas.

> Ver sugestões de atividades 6 e 7.

O plano metafísico[1] como instância necessária da realidade

O maior desafio teórico que Platão enfrentou foi justamente tentar conciliar a tese do movimento de Heráclito com a tese do imobilismo de Parmênides. Afinal, o que flui e está em constante movimento na vida e o que permanece? Existe algo que só muda aparentemente, mas que, no fim das contas, permanece o mesmo? O fato de ter retomado essas questões nos mostra que Platão não se contentou em estudar apenas as coisas humanas. Ele reintegrou aos ensinamentos recebidos de Sócrates a antiga ciência da natureza.

---

[1] O termo *metafísica* nos remete justamente àquela dimensão que está além da dimensão *física*. O prefixo "meta", em grego, indica o que está *por detrás*, o mundo que está *por trás do outro*, no caso, por trás deste mundo imperfeito e perecível. Quanto ao tempo, o mesmo prefixo pode indicar também o mundo que vem *depois* deste.

Podemos dizer que, se para Sócrates a essência que permanece por trás de toda aparência é a alma racional, para Platão a essência é a ideia – ou forma (*eidos*).

Figura 13. Platão segurando o diálogo *Timeu* e apontando o céu das ideias no detalhe da *Escola de Atenas*, de Rafael

No diálogo *Timeu*, Platão conta outro mito para reconstruir o nascimento do universo. Nessa história, ele sugere que a ideia de cada coisa já existia antes da coisa corpórea. O demiurgo, espécie de deus artesão, não seria exatamente um criador, mas um artista. Seu trabalho seria apenas o de contemplar formas perfeitas no céu das ideias para dar contorno à matéria caótica. Não fosse esse trabalho, o mundo material concreto existiria, mas continuaria disforme. A beleza e a ordem que contemplamos no mundo só estariam presentes nas coisas concretas graças à perfeição das formas imateriais que inspiraram a visão do demiurgo. Entretanto, nenhuma coisa material seria capaz de reproduzir com perfeição a ideia que a originou. Qualquer coisa corpórea que tocamos ou sentimos apresenta alguma imperfeição e se desfaz com o tempo. Contudo, o mesmo não acontece com seu corresponde ideal. As formas que habitam o céu das ideias são na verdade modelos perfeitos, imutáveis e imperecíveis.

Digamos que a ideia de uma cama, a ideia de uma abelha e mesmo a ideia de homem já existissem antes que cada um desses seres fosse criado. Obviamente, nenhuma cama fabricada chegaria aos pés da cama ideal. O artesão que fabrica a cama a partir de um desenho prévio precisa levar em conta e até tentar corrigir as pequenas imperfeições da madeira para construir a melhor cama possível. O mesmo acontece com o ser humano. Nada impede imaginarmos como ele deveria ser. Entretanto, sabemos muito bem que nenhum homem de carne e osso é perfeito.

Viagem ao mundo de Sofia: O norueguês Jostein Gaarder, em seu livro *O mundo de Sofia: romance da história da filosofia*, deu-se a liberdade poética para construir uma versão lúdica da cosmogonia platônica. Digamos que o demiurgo fosse uma espécie de padeiro. Para fabricar rosquinhas, esse padeiro divino disporia de uma série de *fôrmas* com contornos perfeitos. Uma dessas fôrmas teria o formato de um homenzinho, por exemplo. No entanto, no momento em que o padeiro tivesse de encher a *fôrma* com a *massa* para fabricar suas rosquinhas, cada uma delas acabaria com uma pequena imperfeição. A primeira viria com um braço quebrado, a segunda, sem uma das pernas, e a terceira, com muito enchimento na parte central, deixando a barriga estufada. Essa história nos ajuda a compreender a divisão entre *forma* e *conteúdo* que a filosofia utiliza para analisar as coisas, bem como a superioridade que tradicionalmente é atribuída ao aspecto formal.

Figura 14. Capa da edição brasileira do livro *O mundo de Sofia*

Como podemos perceber, a solução platônica para o problema do movimento e da permanência foi a duplicação dos mundos. Para além desse mundo imperfeito em que vivemos, onde se observa a constante transformação e degradação das coisas, existiria uma realidade metafísica, um mundo formado por ideias perfeitas. Essa outra realidade seria o parâmetro da verdade e da perfeição, enquanto o universo corpóreo das sensações seria apenas uma simulação imperfeita da realidade. Isso explicaria também por que Platão atribui somente à alma racional a capacidade de conhecer as coisas verdadeiramente. Se o mundo das sensações físicas nos leva às ilusões, somente o mundo inteligível, ou intelectual, seria capaz de nos levar à verdade. Sendo a alma incorpórea, somente sua atividade pode nos levar a uma visão diferente das aparências. Resta saber o que torna possível a elevação ao plano superior desta realidade.

A resposta de Platão é dada por sua *teoria da reminiscência*. Para ele, nossas almas, antes de encarnadas, teriam também contemplado a visão das ideias perfeitas. A encarnação no corpo teria nos feito esquecer essa maravilhosa visão. Entretanto, no momento em que aprendemos alguma coisa através de nossa atividade racional, é como se estivéssemos relembrando. Em uma palavra: conhecer é lembrar. Isso explicaria também por que o conhecimento seria acessível a qualquer um. Como Platão demonstra no diálogo *Mênon*, mesmo um escravo de sua época, um homem sem estudo, pode chegar a formular uma resposta para uma pergunta complexa. O indivíduo pode até passar por tentativas malsucedidas, mas a insistência no diálogo que leva à compreensão e à resposta seria semelhante à redescoberta de algo esquecido. É como se houvesse uma semelhança entre dizer: "Ah, finalmente compreendi!" e dizer: "Ah, finalmente me lembrei!"

O mito da caverna

Sócrates: Agora imagine a nossa natureza, segundo o grau de educação que ela recebeu ou não, de acordo com o quadro que vou fazer. Imagine, pois, homens que vivem em uma morada subterrânea em forma de caverna. A entrada se abre para a luz em toda a largura da fachada. Os homens estão no interior desde a infância, acorrentados pelas pernas e pelo pescoço, de modo que não podem mudar de lugar nem voltar a cabeça para ver algo que não esteja diante deles. A luz lhes vem de um fogo que queima por trás deles, ao longe, no alto. Entre os prisioneiros e o fogo, há um caminho que sobe. Imagine que esse caminho é cortado por um pequeno muro, semelhante ao tapume que os exibidores de marionetes dispõem entre eles e o público, acima do qual manobram as marionetes e apresentam o espetáculo.

Glauco: Entendo.

Sócrates: Então, ao longo desse pequeno muro, imagine homens que carregam todo o tipo de objetos fabricados, ultrapassando a altura do muro; estátuas de homens, figuras de animais, de pedra, madeira ou qualquer outro material. Provavelmente, entre os carregadores que desfilam ao longo do muro, alguns falam, outros se calam.

Glauco: Estranha descrição e estranhos prisioneiros!

Sócrates: Eles são semelhantes a nós. Primeiro, você pensa que, na situação deles, eles tenham visto algo mais do que as sombras de si mesmos e dos vizinhos que o fogo projeta na parede da caverna à sua frente?

Glauco: Como isso seria possível, se durante toda a vida eles estão condenados a ficar com a cabeça imóvel?

Sócrates: Não acontece o mesmo com os objetos que desfilam?

Glauco: É claro.

Sócrates: Então, se eles pudessem conversar, não acha que, nomeando as sombras que veem, pensariam nomear seres reais?

Glauco: Evidentemente.

Sócrates: E se, além disso, houvesse um eco vindo da parede diante deles, quando um dos que passam ao longo do pequeno muro falasse, não acha que eles tomariam essa voz pela da sombra que desfila à sua frente?

Glauco: Sim, por Zeus.

Sócrates: Assim sendo, os homens que estão nessas condições não poderiam considerar nada como verdadeiro, a não ser as sombras dos objetos fabricados.

Glauco: Não poderia ser de outra forma.

Sócrates: E se o forçassem a olhar para a própria luz, não achas que os olhos lhe doeriam, que ele viraria as costas e voltaria para as coisas que pode olhar e que as consideraria verdadeiramente mais nítidas do que as coisas que lhe mostram?

Glauco: Sem dúvida alguma.

Sócrates: E se o tirarem de lá à força, se o fizessem subir o íngreme caminho montanhoso, se não o largassem até arrastá-lo para a luz do sol, ele não sofreria e se irritaria ao ser assim empurrado para fora? E, chegando à luz, com os olhos ofuscados pelo brilho, não seria capaz de ver nenhum desses objetos, que nós afirmamos agora serem verdadeiros.

Glauco: Ele não poderá vê-los, pelo menos nos primeiros momentos.

Sócrates: É preciso que ele se habitue, para que possa ver as coisas do alto. Primeiro, ele distinguirá mais facilmente as sombras, depois, as imagens dos homens e dos outros objetos refletidas na água, depois os próprios objetos. Em segundo lugar, durante a noite, ele poderá contemplar as constelações e o próprio céu, e voltar o olhar para a luz dos astros e da lua mais facilmente que durante o dia para o sol e para a luz do sol.

Glauco: Sem dúvida.

Sócrates: Finalmente, ele poderá contemplar o sol, não o seu reflexo nas águas ou em outra superfície lisa, mas o próprio sol, no lugar do sol, o sol tal como é.

Glauco: Certamente.

Sócrates: Depois disso, poderá raciocinar a respeito do sol, concluir que é ele que produz as estações e os anos, que governa tudo no mundo visível, e que é, de algum modo, a causa de tudo o que ele e seus companheiros viam na caverna.

Glauco: É indubitável que ele chegará a essa conclusão.

Sócrates: Nesse momento, se ele se lembrar de sua primeira morada, da ciência que ali se possuía e de seus antigos companheiros, não acha que ficaria feliz com a mudança e teria pena deles?

Glauco: Claro que sim.

Sócrates: Quanto às honras e louvores que eles se atribuíam mutuamente outrora, quanto às recompensas concedidas àquele que fosse dotado de uma visão mais aguda para discernir a passagem das sombras na parede e de uma memória mais fiel para se lembrar com exatidão daquelas que precedem certas outras ou que lhes sucedem, as que vêm juntas, e que, por isso mesmo, era o mais hábil para conjeturar a que viria depois, acha que nosso homem teria inveja dele, que as honras e a confiança assim adquiridas entre os companheiros lhe dariam inveja? Ele não pensaria antes, como o herói de Homero, que mais vale "viver como escravo de um lavrador" e suportar qualquer provação do que voltar à visão ilusória da caverna e viver como se vive lá?

Glauco: Concordo com você. Ele aceitaria qualquer provação para não viver como se vive lá.

Sócrates: Reflita ainda nisto: suponha que esse homem volte à caverna e retome o seu antigo lugar. Desta vez, não seria pelas trevas que ele teria os olhos ofuscados, ao vir diretamente do sol?

Glauco: Naturalmente.

Sócrates: E se ele tivesse que emitir de novo um juízo sobre as sombras e entrar em competição com os prisioneiros que continuaram acorrentados, enquanto sua vista ainda está confusa, seus olhos ainda não se recompuseram, enquanto lhe deram um tempo curto demais para acostumar-se com a escuridão, ele não ficaria ridículo? Os prisioneiros não diriam que, depois de ter ido até o alto, voltou com a vista perdida, que não vale mesmo a pena subir até lá? E se alguém tentasse retirar os seus

laços, fazê-los subir, você acredita que, se pudessem agarrá-lo e executá-lo, não o matariam?
Glauco: Sem dúvida alguma, eles o matariam.
Sócrates: E agora, meu caro Glauco, é preciso aplicar exatamente essa alegoria ao que dissemos anteriormente. Devemos assimilar o mundo que apreendemos pela vista à estada na prisão, a luz do fogo que ilumina a caverna à ação do sol. Quanto à subida e à contemplação do que há no alto, considera que se trata da ascensão da alma até o lugar inteligível, e não te enganarás sobre minha esperança, já que desejas conhecê-la. Deus sabe se há alguma possibilidade de que ela seja fundada sobre a verdade. Em todo o caso eis o que me aparece tal como me aparece; nos últimos limites do mundo inteligível aparece-me a ideia do Bem, que se percebe com dificuldade, mas que não se pode ver sem concluir que ela é a causa de tudo o que há de reto e de belo. No mundo visível, ela gera a luz e o senhor da luz, no mundo inteligível ela própria é a soberana que dispensa a verdade e a inteligência. Acrescento que é preciso vê-la se quer comportar-se com sabedoria, seja na vida privada, seja na vida pública.
Glauco: Tanto quanto sou capaz de compreender-te, concordo contigo.
(Trecho traduzido por Lucy Magalhães, extraído da *República* de Platão *in* MARCONDES, 2000, p. 39-42).

A caverna ontem e hoje: "Bem-vindos ao deserto do real"

A primeira impressão que temos ao ler essa passagem é a de que a história conta o que teria acontecido com a própria vida de Sócrates. Um prisioneiro que se libertou ao caminhar em direção à luz e que depois foi morto ao tentar ajudar seus antigos companheiros. Aliás, o texto produz ainda outra espécie de perplexidade quando Glauco começa a perceber como é estranho o relato e como são estranhos os prisioneiros. Afinal, "eles são iguais a nós", emenda Sócrates.

Portanto, embora o sentido da libertação anunciada esteja claramente vinculado ao ambiente sociopolítico da Grécia do século IV a.C., sua mensagem se estende a todas as épocas. Depois de se libertar de um mundo de aparências e de contemplar o bem em si mesmo, o sol de todas as ideias, Sócrates não podia voltar a se contentar em discutir apenas as sombras da justiça.

Reflitamos, a partir da Figura 15, sobre o significado metafórico do relato.

Figura 15. Alegoria da caverna, de Platão

Platão talvez estivesse sugerindo que as realidades vistas e experimentadas por todos de sua época eram apenas cópias imperfeitas, assim como eram ilusões as sombras das figuras de animais e outros objetos projetadas sobre o fundo da caverna. A sombra do animal que observamos à direita da figura era apenas uma cópia da cópia, o reflexo de outra cópia esculpida em barro do animal verdadeiro. À esquerda vemos os manipuladores de imagens que passam pela estrada. É curioso que Platão fale também de marionetes e do espetáculo que é encenado para deixar os indivíduos aprisionados, ou seja, para que não pensem por si próprios. É obvio que, tendo passado toda a vida vendo somente aquelas imagens, esses prisioneiros se convenceriam de estar vendo objetos verdadeiros. Isso também parece se aplicar a nós. Acostumamo-nos ao que vemos todos os dias e passamos a acreditar que essa é a única realidade. Platão queria questionar as manobras políticas e os jogos de interesse de sua época. Sua suspeita era a de que o mundo talvez estivesse virado ao avesso. A mensagem revolucionária é clara: não é preciso se acomodar às correntes do cotidiano. Uma realidade verdadeira deve ser encontrada para as ações políticas. E a saída é deixar para trás as opiniões, bem como as imagens imediatas que nos aprisionam, e lançar mão da atividade racional para vislumbrar outra realidade possível. Como se pode notar, a reflexão crítica e a autonomia intelectual aqui são fundamentais.

Levemos o paralelo com Platão um pouco mais adiante para refletirmos sobre o modo como sua mensagem libertadora chega até nossos dias. Não há dúvida de que o ritmo de produção e consumo de imagens no qual estamos inseridos hoje interfira sobre nossa percepção da realidade. Internet, telefones celulares, televisão e cinema: todas essas mídias dependem da projeção de imagens que influenciam diretamente nossos comportamentos. Apesar de poder funcionar como veículo de manipulação, essas imagens eventualmente podem também incentivar nossa reflexão crítica. O filme *Matrix*, de 1999, talvez seja a mais conhecida adaptação para o cinema da oposição entre realidade e aparência construída por Platão. Na ficção científica futurista do filme o mundo humano, tal como o conhecemos, foi arruinado. As máquinas dominaram a terra e controlam os seres humanos. Impedidas de usar a luz do sol, tais máquinas criaram um sistema diretamente conectado à mente das pessoas para que elas possam ser iludidas enquanto a energia é extraída delas. Como no mito platônico, essa realidade sombria é revelada através de um olhar que vai além das aparências, mostrando que o homem se transformou

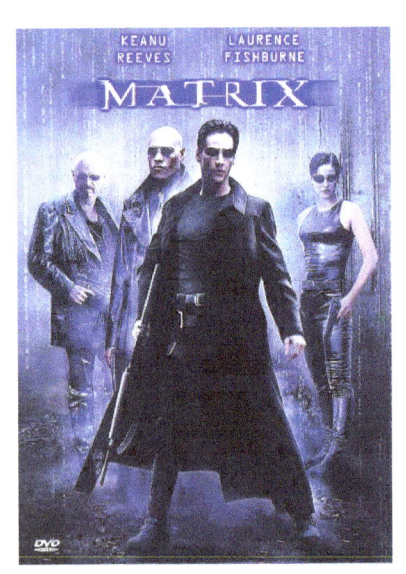

Figura 16. Pôster do filme *Matrix*

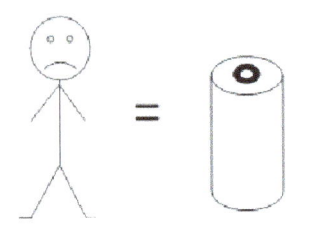

Figura 17. Homem-bateria

em uma espécie de bateria que serve apenas enquanto alimenta as máquinas. A mensagem do filme é incômoda, mas evidente: para controlar as pessoas, basta construir para elas um mundo virtual capaz de acolher suas expectativas, geralmente muito conformistas. A exploração implicada na metáfora da bateria pode ser inteiramente desdobrada a partir da crítica feita por Marx no século XIX à sociedade capitalista. Uma realidade ilusória, mas aceitável pelos explorados, é construída de forma a dissimular o fato de que a condição de existência de alguns é sustentada pela extração da energia e do suor do rosto de outros. A classe dominante, além do poder econômico, detém também os meios de comunicação. Sendo assim, as ideias dominantes de determinada época tenderão a ser as ideias da classe dominante, e nunca as ideias da maioria. O objetivo da ideologia, equivalente ao mundo das sombras, é o controle e o mascaramento das desigualdades.

Outra versão atualizada do Mito da Caverna de Platão é o filme *A ilha*, de 2005. A história retrata um futuro em que as pessoas vivem em um grande complexo fechado, protegidas de um suposto vírus letal que teria dizimado a maior parte da população da terra. Os administradores do lugar promovem, de tempos em tempos, uma espécie de "loteria" que dá direito a seu ganhador de ir viver em uma ilha paradisíaca, supostamente preservada da ameaça mortal. Entretanto, um de seus moradores descobre a trapaça.

Ao se aventurar pela parte proibida do complexo, o personagem principal vê

Figura 18. Pôster do filme *A ilha*

que o último suposto "ganhador" está sendo levado a uma mesa de operação para que lhe seja retirado o fígado. Horrorizado com essa visão, ele dá um jeito de fugir com sua parceira, e os dois descobrem que a tal ilha de fato não existe. Todos que vivem no complexo são apenas clones idênticos de pessoas do mundo lá fora que estão sendo criados como "peças de reposição". Os habitantes bem abastados criam seus clones para que possam ter uma espécie de "corpo-reserva", trocando eventualmente seus órgãos doentes. A história do filme se assemelha ainda mais ao mito platônico justamente pelo fato de mostrar como o indivíduo que se libertou dessa realidade inescrupulosa há de se sentir impelido a voltar e a fazer qualquer coisa para salvar seus antigos companheiros.

Deixando o campo das imagens cativantes, o escritor português e prêmio Nobel de literatura José Saramago também prestou importante homenagem a Platão com seu livro *A caverna*, de 2000. O romance traz uma crítica à sociedade capitalista ao apresentar o drama de um simples oleiro, Cipriano Algor, que produz seus vasos de barro, mas que já não consegue viver de seu trabalho artesanal quando se vê obrigado a competir com o crescimento da indústria. O grande Centro de compras que inicialmente revendia o seu trabalho começa a lhe devolver o material sem escoamento.

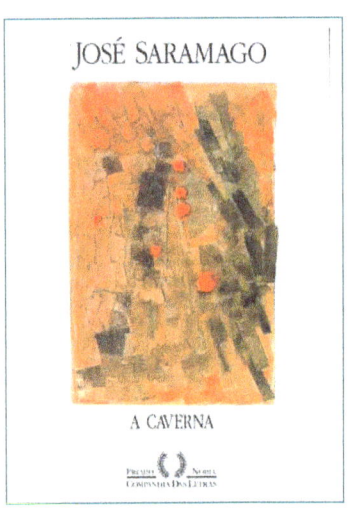

Figura 19. Capa da edição brasileira do livro *A caverna*, de José Saramago

A chegada do progresso e da tecnologia é apresentada de maneira ambígua. O mundo mudou. As antigas casas acolhedoras deram lugar às modernas construções impessoais. O Centro oferece a praticidade dos produtos de plástico, mas também estimula o consumismo desregrado de objetos descartáveis, produzindo lixo e exclusão. Tentando se manter no mercado, Cipriano Algor começa a fabricar estatuetas, mas também não obtém sucesso.

O clima de opressão vai aumentando, e o leitor começa a achar que não há mesmo o que fazer. Até que, ao perambular pelas obras destinadas à ampliação do Centro, Cipriano faz uma descoberta aterradora. Em uma das galerias recentemente escavadas, ele se depara com uma cena semelhante àquela descrita pela *República* de Platão: seis cadáveres se encontram aprisionados a suas correntes no fundo da caverna. A partir desse ponto a história oferece uma mensagem de esperança sutil. Depois de conhecer a caverna real com cadáveres ainda presos nos subterrâneos do *shopping center*, o personagem principal, com sua família, decide abandonar o local e procurar outro lugar para viver. Ninguém precisa sair voando, como no filme *Matrix*, para que se tenha a impressão de que as coisas mudaram. Também não é necessário que o personagem principal alcance a visão superior do filósofo, como em Platão, deixando de lado o mundo natural das sensações. O que acontece é exatamente o contrário. Saramago apenas reafirma o prazer reencontrado na vida do homem simples em contato com os seus. Um caminho alternativo em relação à vida consumista é aberto àquele que tem lucidez para questionar os valores veiculados pela ordem estabelecida e ousa pensar de modo diferente da maioria.

> Ver sugestão de atividade 8.

Sugestões de atividades

1. Reapresente, em linhas gerais, a chamada "passagem do mito ao logos". Em seguida, peça aos estudantes para discutirem se esse fenômeno histórico teve ou tem alguma interferência em sua vida, apresentando situações em que fatores "míticos" e fatores racionais entram em conflito – por exemplo, em vista de alguma tomada de decisão. Um exercício: peça que argumentem a respeito de por que criamos rituais para torcer por nosso time – sempre uma mesma camisa, sempre o mesmo lugar no sofá, e assim por diante.

2. Examine com a turma, à luz das palavras de Péricles, as vantagens e desvantagens de uma democracia em relação a um regime autoritário. Peça que façam um levantamento da história política do Brasil entre 1964 e 1984 e estabeleçam algum

argumento de princípio a favor ou contra a ditadura militar. Por exemplo, sugira que considerem, por um lado, a inclusão e o exercício do poder pelo conjunto dos cidadãos, e por outro, o apelo às noções de ordem e à moralização da vida pública.
3. Retome a questão de como Sócrates podia ensinar seus discípulos se ele dizia que nada sabia. Em sua experiência na escola, como você associa o domínio de uma matéria à capacidade de lidar criticamente com ela? Ainda nessa linha: discuta se o aprendizado tem mais a ver com aquisição de conteúdos ou com a preparação do estudante para viver com autonomia.
4. Considerando a discussão feita anteriormente, proponha aos estudantes que busquem uma alternativa viável para defender, sem contradição, a afirmação de que "a verdade é relativa". A par disso, pondere se a verdade varia historicamente ou é sempre a mesma, sendo apenas apreendida pelos homens de modos diferentes. A história da ciência pode ser útil aqui: se vemos todos os dias o Sol nascer, cruzar o céu e se pôr, enquanto a terra parece estável e fixa, por que substituímos o geocentrismo pelo heliocentrismo como verdade?
5. Explique por que a proposta filosófica de Sócrates implicava uma revolução dos valores, mostrando quais seriam as transformações necessárias para ela dar certo. Comparando a atuação dos sofistas com o prestígio que têm, hoje, os publicitários e as celebridades, considere: quem poderia, entre nós, fazer o papel de Sócrates?
6. Exponha como Sócrates prova a Teeteto que o conhecimento não pode ser reduzido às sensações ou à percepção que se tem dos objetos. Em seguida, adiante o assunto, sugerindo como isso se liga à noção de que deve haver um plano de realidade além do plano da experiência concreta. Em comum com os colegas da área de Matemática, desenvolva exercícios reflexivos envolvendo as noções de identidade (isto é igual àquilo) e cogência (disso se segue aquilo). Por exemplo: se determinadas propriedades demonstradas a partir de um triângulo desenhado no quadro valem para todos os triângulos possíveis, quais as implicações disso para outros entes do mundo, como pessoas? Ou: em que

medida falar em dignidade da pessoa humana implica uma ideia universal, semelhante à ideia de triângulo?
7. Em comum com os colegas da área de Português, desenvolva exercícios reflexivos envolvendo a noção de regras sintáticas. Por exemplo: o que autoriza que um só nome sirva para referir casos individuais completamente diferentes? Ou: por que alguns verbos regem diretamente e outros indiretamente as orações que a eles se seguem?
8. Peça aos estudantes que identifiquem no cinema, na literatura ou em *games* enredos que contenham mensagens parecidas com as que foram associadas ao mito da caverna. Em seguida, peça a eles que montem, como se estivessem em um julgamento, dois raciocínios: um a favor dos que querem permanecer na caverna e outro a favor dos que querem sair dela.

Leituras recomendadas

PESSANHA, José Américo da Motta. *Sócrates: vida e obra*. São Paulo: Nova Cultural, 1999. (Os Pensadores).

PLATÃO. A defesa de Sócrates. In: SÓCRATES. Tradução de Jaime Bruna. São Paulo: Abril Cultural, 1980. (Os Pensadores).

Referências

MARCONDES, Danilo. *Textos básicos de filosofia: dos pré-socráticos a Wittgenstein*. 2. ed. Rio de Janeiro: Jorge Zahar, 2000.

PLATÃO. A defesa de Sócrates. In: SÓCRATES. Tradução de Jaime Bruna. São Paulo: Abril Cultural, 1980. (Os Pensadores).

TUCÍDIDES. *História da Guerra do Peloponeso*. Tradução de Mario Gama Kury. 4. ed. Brasília: EdUnB; São Paulo: Imprensa Oficial do Estado de São Paulo, 2001.

CAPÍTULO 2
DO RENASCIMENTO AO ILUMINISMO

Introdução

Os chamados "humanistas" e sua reflexão

No "Discurso preliminar" que introduz a *Enciclopédia* (obra coletiva que é a grande realização do pensamento francês no século XVIII), Jean le Rond D'Alembert afirma que o Iluminismo francês é uma continuação das tendências culturais que teriam se iniciado no Renascimento, a partir do século XIV. Adotaremos aqui essa continuidade ao apresentarmos as transformações culturais ocorridas na Europa a partir do Renascimento: momento inicial de uma nova voga de esclarecimento que culminará no Iluminismo francês.

Essa voga está relacionada ao surgimento, no final da Idade Média, de um novo personagem, que será o protagonista do Renascimento: o humanista. Os humanistas eram usualmente professores dos chamados *studia humanitatis*, cujo currículo incluía a gramática, a retórica, a poesia, a história e a filosofia moral. Eram também editores, escritores, burocratas, líderes políticos e clérigos; viveram em cidades que hoje fazem parte da Itália; tinham em comum o interesse pela retomada da cultura da Antiguidade Clássica.

O poeta e pensador Francesco Petrarca (1304-1374) foi o primeiro humanista de relevo e propôs uma nova e provocativa interpretação da história ocidental. Segundo ele, a Antiguidade

Figura 1. Francesco Petrarca

grega e romana teria sido um período de ápice da cultura e das realizações humanas, que teria sido sucedido (a partir da cristianização do Império Romano, ocorrida em 380 d.C.) por uma era de estagnação e refluxo cultural: o período que hoje conhecemos como Idade Média. A tarefa que Petrarca e os humanistas posteriores assumiram era a retomada dos estudos e do conhecimento dos clássicos da Antiguidade, que a partir de então passariam a ser vistos como obras que faziam parte de um período distinto da história, com o qual se deveria aprender. Tal tarefa foi levada a cabo a partir do século XV, com o uso de uma das mais importantes descobertas do período: a imprensa de tipos móveis, criada por Gutenberg, em 1455, que facilitaria enormemente a divulgação de obras escritas (que até então eram editadas apenas de forma manuscrita).

Os humanistas tanto redescobriram obras da Antiguidade esquecidas na Idade Média quanto desenvolveram técnicas de leitura e interpretação dos textos: o que chamamos hoje de filologia. A partir dessas técnicas, os humanistas puderam intervir de modo decisivo na cultura dos séculos XIV, XV e XVI. Um exemplo claro dessa intervenção é dado por Lorenzo Valla (1407-1457), estudioso humanista que em 1440 demonstrou que a "Doação de Constantino" (documento que comprovaria a suposta doação, por parte do imperador romano Constantino, do poder temporal do Império Romano para a Igreja Católica e que apoiava as

Figura 2. Lorenzo Valla

pretensões desta ao exercício do poder político) era em verdade uma falsificação.

Embora os humanistas fossem cristãos devotos, assumiram uma perspectiva em relação ao ser humano que destoava do pessimismo frequente nos filósofos cristãos medievais. Estes muitas vezes assinalavam a natureza decaída do ser humano após o Pecado Original e afirmavam a tese segundo a qual as virtudes e qualidades humanas jamais levariam à salvação, que seria fruto apenas da graça divina – tal como pensava Santo Agostinho (354-430). Já os humanistas afirmavam que os seres humanos poderiam tanto se elevar quanto se rebaixar, de acordo com suas virtudes e realizações, perspectiva que desencadearia uma verdadeira revolução cultural. Ela se manifestará em diversas direções, das quais destacaremos duas: a que leva à formulação de uma nova atitude em relação ao conhecimento físico e astronômico e a que conduz a novas visões acerca das relações sociais e políticas dos seres humanos.

Da cosmologia medieval à ciência moderna

Os humanistas trataram o período medieval como uma "era das trevas", na qual a cultura pouco teria avançado. Esse ponto de vista hoje é recusado, tendo-se em vista as importantes descobertas e propostas elaboradas durante esse período. Aspectos de nossa cultura e nossa sociedade têm seus primórdios na Idade Média: o livro como o conhecemos, as universidades, os intelectuais e até mesmo nossas concepções acerca do amor.

A filosofia medieval representa a fusão do pensamento filosófico grego e romano com a cultura cristã emergente, que surge no final da Antiguidade Clássica e se consolida no século IV d.C. com Santo Agostinho. Embora os filósofos gregos e romanos muitas vezes fossem questionados por seu paganismo (seu acesso à verdade

Figura 3. Santo Agostinho

seria limitado por terem nascido antes de Cristo, não tendo a chance de desfrutar da Revelação cristã), inúmeras de suas teorias foram incorporadas pela cultura medieval. Os pensadores da Antiguidade eram vistos como autoridades que deveriam orientar os estudiosos, desde que se reconhecesse que as verdades acessíveis ao pensamento humano eram insuficientes se não fossem suplementadas pela fé.

Até o século XIV as fontes da Antiguidade com as quais contavam os medievais eram extremamente restritas. Para citar dois filósofos cruciais, durante a Idade Média um só diálogo de Platão era amplamente conhecido (o *Timeu*), e apenas dois pequenos tratados de Aristóteles eram lidos até o século XI. Santo Agostinho, por exemplo, jamais leu Platão. A partir do século XII a obra de Aristóteles voltou a ser conhecida no Ocidente graças ao trabalho de filósofos árabes como Averróis e Avicena, passando em pouco tempo a ser considerada a principal referência em quase todas as áreas de conhecimento. Aristóteles nessa época era conhecido como "O Filósofo". Sua influência será simultânea ao surgimento das universidades, chamadas na época de **"escolas"**. Será nas escolas que o pensamento de Aristóteles, adaptado para os interesses da teologia cristã, dominará. É a chamada escolástica.

Ver sugestões de atividades 1 e 2.

A escolástica proporá uma visão hierárquica do cosmos (aquilo que hoje chamamos de universo), baseada no pensamento neoplatônico e, sobretudo, na física de Aristóteles. Esta é formulada a partir da noção de lugar natural: todas as coisas têm um lugar definido no universo, de acordo com o elemento que preside sua composição. Assim, corpos compostos de terra e água tenderiam naturalmente para baixo, e corpos cujos elementos principais são o fogo e o ar tenderiam a subir. Além desses elementos existe um quinto, o éter, que compõe os corpos estelares (planetas, estrelas) distribuídos ao redor da Terra – estamos ainda em pleno geocentrismo. Os corpos estelares são vistos como mais perfeitos (descrevem órbitas regulares, circulares, aparentemente eternas) que os seres que habitam nosso mundo, visto como imperfeito, irregular, no qual tudo é transitório. Para a mente humana resta compreender adequadamente esses diversos níveis e a posição inferior do ser humano na totalidade do real.

Se as esferas celestes são mais perfeitas e superiores, isso sugere que a ação de Deus sobre o mundo material se dará a partir destas. Deus não age diretamente sobre o mundo terreno (se Deus tivesse de agir sobre o mundo terreno sua criação não teria sido acabada, o que implica uma desvalorização dos atributos divinos), mas sim a partir das esferas celestes, que irradiam a força que recebem do divino na Terra, influindo em toda a realidade natural. Ora, acreditar que os planetas e estrelas interferem no mundo terreno e na vida humana é abrir espaço a um princípio de explicação astrológico.

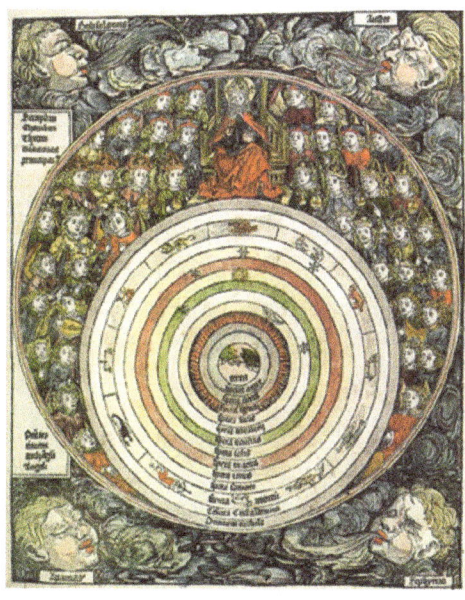

Figura 4. Visão escolástica do Universo

Desde a Antiguidade a pesquisa sobre o movimento dos planetas e das estrelas era marcada pela expectativa de compreender a influência dos astros na natureza e na vida humana. Na Idade Média a astrologia era admitida como um conhecimento legítimo, recebendo um renovado impulso durante o Renascimento, com pensadores como Ficino, Pomponazzi e Paracelso. Mas seus desdobramentos aos poucos darão espaço a um novo tipo de saber: a ciência moderna, e em particular a física.

A astrologia era vista na Idade Média como tendo duas faces. A influência dos astros sobre o mundo terreno era vista popularmente como se manifestasse a ação de "anjos" e "demônios", que exerceriam por meio dos astros sua vontade no mundo. Ora, os pensadores renascentistas se recusarão a aceitar esse ponto de vista, considerando a influência dos astros sobre o mundo terreno de forma causal e negando que a natureza fosse conduzida pela vontade arbitrária de seres sobrenaturais. A natureza física é assim vista como um conjunto de relações causais que podem ser conhecidas através da observação constante. Esse será um dos principais aspectos do método científico desenvolvido nos séculos XVI e XVII.

Aos poucos a influência dos astros sobre a Terra será vista em uma chave mais natural e menos sobrenatural; as irradiações das esferas celestes serão vistas não como emanações da inteligência divina, mas simplesmente como luz e calor. Ao mesmo tempo, a ideia de uma hierarquia dos seres começa a ser abandonada, em particular no que diz respeito ao ser humano. Um marco a esse respeito é o *Discurso sobre a dignidade humana*, de Pico della Mirandola (1463-1494), que expressa de forma clara o novo conceito de ser humano que emerge no Renascimento. Pico ainda assume a existência de uma hierarquia dos seres, mas modifica um ponto fundamental nessa perspectiva. Para ele o ser humano não ocupa um lugar definido no universo. Se por sua condição de ser natural (portador de um corpo e sujeito às tentações desse corpo) os seres humanos podem decair aos níveis mais baixos da Criação, suas capacidades superiores (alma, razão) tornam possível ao ser humano se aproximar do divino. A dignidade humana é o privilégio do único ser que tem a possibilidade de se mover na hierarquia dos seres. O rompimento frente a uma visão hierárquica do universo significou um apoio decisivo para o surgimento da ciência moderna.

Os humanistas renascentistas prestaram outra contribuição decisiva para o aparecimento da ciência: trata-se da afirmação segundo a qual a realidade física deve ser interpretada a partir da linguagem matemática. Ao aprendermos física, somos surpreendidos pela necessidade de memorizar

Figura 5. Leonardo da Vinci, autorretrato

numerosas equações e percebemos que a física se apoia na linguagem matemática. Essa intuição emergirá inicialmente na obra do filósofo medieval Nicolau de Cusa (1401-1464) e será elaborada por um dos maiores personagens da história da cultura: Leonardo da Vinci (1452-1519).

> Ver sugestões de atividades 3 e 4.

Da Vinci proporá um ideal de conhecimento no qual a experiência e a matematização (a tentativa de converter todos os objetos de conhecimento a um conjunto de relações que possam ser expressas matematicamente) concorrem não apenas para a ampliação das capacidades humanas, mas desvendam ainda a harmonia e a beleza da natureza.

Filme: *A Vida de Leonardo da Vinci*. Direção: Renato Castellani. Ano: 1971. Disponível no Youtube.

A partir dos trabalhos de estudiosos e pensadores como Nicolau Copérnico (1473-1543), Tycho Brahe (1546-1601), Galileu Galilei (1564-1542), Johannes Kepler (1571-1630), René Descartes (1596-1650) e Isaac Newton (1642-1727), a física se tornou a primeira área de conhecimento científico estritamente matematizada e baseada na observação, o que teria consequências incalculáveis nos séculos que se seguiram. Uma delas merece ser destacada: a ciência será vista como um parâmetro de racionalidade imprescindível, como o modelo de procedimento para

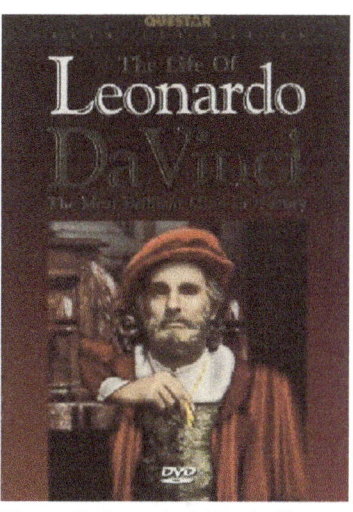

Figura 6. Capa do DVD do filme *A vida de Leonardo da Vinci*

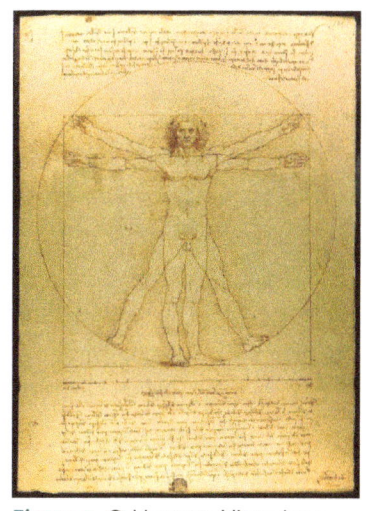

Figura 7. O Homem Vitruviano

a busca racional que deveria ser assumido por todas as áreas de conhecimento humano.

Indivíduo e sociedade: as questões políticas do Renascimento ao século XVII

O humanismo renascentista se desenvolveu também no sentido de contemplar – e transformar – a reflexão de cunho social e político. De modo geral, os humanistas tinham algum tipo de vínculo com as instituições políticas, religiosas e jurídicas de seu tempo. Ministravam aulas de retórica que preparavam futuros governantes, juristas e advogados ou eram eles mesmos burocratas e mesmo líderes de suas comunidades. Seu envolvimento com as questões políticas os levou a frequentemente redigirem obras de aconselhamento para aqueles que exerciam tais funções.

Tais obras emergiam de um contexto bastante distinto daquele vivido na Europa como um todo durante a Idade Média. Desde o século XII, diversas cidades italianas conheciam um modelo político de bases republicanas, no qual o governo não era dominado por reis, príncipes ou imperadores, mas sim por aristocratas que abriam algum espaço de participação para os demais setores da sociedade. Assim, diversos pensadores recuperaram as experiências e teorias da democracia ateniense e da república romana. Estas muitas vezes se baseavam em uma defesa das liberdades e da participação dos cidadãos na gestão política. Uma perspectiva republicana tende a acentuar a ideia segundo a qual a "coisa pública" – o que hoje conhecemos como Estado, noção que será desenvolvida por Nicolau Maquiavel (1469-1527), um dos principais pensadores políticos desse período – deve ser gerida de acordo com o bem-estar da coletividade, e não a partir de interesses privados de monarcas ou aristocracias.

Os humanistas do Renascimento assim conduziram a reflexão política para uma maior valorização das expectativas do conjunto da população, ao formularem uma teoria mais impessoal do governo político. Eles também propuseram que a participação política deveria ser vinculada às virtudes de cada um, afirmando que os portadores das melhores qualidades deveriam estar à testa da comunidade e ter a oportunidade de demonstrar seus méritos nos momentos em que estes se fizessem necessários. O objetivo daqueles que tinham tais méritos deveria ser a obtenção de honra, glória e fama, e não o ganho de bens materiais. Assim, os humanistas apresentaram justificativas para a participação nas questões políticas – e militares – que tendiam a enfatizar o valor dos indivíduos.

É a partir desse momento da história que a noção de indivíduo passa a ser de crucial relevância para a vida social e política, bem como para a cultura de modo geral. Do Renascimento até o Iluminismo do século XVIII, perceberemos a crescente importância da noção de indivíduo, visto como portador de uma interioridade e de interesses que lhe são próprios, mesmo que estes possam ser por vezes generalizados (por exemplo, o interesse por segurança). Tal enfoque levará a reflexão social e política a se afastar aos poucos dos modelos da Antiguidade e da Idade Média, constituindo uma perspectiva especificamente moderna. Esta pode ser assinalada a partir da valorização, por parte dos humanistas renascentistas, das virtudes individuais como elemento central para a grandeza e a importância de uma comunidade política.

A ênfase nas virtudes pode ser percebida ainda em um desdobramento do humanismo renascentista, que emerge na história da cultura a partir do final do século XV. Trata-se do humanismo cristão. Os humanistas renascentistas, mesmo sendo cristãos devotos, muitas vezes se posicionaram contra a Igreja de sua época. Devemos lembrar que durante toda a Idade Média a Igreja se constituiu em um dos principais polos do poder político. Os chamados Estados Papais ocupavam cerca de um quinto do território italiano e manifestavam frequente disposição a dominar o restante da região, se preciso com força militar. Os humanistas também questionavam as próprias práticas da Igreja, suas abundantes reservas materiais, a venda de indulgências (isto é, a remissão de pecados sob pagamento do fiel) e o modo de vida dos clérigos e monges, ecoando uma larga insatisfação

Figura 8. Papa vendendo indulgências

das populações de toda a Europa. Muitos cristãos (e mesmo membros da Igreja) demandaram a retomada dos valores que presidiram ao surgimento do cristianismo, o que significava uma pregação por um modo de vida mais próximo das virtudes cristãs (como a caridade) e da pobreza que caracterizou os apóstolos. Os humanistas cristãos acentuavam ainda que o uso correto da razão humana deveria permitir ao homem uma correta distinção entre o bem e o mal, portanto a ação virtuosa, associando ainda o uso da razão à leitura e à reflexão acerca das obras dos filósofos da Antiguidade, o que era expressamente recomendado pelo maior dos humanistas cristãos: Erasmo de Roterdã (1466-1536).

Mas a exigência de transformação nas práticas da Igreja Católica se tornou ainda mais radical a partir do movimento que mudou a face do cristianismo: a Reforma Protestante. Desencadeada por Martinho Lutero (1483-1546) em 1517, a Reforma consistiu na criação de novas seitas religiosas que aboliam a necessidade de um vínculo entre o fiel e Deus que fosse intermediado pelas instituições religiosas. Estas deveriam ser, na opinião dos reformados, apenas espaços de reunião e congregação dos fiéis, mas não (como defendia a Igreja Católica) algo necessário para a salvação. Assim, a Reforma atribuiu uma importância muito maior à relação interior entre o fiel e Deus, favorecendo uma imagem do ser humano na qual a interioridade individual assume papel decisivo, e a liberdade do fiel em relação às instituições religiosas é muito mais ampla. Em poucos anos a Reforma se alastrou pela Europa, sobretudo no Norte. Muitos príncipes e líderes políticos destacados das regiões que hoje correspondem a Alemanha, Suécia, Dinamarca, Holanda, Suíça, Escócia e Inglaterra aderiram à nova fé, bem como parcelas significativas da população dessas regiões. Surgiu uma situação que não tinha paralelo na Idade Média: doravante os Estados europeus passarão a conviver com a pluralidade de confissões religiosas.

Filme: *Lutero*. **Direção:** Eric Till. **Ano:** 2003. Disponível no Youtube.

A Igreja Católica naturalmente reagiu a essa expansão, iniciando o movimento que ficou conhecido como Contrarreforma. Um dos resultados foi um conjunto de conflitos políticos e militares de fundo religioso que tiveram maior ou menor intensidade em diversos países europeus e que atingiram o ponto máximo na França, país de maioria católica, mas no qual surgiu a partir da Reforma uma importante minoria protestante. Os protestantes franceses eram seguidores da seita fundada por João Calvino (1509-1564) na década de 1530 – o chamado calvinismo. Eles eram conhecidos na França como huguenotes e sofreram fortes perseguições a partir de 1550.

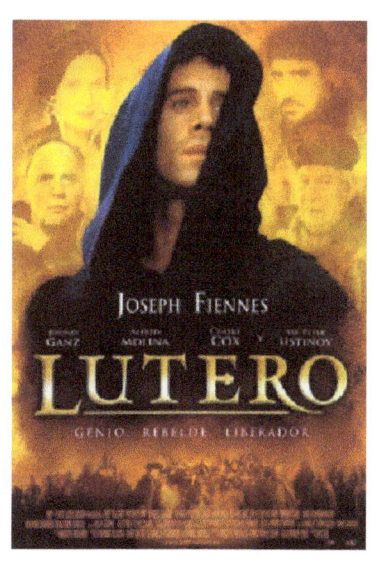

Figura 9. Pôster do filme *Lutero*

Tais perseguições tiveram sérias consequências para o pensamento político. Os huguenotes eram uma minoria restrita em uma França na qual os nobres e a população, mesmo sendo católicos, manifestavam grande descontentamento em relação à monarquia de então (dinastia Valois). Os huguenotes assim se viram na necessidade de formular teorias e propostas que justificassem sua resistência armada ao poder da monarquia para um contingente maior da população, a fim de obter maior adesão e simpatia a sua causa.

Desde a década de 1530 os teólogos e pensadores protestantes (como o próprio Lutero, Melanchthon, Calvino e outros), confrontados com ameaças de reis e nobres católicos, elaboraram defesas da possibilidade de resistência armada diante de uma situação

Figura 10. O Massacre da Noite de São Bartolomeu

opressiva. Essas defesas eram cautelosas e afirmavam que a resistência só deveria se dar em casos nos quais o governante pudesse ser acusado de ampla e visível impiedade (ou seja, quando fizesse um ataque de larga escala aos fundamentos institucionais da religião), cometesse um atroz agravo a um ou mais súditos ou destruísse os fundamentos do próprio Estado. Mas a escalada dos ataques sofridos pelos huguenotes, que culminou na Noite de São Bartolomeu (na qual as crônicas da época atestam o assassinato de 100 mil protestantes), conduziu a um processo de radicalização das posições destes.

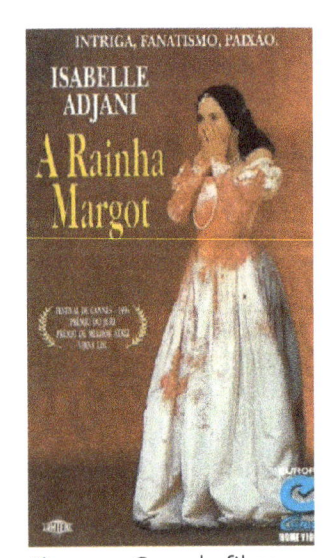

Figura 11. Capa do filme *A rainha Margot*

Filme: *A rainha Margot*. **Direção: Patrice Chéreau. Ano: 1993. Disponível no Youtube.**

A partir desse momento os huguenotes formularão uma perspectiva política que pode ser chamada de revolucionária, na medida em que conclamará abertamente os franceses (protestantes ou não) a uma insurreição contra a monarquia Valois. Novas linhas de argumentação serão mobilizadas. Uma delas consiste no uso de análises da formação histórica dos Estados. No caso francês, François Hotman afirmará que a constituição original da França deveria ser interpretada em sentido constitucional (ou seja, o poder político francês deveria ser interpretado como concedido aos monarcas pela população reunida, e não como uma posse ou atributo dos monarcas). Outros autores do período também afirmarão que o poder exercido pelos governantes tem base na escolha da população, que permanecerá sendo o critério fundamental pelo qual estes devem ser julgados.

Os teóricos huguenotes foram os primeiros pensadores modernos a formular teorias que embasariam movimentos revolucionários. Eles ainda fornecerão conteúdos fundamentais para a teoria política mais influente do mundo moderno durante os séculos XVII e XVIII: o contratualismo. Os teóricos contratualistas defenderão a tese segundo a qual o poder exercido pelos governantes (que a partir do século XVI será conhecido como poder de soberania) é resultado de uma concessão por parte das populações através de uma espécie de pacto ou contrato.

Dentre as diversas variações do contratualismo, aquela que mais diretamente ecoa as preocupações dos huguenotes franceses (traduzindo-as, no entanto, em uma linguagem menos próxima da religião e mais vinculada ao campo do direito) é a expressa por John Locke (1632-1704). Locke, no *Segundo tratado sobre o governo civil*, formulará uma série de afirmações que terão consequências decisivas para o Iluminismo e que serão basilares para a concepção política que denominamos liberalismo, a qual informa a constituição da maior parte das democracias ocidentais vigentes nos dias de hoje. O primeiro ponto a assinalar em sua teoria é a proposta de que o pacto entre governantes e governados deveria ser entendido como um consentimento dos primeiros, fundamentado no consenso. O motivo: Locke considerava que, na condição humana na qual inexistem instituições políticas (que, nas teorias contratualistas, é conhecida como "estado de natureza"), os seres humanos são possuidores naturais de direitos (à própria vida, à liberdade, à posse dos bens obtidos através do trabalho). Estes são vistos também como portadores de uma "luz natural", a razão, que lhes capacita a formular julgamentos. Em sua condição natural, os seres humanos são também capazes de agir e, em caso de injúria ou violação de bens, punir os agressores. Mas, na inexistência de um poder comum, as punições assumirão o caráter de vingança, frequentemente desigual em relação às ofensas. O poder comum seria assim o regulador de uma ordem social na qual os seres humanos poderão perseguir seus interesses particulares, em especial o interesse de manter e adquirir bens.

O poder comum teria sua sede em assembleias legislativas, que encarnariam a vontade da população. Os governantes são vistos como executores da vontade do legislativo, o que explica o fato de que até hoje nos referimos a essa instância do poder soberano como "Poder Executivo". A atuação dos governantes, e do Estado em geral, deverá se ater apenas à preservação da ordem, à manutenção da justiça e à garantia da soberania territorial. Ora, nos casos em que os Poderes Legislativo e, sobretudo, Executivo se manifestem de forma contrária aos interesses comuns, Locke afirma o direito das populações a resistir (mesmo que de forma armada) a qualquer forma de desmando.

Como dirá Norberto Bobbio em *Direito e Estado no pensamento de Kant* (2000, p. 64): "Através dos princípios de um direito natural preexistente ao Estado, de um Estado baseado no consenso, da subordinação do poder executivo ao legislativo, de um poder limitado, do direito de resistência, Locke expôs as diretrizes fundamentais do Estado Liberal". As teorias de Locke terão impacto crucial na vida política do Ocidente, constituindo uma das matrizes do chamado liberalismo.

Ver sugestão de atividade 5.

Acentue-se que Locke fundamenta toda a sua análise das relações políticas nos direitos e nas demandas individuais e é considerado um dos expoentes do individualismo possessivo, teoria segundo a qual o indivíduo deve ser considerado o ponto de partida de qualquer reflexão sobre os fundamentos da sociedade política. Tal teoria estará na base de numerosos debates entabulados pelos filósofos iluministas acerca de questões sociais, políticas e antropológicas.

As ideias iluministas, a ideia de Iluminismo

Do ponto de vista cultural o século XVIII será conhecido como "Século das Luzes". A maior parte dos pensadores dos quais nos lembramos desse período são associados à noção de Iluminismo – sobretudo os filósofos de língua francesa, associação que nos leva a pensar em um movimento no qual os pensadores teriam perseguido de forma sistemática uma mesma doutrina. Mas não existe uma doutrina sistemática e coerente que distinguiria todos os pensadores iluministas; é melhor falar em tendências, em orientações mais ou menos comuns, mais ou menos discordantes. Será assim que apresentaremos esse período da história cultural que marcou de forma permanente nossa cultura, nossos conhecimentos, nosso modo de viver e conviver, nossas instituições sociais e políticas.

A razão

A influência de John Locke se faria sentir entre os pensadores iluministas não apenas no âmbito da política, mas também no do conhecimento. Segundo Locke, o conhecimento tem como ponto de partida a experiência do mundo efetuada pelos cinco sentidos, ponto de vista conhecido como empirismo.

Ao empirismo de Locke se contrapõe frequentemente o racionalismo de René Descartes, para quem todo conhecimento teria como ponto de partida a razão humana. Não nos compete aqui discutir essa contraposição, mas acentuar que ao discorrer sobre o modo como a busca de conhecimento deve ser efetuada pela razão, Descartes propõe o chamado modelo analítico. O bom ponto de partida para uma tentativa séria de conhecer um ser, um objeto, um assunto qualquer é decompô-lo em suas partes mínimas e constituintes, o que é chamado usualmente pelos cientistas de análise.

Partir da experiência fornecida pelos sentidos – pelos fenômenos que estes

Figura 12. John Locke

Figura 13. René Descartes

apreendem – e decompor os objetos de forma analítica são procedimentos que se tornaram recorrentes para a ciência moderna. Agregue-se a esses dois procedimentos um terceiro: a aspiração a formular leis que tenham a maior generalidade possível, mas que só são descobertas e justificadas a partir da experiência e da decomposição em partes. Esse pode ser visto como o tipo de itinerário de pesquisa e descoberta posto em ação pelo cientista e filósofo Isaac Newton.

Figura 14. Isaac Newton

Em Locke, Newton e Descartes temos os elementos centrais da atitude dos pensadores iluministas em relação a seus incontáveis campos de investigação. O método de extração científica será aplicado a todos os objetos do conhecimento: da biologia (Buffon) à teoria política (Montesquieu), da história (Voltaire) à psicologia (Condillac), da matemática (D'Alembert) às técnicas (Diderot). A razão é vista aqui como uma espécie de poder dinâmico que levaria os seres humanos a novas e justificadas descobertas, desde que corretamente aplicada. É esse o "otimismo" da maior parte dos filósofos iluministas. O uso correto e legítimo da razão levaria os seres humanos a um conjunto cada vez maior de descobertas, de conhecimentos válidos e úteis. O modelo que justificava essa expectativa foi dado pelas leis da dinâmica e pela teoria da gravitação universal formuladas por Newton no final do século XVII, e que foram consideradas no século XVIII as maiores descobertas intelectuais da humanidade. Veremos posteriormente que desse otimismo talvez apenas um dos grandes pensadores desse período escapou: Jean-Jacques Rousseau.

A razão crítica

Como usar a razão? Inspirando-se no método científico, na pesquisa e na análise dos fenômenos, na busca de regularidades que possam ser generalizadas em leis, diria o iluminista. O que deve ser investigado pela razão? Tudo aquilo que importa aos seres humanos, responderia ele. Mas, levando em conta o acento polêmico que muitas vezes se percebe no pensamento iluminista, vale perguntar ainda: contra quem essa razão se dirige? E assim chegamos a uma segunda característica central da cultura iluminista: esta se afirmará como uma razão de caráter crítico e corretivo – criticar para depurar, para corrigir, para melhorar. E nesse aspecto os iluministas foram decisivamente inspirados por um predecessor: Pierre Bayle.

Figura 15. Dicionário de Pierre Bayle

O *Dicionário histórico-crítico*, de Pierre Bayle (1647-1706), foi uma das obras cruciais para o desenvolvimento da cultura iluminista e pode ser considerado o principal modelo da *Enciclopédia*. Mas o tema que mais distinguiu a contribuição de Bayle para o pensamento iluminista foi sua defesa da tolerância religiosa. Esta se confunde com a vida do autor: huguenote, Bayle foi obrigado a fugir da França após a revogação do Edito de Nantes (1685), que acarretou a retomada da perseguição dos protestantes franceses.

Figura 16. Pierre Bayle

Bayle defenderá a tolerância religiosa irrestrita. Valorizando a consciência individual como a juíza aceitável na eleição de uma crença religiosa, Bayle repudiará a intromissão das instituições políticas e religiosas nos assuntos de foro íntimo. A partir de seu trabalho, e da *Carta sobre a tolerância* de John Locke, emergirá uma tendência recorrente do pensamento iluminista, encarnada sobretudo na figura de Voltaire, e que elevará a tolerância a valor crucial do ponto de vista não só religioso, mas também social e político.

Bayle também influenciou a visão iluminista acerca da racionalidade ao recuperar o ceticismo de cunho acadêmico que marcava na Antiguidade as posições do filósofo romano Cícero. Este pregava que todo juízo formulado pelos seres humanos deveria evitar a precipitação e afirmar a integridade intelectual, a partir de um exame livre de preconceitos e interesses particulares. Seu uso desse princípio no *Dicionário* o levou a criticar as instituições religiosas, políticas e sociais de sua época, influenciando o ideal de uma racionalidade crítica levado adiante pelos iluministas.

Os *philosophes*

Da mesma forma que o Renascimento tem sua identidade vinculada ao surgimento do humanista, no século XVIII (e particularmente na França) surge o *philosophe*. Esses dois personagens podem ser comparados. Da mesma forma que o humanista, o *philosophe* não se vinculava às universidades (os filósofos universitários eram chamados de "eruditos"), tinha grande interesse pela cultura da Antiguidade Clássica e pretendia com seu saber promover os interesses e as aspirações fundamentais dos seres humanos. No entanto, as diferenças entre os dois personagens merecem ser sublinhadas. Enquanto os humanistas na Itália tiveram uma participação destacada nas instituições políticas, os *philosophes* eram praticamente excluídos dessa participação na França absolutista dos séculos XVII e XVIII. Assim, eles pretenderam intervir social e politicamente de uma forma até então inédita: apelando ao conjunto da população através da disseminação de seus pontos de vista por via impressa. Foi essa arena que determinou o sucesso da cultura iluminista. Nascia no século XVIII tanto a opinião pública quanto o intelectual público, personagem importante na vida social contemporânea.

Ver sugestões de atividades 6 e 7.

Filme: *O absolutismo: a ascensão ao poder de Luís XIV*. Direção: Roberto Rossellini. Ano: 1966. Disponível no Youtube.

O filme apresenta de forma instigante e elaborada o ambiente da corte e as práticas políticas do absolutismo francês.

Os três grandes *philosophes* do século XVIII francês foram François-Marie Arouet, conhecido como Voltaire (1694-1778), Denis Diderot (1713-1784) e Jean-Jacques Rousseau (1712-1778). Falaremos agora de cada um deles em especial.

Figura 17. Capa do filme *O absolutismo: a ascensão de Luís XIV*

Voltaire

Inicialmente um literato de renome, a partir de seu exílio na Inglaterra (1726-1728) Voltaire passou a se interessar pela filosofia. Ao longo de décadas, ele defenderia o uso do método científico como parâmetro do conhecimento, a tolerância como valor social e a modernização das práticas políticas a partir da aliança entre os intelectuais e os governantes, em uma chave reformista.[2] Voltaire teve papel central no século XVIII devido a seu extraordinário talento e sua proficuidade como escritor e divulgador de ideias (a partir de tratados, artigos, cartas, romances, peças teatrais, contos), apoiados por seu o humor agudo e corrosivo, que desmontava os mitos e preconceitos e demolia a imagem

Figura 18. Voltaire

---

[2] O termo "reformismo" designa a posição política que afirma a transformação das instituições de forma progressiva, a partir de reformas.

das mais sólidas instituições. Foi perseguido e cortejado por reis e rainhas de toda a Europa e celebrizado como mito ainda em vida.

A principal contribuição teórica de Voltaire radica no estudo da história. Voltaire tentará pensar a história humana como uma caminhada rumo à racionalização e à tolerância, mas marcada por momentos cíclicos de crise, guerra e barbárie. Assim, ele contribuiu para formar uma das imagens centrais propostas pelo Iluminismo: aquela segundo a qual a história tende a perseguir a direção do progresso humano.

A partir da década de 1760-1770, Voltaire passará a criticar de forma intransigente as instituições religiosas da França de seu tempo, as quais acusará de promover o obscurantismo e a intolerância. Passará a defender que a tolerância e o livre exame são atributos de todo indivíduo, tornando-se um dos precursores da noção de direitos humanos (expressa pela primeira vez na *Declaração dos direitos do homem e do cidadão*, de 1789), o que não quer dizer que Voltaire fosse um ateu. Assim como outros iluministas, ele assumiria a perspectiva que chamamos deísmo, que significa afirmar que, após a Criação, a divindade teria se retirado e contemplaria de forma indiferente o destino das criaturas. O deísmo fornecia uma solução de compromisso entre a crença em Deus e uma relativa distância das religiões institucionalizadas.

Diderot

A vida de Diderot se confunde com a edição da *Enciclopédia*, obra gigantesca e de enorme impacto no século XVIII, cujo projeto foi chefiado por ele desde o início.

Para nós pode parecer estranho que uma enciclopédia tenha tanta importância. Em nossa época, enciclopédias são obras de referência para pesquisas escolares, nas quais os pontos de vista dos autores tendem a estar subordinados a uma apresentação de dados e fatos. Mas a *Enciclopédia* iluminista é muito mais

Figura 19. Diderot

que isso – pretendia fornecer subsídios para um novo modo de pensar, organizar todas as áreas de conhecimento e ao mesmo tempo transformá-las em profundidade. A *Enciclopédia* foi um grande sucesso editorial (embora Diderot, seu editor, tenha sido parcamente remunerado nos mais de 20 anos que durou a empreitada) e difundiu as teses dos iluministas franceses por toda a Europa.

Diderot foi também escritor, dramaturgo e crítico de arte e produziu uma obra filosófica original e relevante. Trata-se de um dos principais propositores do materialismo, perspectiva filosófica que acentua a matéria como princípio de explicação de todos os fenômenos e seres e que nega a existência de uma alma substancial. Analisou as consequências da adoção do materialismo em termos científicos, sociais, religiosos, políticos e morais, mas tendeu em sua vida a adotar um modo de vida conservador e típico da classe à qual pertencia e que representava: a burguesia urbana de nível social intermediário, composta por artesãos (como o pai de Diderot), advogados, médicos, pequenos proprietários, comerciantes.

> Ver sugestão de atividade 8.

Rousseau

O mais controverso, camaleônico e indefinível *philosophe* do período iluminista foi Jean-Jacques Rousseau. O autor se destacou como músico, compositor, ensaísta e literato. Mas foi para a filosofia que o pensador nascido em Genebra (Suíça) apresentou uma contribuição definitiva e que fascinaria sucessivas gerações. A crença no poder emancipador e progressista da razão é um lugar-comum do pensamento iluminista. Já a resposta de Rousseau (que é desenvolvida e ampliada em toda a sua obra) consistirá em um exame mais crítico das expectativas que orientavam os esforços dos pensadores de sua geração.

Figura 20. Rousseau

Rousseau afirmará que, em sua condição prévia à vida social e política, os seres humanos eram naturalmente bons. Deve-se entender o termo "bom" aqui em um sentido negativo: nesse momento não existiriam os vícios, e todos os seres humanos seriam absolutamente transparentes em suas intenções e seus desejos. Ora, o desenvolvimento das sociedades acarretaria uma transformação decisiva nos seres humanos. O desenvolvimento histórico da socialização leva os seres humanos a se tornarem cada vez mais racionais, mas esse processo está ligado ao surgimento dos vícios e das perversões humanas. A socialização induz o ser humano a omitir sua natureza autêntica e representar diante dos outros – e até para si mesmo. A transparência desaparece; os seres humanos se tornam hipócritas e opacos.

Essa posição foi vista pelos demais iluministas como intolerável: como um convite para que os seres humanos regressassem à condição de animais. Não é à toa que em 1755, em resposta a uma carta, Voltaire (então exilado na Suíça) tenha convidado Rousseau a conhecer sua propriedade, "beber comigo o leite de nossas vacas, e pastar o nosso capim" (LEPAGE, 1995, p. 198). Mas devemos ter cuidado antes de afirmar em Rousseau uma completa oposição ao Iluminismo. Rousseau não nega que o avanço da cultura e da racionalidade deva ser visto como um certo tipo de progresso. O que o autor contesta é a expectativa segundo a qual o desenvolvimento dos conhecimentos por si só seja capaz de oferecer aos seres humanos condições suficientes para seu desenvolvimento moral.

Ver sugestão de atividade 9.

Mas quais seriam as condições para esse desenvolvimento moral? As respostas que Rousseau apresenta para essa questão reatam parcialmente seu pensamento com as tendências iluministas. Assim como os demais iluministas, Rousseau é um defensor incondicional da liberdade e da capacidade humana de aperfeiçoamento (ou perfectibilidade). A condição humana anterior à história e à socialização não poderá ser jamais retomada de forma plena. Cumpre assim afirmar na vida política e no desenvolvimento moral as possibilidades para uma vida humana mais autêntica.

Em *Do contrato social* Rousseau proporá a ideia de uma soberania baseada na reunião das vontades de todos os membros da comunidade política: a chamada vontade geral, na qual os seres humanos jamais deixam de ser considerados plenamente livres. Formula-se assim uma forte defesa da soberania popular, que ecoaria nos séculos seguintes. Do ponto de vista moral, a corrupção engendrada pela socialização pode ser parcialmente revertida por um processo educativo que leve do desabrochar dos sentimentos mais próximos da condição natural do ser humano a uma aculturação progressiva que o faça traduzir racionalmente as exigências morais desses sentimentos. Uma educação adequada (e capaz de reconhecer a infância como momento diferenciado da vida) poderá desenvolver as exigências morais que se distribuem universal e naturalmente nos seres humanos e que encontram sua vazão mais adequada nos sentimentos: posições que Rousseau defenderá no romance filosófico *Emílio* (1762), considerado o ponto de partida da pedagogia moderna. Não ocasionalmente, tal perspectiva é muitas vezes nomeada como "moral do coração".

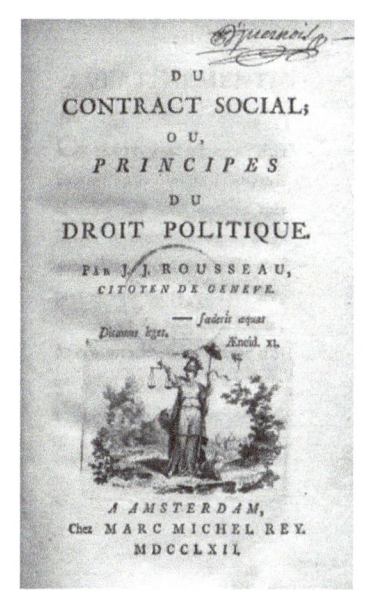

Figura 21. Capa do livro *Do contrato social*

Filme: *O Garoto Selvagem*. Direção: François Truffaut. Ano: 1970. Disponível no Youtube.

O garoto selvagem narra um caso real ocorrido na França no final do século XVIII. Uma "criança selvagem" (ou seja, que havia sido criada por

Figura 22. Capa do filme *O garoto selvagem*

animais desde a primeira infância) encontrada por caçadores será objeto dos cuidados do professor Jean Itard, que tentará desenvolver suas capacidades e integrá-la nas relações sociais. O filme explora as diversas dualidades que emergem na obra de Rousseau – selvagem/civilizado, cultura/natureza, razão/sensibilidade, conhecimento/moralidade, entre outras – e pode ser utilizado como uma ilustração das teorias do filósofo genebrino.

A Revolução como acontecimento filosófico

A influência dos pensadores iluministas em nossa cultura é contínua e permanente. Mas em nenhum momento ela foi tão evidente como na Revolução Francesa de 1789. Os próprios revolucionários franceses reconheceram de forma explícita essa influência, elevando Voltaire e Rousseau ao status de verdadeiros patronos da Revolução.

Evento histórico que assinala de forma definitiva a transição das sociedades ocidentais para a Modernidade, a Revolução Francesa pode ser vista como um "acontecimento filosófico" por sua inspiração: a mobilização da opinião pública francesa desde os anos 1760 por parte de Voltaire e o apelo de Rousseau à soberania popular fermentaram a tomada de poder revolucionária. Foi também um "acontecimento filosófico" por sua forma e por seus desdobramentos. A entrada da burguesia e das classes populares no cenário político; a afirmação dos direitos humanos e políticos; as sucessivas fases da Revolução; a elaboração de novos códigos legais e o surgimento de novas tendências na vida social e econômica; a disseminação progressiva do ideário revolucionário a partir das conquistas de Napoleão Bonaparte (1769-1821) por toda a Europa; tudo isso foi objeto da atenção dos filósofos, que manifestaram grande consciência do caráter radical das mudanças que se apresentavam. A partir desse momento a filosofia tende a se tornar mais mundana, mais envolvida com os processos históricos e sociais, mais capaz de diagnosticar as novas tendências que emergem no mundo prático. Os processos históricos se tornarão objeto de grande interesse filosófico. Surgirá aos poucos a noção de que o ser humano deve ser entendido não apenas como portador de uma natureza, mas também como ser determinado por seu pertencimento a um contexto histórico e social determinado. Essa noção será desenvolvida inicialmente por Immanuel Kant (1724-1804) e Georg Wilhelm Friedrich Hegel (1770-1831).

Filme: *Casanova e a Revolução*. **Direção:** Ettore Scola. **Ano:** 1982.

Os diversos tipos da vida social francesa na época da Revolução apresentam seus pontos de vista e atitudes diante dos acontecimentos. Destaque-se a atuação de Marcelo Mastroianni no papel de um dos mais famosos (e infames) personagens da história deste período: o conquistador Giacomo Casanova.

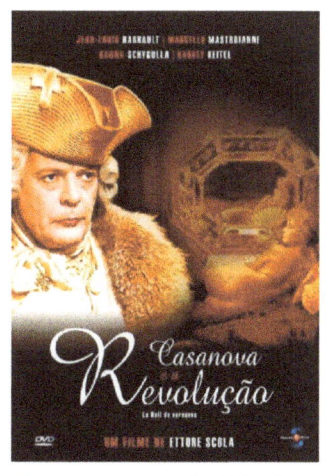

Figura 23. Capa do DVD do filme *Casanova e a Revolução*

Adendo: ciência moderna e Iluminismo – aproximações e rupturas

A consolidação da ciência como gênero cultural dominante, iniciada em meados do século XVI e ainda em curso, é um dos processos de maior impacto sobre as formas de vida no mundo moderno. Direta ou indiretamente, a ela se relacionam a relativização do papel do discurso religioso como paradigma da verdade; a ascensão dos Estados nacionais e, depois, das democracias liberais; o triunfo global do capitalismo; a explosão populacional em escala planetária; as duas guerras mundiais do século XX e todas as outras guerras no período; e, por último, a questão da viabilidade ecológica da espécie humana na terra. Em sua vertente tecnológica, as realizações científicas são extraordinárias. Cientificamente orientada, a industrialização da produção de alimentos, remédios, armas, veículos, máquinas e equipamentos, associada ao nascimento do universo da informática e das telecomunicações, transformaram de modo dramático as expectativas a respeito do que é possível fazer para viver mais, para o bem e para o mal. Diante disso, interessa indicar as principais linhas teóricas e históricas ao longo das quais o florescimento da ciência se articulou, mostrando seus pontos de contato com o movimento iluminista, que não são poucos.

Duas fontes referidas anteriormente de passagem compartilham a responsabilidade mais direta pela emergência do moderno pensamento científico europeu. O racionalismo, adotado e desenvolvido – inclusive na pesquisa metafísica dos fundamentos da atividade científica – por Galileu Galilei e René Descartes, preconizava o livre estudo da natureza a partir de procedimentos de método inspirados na matemática. O empirismo, reformulado e amplamente impulsionado por Francis Bacon no mundo de fala inglesa, propunha também o livre estudo da natureza, com base na experimentação direta. Em que pesem as acaloradas controvérsias que confrontaram filosoficamente as duas linhagens, suas respectivas contribuições consolidaram uma prática, senão universal, ao menos bastante homogênea. A formação de instituições científicas ligadas tanto às universidades quanto à manufatura levou à convicção de que os resultados palpáveis da ciência deviam sua validade ao caráter objetivo das operações nela envolvidas. Conhecimento científico é conhecimento objetivo, graças a sua obtenção e seu teste por meio de método experimental rigoroso. Divergindo em tudo o mais, racionalistas e empiristas encontram em uma versão assim um acordo mínimo.

Por outro lado, não há como ignorar as demandas concretas que também estiveram na origem da revolução e do progresso científicos. Referência inicial da Modernidade no Ocidente, a expansão marítima iniciada por Portugal trouxe inúmeros desafios em relação à inovação, orientando os esforços de uma série de cadeias produtivas. Se a navegação, por si só, exige o contínuo refinamento dos instrumentos e das técnicas que lhe são intrínsecos, seu suporte e sua finalidade, ligados à conquista colonial e à ampliação da atividade mercantil, mobilizaram os povos em torno de projetos nacionais e contribuíram para a formação do núcleo de um sistema financeiro cuja atuação logo alcançou dimensão mundial. A exploração dos recursos naturais e o povoamento de vastas regiões inabitadas nas terras conquistadas incentivaram a metalurgia, a tecelagem, a agricultura e a pecuária. Associou-se a isso a crescente urbanização, não só nas colônias, mas principalmente nas metrópoles, o que ampliou as exigências em torno da edificação da infraestrutura de transportes terrestres, marítimos e, posteriormente, aéreos, voltando a alimentar o ponto de partida do processo. É fato que, em todas as etapas e instâncias do que foi descrito, a mediação da ciência esteve presente de modo decisivo, criando soluções enquanto avançava no conhecimento da natureza.

Tamanho êxito não implica a ausência de questionamentos mais ou menos relevantes sobre o que é, afinal, a ciência, bem como sobre as repercussões de sua hegemonia. Embora pareça espontaneamente certa, a visão do conhecimento científico como resultado da observação cumulativa dos fatos, seguida da proposição de leis gerais, capaz de se corrigir e aperfeiçoar sempre, não corresponde à prática histórica. A defesa da neutralidade da ciência em relação aos valores é, ela mesma, uma operação valorativa, uma vez que nada se dá a conhecer independentemente das perspectivas que o enquadram, aprendidas pelo pesquisador junto a sua cultura de origem. As concepções sobre o que são os fatos naturais variam muito ao longo da história, e qualquer forma de acesso à realidade projeta sobre os objetos as características de quem se apropria deles. Se uma sólida parede pode ser furada com um prego, deve-se concluir que há espaços vazios no que, aos olhos de todos, parecia perfeitamente compacto. Não adianta observar sem preconceitos os fatos, tentando entender a entrada do prego na parede a partir deles mesmos. O fenômeno só pode ser satisfatoriamente explicado com o recurso às complexas teorias da física atômica. E, se essa é a explicação sobre a constituição do mundo material que vale para a ciência hoje, não custa lembrar que, por mais de mil anos, cientistas e leigos concordaram que a terra, plana feito uma panqueca, era o centro do universo. Se mesmo as versões científicas do que é verdadeiro têm uma história tão acidentada, o próprio apego à verdade parece mais uma escolha motivada por crenças e valores que a consequência necessária da suspensão de todas as crenças e valores em favor dos fatos.

Com efeito, a disseminação de uma visão de mundo na qual a ciência desempenha papel predominante só vingou quando foi associada a algumas opções políticas cruciais. Foi aí, inclusive, que elementos centrais do Iluminismo encontraram condição favorável para se desenvolver às últimas consequências. A crítica à autoridade da tradição com base em descobertas testáveis por todos e o exame livre e consciente de qualquer discurso pelo cidadão comum alavancaram importantes mudanças institucionais. Para essa mentalidade igualitarista, a definição dos rumos da vida no Estado é uma questão que concerne a todos, e um efeito disso é a proposição do sufrágio universal como regra para a eleição de legisladores e governantes. A democracia liberal floresceu em todos os países em que crenças semelhantes tiveram vigência.

Um ambiente como esse é também bom para os negócios, pois favorece a livre iniciativa e a competição, induzindo a produção a se aliar à ciência na busca por mais eficiência. O controle do acesso a matérias-primas e a necessidade de mercados que absorvessem bens produzidos em escalas crescentes – armamento militar, inclusive –, por sua vez, levaram a guerras comerciais e a guerras propriamente ditas, com sua cota respectiva de sofrimento irracional. O paradoxo está em que a tentativa de legitimar determinadas iniciativas bélicas francamente injustificáveis alegou a defesa de um modo de vida no qual a liberdade prevalecia sobre a opressão – a mesma liberdade que forneceu alicerce valorativo para a ciência e se alimentou de seus frutos. Em um contexto assim, a noção de neutralidade axiológica da ciência se mostra bastante frágil.

O nascimento das chamadas ciências humanas e sociais merece uma menção em particular. Tarefa anteriormente entregue aos moralistas – fossem eles filósofos, teólogos ou artistas –, a compreensão da "natureza humana" passa por uma mutação radical após o advento das modernas ciências da natureza. Por força das injunções do método e da quantificação, seu próprio objeto tende a desaparecer, distribuído e absorvido por novos campos de saber. O "ser humano" não parece mais constituir uma unidade, sendo mais bem percebido quando fatiado em uma série de planos nos quais funções específicas suas são dissecadas. Essa especialização permite, por exemplo, que se estude em separado a fisiologia do cérebro, a evolução estatística dos hábitos de consumo de determinada população e a reação psicológica de um grupo ao estímulo dado por certas palavras de ordem, de modo a alcançar, ao final, a melhor colocação de um novo produto no mercado. O interesse em uma educação capaz de promover indivíduos íntegros, autônomos e participativos cedeu espaço para a sucessão acelerada das modas e dos modismos, meios mais adequados ao aquecimento do consumo. Nesse sentido, os conhecimentos parciais cada vez mais acurados das diversas disciplinas que se ocupam de aspectos isolados da condição humana não contribuíram para a criação de um conjunto coerente. O maior dos paradoxos emerge daí: o investimento iluminista na emancipação humana, grande promotor da causa da ciência, pode se tornar inviável graças ao sucesso da especialização científica.

Como se vê, após cerca de 500 anos de domínio da ciência, a questão mais difícil continua em aberto. Saber como viver a vida boa e digna de ser vivida não se provou um assunto decidível por meio de encaminhamento científico. Não se discute que inúmeros benefícios para a maioria contam entre suas conquistas, mas tampouco convém esquecer as lições de bom senso referidas pela filosofia de Platão. Algo pode ser remédio ou veneno, dependendo das condições de sua aplicação. De acordo com isso, mais vale usar o aporte das ciências, ao lado de ingredientes provenientes de outras vivências, como subsídio para nossas deliberações e ações que tomá-lo como palavra final para o que quer que seja.

Salvo melhor juízo, essa parece ser a perspectiva de acesso propriamente iluminista para a história da ciência moderna, ainda em andamento.

Sugestões de atividades

1. Proponha aos alunos um levantamento de descobertas e avanços ocorridos na Idade Média, discutindo as implicações e a importância destes. Referências para as pesquisas: *Os intelectuais na Idade Média*, de Jacques le Goff, e *Idade Média: nascimento do Ocidente*, de Hilário Franco Júnior.

2. A partir do filme *O nome da rosa*, discuta com os alunos como a falta de acesso a livros e bens culturais implica um obstáculo para práticas culturais de esclarecimento.

Filme: *O nome da rosa*. Direção: Jean-Jacques Annaud. Ano: 1986.

3. Proponha aos alunos pesquisas sobre as diversas obras e realizações de Da Vinci, nas quais eles sejam conduzidos a perceber que, em todas essas realizações, a busca pelo conhecimento se alia ao ideal de expressão e revelação da beleza, vista por Da Vinci sobretudo como harmonia.

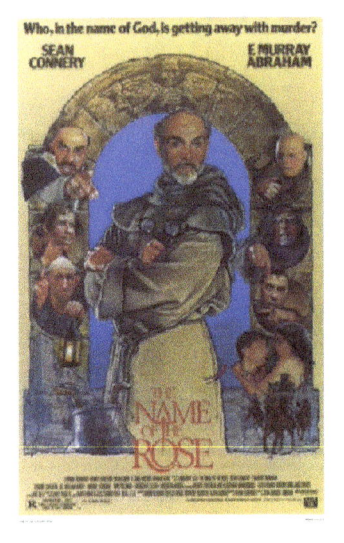

Figura 24. Capa do DVD do filme *O nome da rosa*

4. Proponha aos alunos um trabalho interdisciplinar com a participação dos professores de Física, Química e Matemática e que tenha como tema a tendência à matematização das ciências a partir do Renascimento. Os seguintes tópicos podem nortear a discussão: o surgimento da noção de universo infinito, o papel da física e da química na cultura contemporânea, a relação entre ciência e tecnologia, o uso da matemática como princípio de explicação dos fenômenos físicos e químicos.

5. Proponha aos alunos uma série de pesquisas e levantamentos sobre os fundamentos institucionais da democracia brasileira. Tais levantamentos poderiam seguir o roteiro abaixo:

   5.1. Levantar materiais (reportagens, vídeos, filmes, livros, canções, etc.) nos quais a imagem de uma relação contratual (na qual direitos e deveres são propostos a cada um dos participantes) entre o poder político e a sociedade civil pode ser apontada.

   5.2. Desenvolver essa linha de discussão apontando como um dos motivos que mais conduzem ao descrédito dos agentes políticos – a corrupção – tende a ser interpretada socialmente como um abuso de poder e das condições implícitas estabelecidas pelo "contrato tácito" entre o poder político e a sociedade civil.

   5.3. Levantar materiais (reportagens, vídeos, filmes, livros, canções, etc.) nos quais os mecanismos de funcionamento dos poderes políticos e suas articulações com a vida social possam ser apontados.

   5.4. Elaborar, com a participação do professor de História, um panorama da efetivação dos preceitos de Locke a partir das revoluções americana e francesa, até o século XX.

6. Proponha uma pesquisa na qual os limites e problemas de atitudes e visões dogmáticas sejam colocados em questão. Sugira aos alunos a elaboração de relatos nos quais a intolerância seja desmistificada e problematizada.

7. A partir de pesquisas na internet e em jornais, levante nomes (e propostas) de intelectuais públicos em exercício no Brasil contemporâneo. Na atividade deverá ser diferenciada a figura do intelectual em relação ao especialista, ao polemista e ao articulista.

8. Proponha aos alunos uma pesquisa sobre a relação entre filosofia e literatura, com a participação dos professores de Literatura e

Português. A pesquisa poderá incidir sobre as proximidades (os temas e interesses comuns, etc.), bem como sobre as diferenças entre essas duas modalidades de escrita. Ela poderia ser encaminhada inicialmente a partir do levantamento dos filósofos que legaram obras literárias, a partir da seguinte pergunta: como a filosofia incide sobre o texto literário desses autores?

9. Proponha um exercício retórico, no qual os alunos são divididos em dois grupos. O primeiro grupo defenderá (a partir do levantamento de material pertinente) a tese segundo a qual o progresso cultural e o avanço dos conhecimentos significam uma aquisição moral para os seres humanos. O segundo grupo defenderá a posição (rousseauísta) segundo a qual não existe uma relação necessária entre progresso dos conhecimentos e avanço moral.

Leituras recomendadas

BURKE, Peter. *O Renascimento*. Lisboa: Edições Texto & Grafia, 2008.

FORTES, Luiz Roberto Salinas. *O Iluminismo e os reis filósofos*. São Paulo: Brasiliense, 1981.

Referências

BOBBIO, Norberto. *Direito e estado no pensamento de Emanuel Kant*. Tradução de Alfredo Fait. São Paulo: Editora Mandarim, 2000.

LEPAGE, Pierre. *Voltaire: nascimento dos intelectuais no Século das Luzes*. Tradução de Mário Fontes. Rio de Janeiro: Jorge Zahar, 1995.

CAPÍTULO 3
KANT E O ESCLARECIMENTO

Introdução

Como a obra de Kant se insere na forma típica adotada pelo esclarecimento durante o século XVIII, o Iluminismo? Discutiremos em detalhe esse vínculo. Mas antes convém situar o projeto kantiano de uma filosofia crítica, desenvolvido pelo autor a partir da *Crítica da razão pura* (1781), em relação aos debates filosóficos travados pelos iluministas no século XVIII.

No prefácio da primeira edição da *Crítica da razão pura*, Kant caracteriza de forma clara tais debates. Veja-se a seguinte passagem: "A nossa época é a época da crítica, à qual tudo tem que submeter-se. A religião, pela sua santidade e a legislação, pela sua majestade, querem igualmente subtrair-se a ela. Mas então suscitam contra elas justificadas suspeitas e não podem aspirar ao sincero respeito, que a razão só concede a quem pode sustentar o seu livre e público exame" (KANT, 1997, p. 31).

Figura 1. Immanuel Kant

O ponto de vista aqui expresso alinha claramente Kant com o conjunto da filosofia iluminista. Em "Resposta à pergunta: o que é 'esclarecimento' (*Aufklärung*)" (1974b), artigo de Kant que analisaremos em profundidade após apresentar em linhas gerais seu projeto crítico, essas duas instituições (continuamente discutidas pelos iluministas do século XVIII) serão objeto de suas principais considerações.

Conhecimento na filosofia crítica: síntese entre empirismo e racionalismo

Inicialmente, Kant declara ter sido acordado de seu sono dogmático pelo empirismo cético de David Hume. Ele aprendeu com Hume a limitar as pretensões do ser humano em relação ao conhecimento.

Como vimos no capítulo anterior, o empirismo acreditava apenas no conhecimento das coisas que podiam ser referidas à experiência de nossos cinco sentidos. Locke se tornou conhecido por comparar nossa mente a uma folha de papel em branco, que deveria permanecer vazia até receber alguma impressão de nossa sensibilidade.

Figura 2. David Hume

Mas o racionalismo do tempo de Kant ainda conservava a pretensão de afirmar verdades perenes, baseando-se apenas na evidência supostamente inquestionável das ideias inatas. Descartes, apesar de ter sido responsável por elaborar um método adequado ao avanço das ciências, mantinha ainda um antigo argumento medieval sobre as ideias inatas para provar a existência de Deus. Ele parte da constatação de que possuímos em nossa mente a ideia de um ser perfeito, mesmo que nunca tenhamos realmente nos deparado com algo parecido. Mas se a ideia permanece em nossa mente sem ter sido forjada por nossa experiência, isso indicaria que foi o próprio ser perfeito que a colocou em nós. Além disso, por definição, a ideia de perfeição só pode ser atribuída a um ser a quem não falta nenhum recurso – inclusive a qualidade de existir.

Kant, apesar de cristão devoto, rejeitava esse tipo de argumentação. Ele achava que todos ganhariam se aprendessem a distinguir suas próprias ideias das coisas que realmente podemos conhecer. E em vez de assumir uma posição empirista ou racionalista, produziu uma síntese dessas duas escolas de pensamento.

A atitude crítica de Kant propõe demarcar os limites da razão humana. Ele concorda com Descartes: nossa razão devidamente orientada pode conhecer as coisas. Entretanto concorda também com os empiristas: só podemos conhecer o fenômeno sensível. Não se pode ir além. Nenhum conhecimento pode ser afirmado sobre as coisas-em-si mesmas. Ou seja, não temos nenhum acesso ao conhecimento das coisas independentemente de nossa percepção, como a metafísica realista outrora pretendera obter. A expectativa dogmática de afirmar verdades eternas a respeito da essência das coisas deveria ser abandonada. Nosso conhecimento está restrito aos limites de nosso entendimento ou ao modo como as coisas aparecem para nossa mente.

O entendimento humano tem uma forma específica de conhecer. Ele não é passivo (como pensavam os empiristas), interfere sobre a realidade percebida e a modifica, determinando uma forma de apreensão. Por volta de 570 a.C., o filósofo grego Xenófanes disse que se os cavalos pensassem sobre seus deuses e tentassem representá-los pintariam seus deuses com cabeças de cavalo. Algo parecido acontece com a concepção kantiana da *forma* do entendimento humano. É como se descobríssemos que seres inteligentes com cabeças quadradas

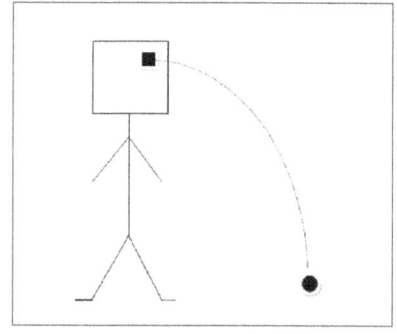

Figura 3. Ser inteligente com entendimento quadrado

só podem representar para si mesmos objetos exteriores redondos com a forma quadrada (como na Figura 3).

Kant propôs que mesmo o tempo e o espaço não seriam coisas reais, mas apenas uma interferência nossa na forma como enquadramos e ordenamos as sensações que vivenciamos. Para comprovar que não são coisas reais, ele sugeriu que fizéssemos alguns experimentos mentais. É fácil imaginar um objeto qualquer no espaço e, em seguida, eliminar o objeto de nossa representação. Permaneceremos ao fim com o espaço vazio. O que não se pode fazer é eliminar o próprio espaço. Já em relação ao tempo, devemos observar que não é ele que muda, mas as coisas que mudam no tempo. Sabemos que quando jogamos um conteúdo líquido dentro de uma jarra, o líquido assume a forma da jarra. Tempo e espaço seriam como a jarra, ou o que Kant chamou de formas *a priori* de nossa sensibilidade.

Dizer que a subjetividade (ou que a forma de nosso entendimento) interfere sobre os conteúdos reais não inviabilizaria o conhecimento científico. Kant sugere que os seres humanos compartilham de uma única e mesma forma de perceber os fenômenos. Se mostrássemos a um homem oriental dois pontos desenhados um ao lado do outro em um quadro negro, provavelmente ele veria um espaço entre esses dois pontos do mesmo modo que um homem ocidental. Mas a rigor sabemos que não há nada entre esses dois pontos. Mais uma vez: o espaço percebido ficaria por conta da forma como universalmente percebemos as impressões sensíveis. Com relação a nossa ciência algo semelhante acontece.

Hume havia chegado a um ceticismo completo em relação à possibilidade do conhecimento ao sugerir que nunca observamos de fato a lei da causalidade em ação quando atribuímos o surgimento de um fenômeno a outro acontecimento anterior. Apenas experimentamos muitas vezes uma mesma coisa, e a força do hábito acaba fazendo com que esperemos que elas se repitam. Se observo uma bola branca de bilhar bater em outras bolas e vejo que elas costumam ir em direção à caçapa, tendo a generalizar o que vejo. Mas um jogador experiente seria capaz de nos mostrar vários truques nos quais a bola branca, em vez de empurrar as outras na direção da caçapa, as deixaria no mesmo lugar e voltaria para trás, ou saltaria por cima da bola da frente, etc. De todo modo, a conclusão de Hume era a de que a causalidade não é uma lei necessária da natureza, mas apenas uma crença gerada pelo hábito humano de generalizar. A experiência por si mesma não nos garantiria o reconhecimento de leis necessárias, apenas nos daria a ocasião de observarmos fenômenos contingentes.

Kant, por sua vez, concordava que a causalidade não era uma condição da própria natureza, mas uma interferência específica da forma do entendimento humano sobre a realidade. E de novo o livro de Gaarder *O mundo de Sofia: romance da história da filosofia* se dá liberdade para construir um exemplo interessante do problema introduzido por Kant. Se jogarmos uma bola ou um novelo de lã perto de um gatinho no chão, veremos o animal correr atrás do objeto e brincar com ele como se ele fosse vivo. No entanto, se fizéssemos a mesma coisa perto de um ser humano, este se viraria para trás, procurando saber de onde o objeto veio e o que causou seu movimento. O exemplo explicaria a intenção de Kant de mostrar que a causalidade possuiria ainda objetividade. Ela refletiria não apenas uma expectativa contingente de indivíduos isolados, mas também uma constante transindividual ou uma estruturação universal da mente humana. A causalidade seria uma maneira de submetermos a experiência à formatação de conceitos puros ou categorias prévias de que já dispomos em nossa mente. Ou seja, uma forma *a priori* do entendimento que se reproduz exatamente do mesmo modo em todo o gênero humano.

Podemos agora compreender um pouco melhor a síntese entre empirismo e racionalismo operada por Kant. Embora concordasse com a visão do empirismo de que todo conhecimento começa com a experiência sensível, Kant achava que o resultado do conhecimento não se reduziria a esta. O acréscimo ficaria a cargo das categorias *a priori* que nosso entendimento projeta sobre a realidade para formatar os dados da experiência sensível. Ele resumiu sua descoberta ao dizer que essas mesmas categorias sem os dados da sensibilidade seriam vazias. Já a mera experiência sensível sem as categorias de nosso entendimento seria cega. Ou seja: ela seria experimentada, mas não compreendida, pois não chegaria a ser computada pela organização dos dados que nossa atividade mental produz.

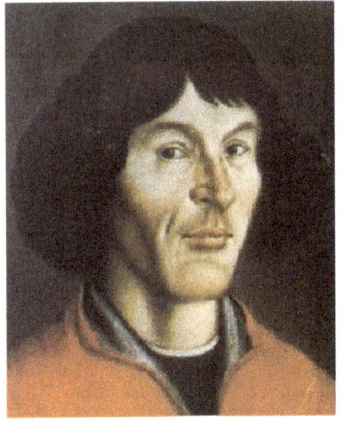

Figura 4. Nicolau Copérnico   **Figura 5.** Geocentrismo e heliocentrismo

A descoberta de que há no conhecimento dos fenômenos mais que meras impressões sensíveis deveria ser compreendida como uma revolução científica comparável àquela que ocorreu com a substituição da teoria geocêntrica pela teoria heliocêntrica de Copérnico. Assim como não é verdade que a Terra está no centro do universo, sendo o Sol o que regula o movimento dos planetas em nosso sistema solar, também deveríamos supor que não é o nosso entendimento que se regula pelos objetos, mas sim os objetos que se regulam pelo nosso entendimento. Não há conhecimento passivo, somos nós que ordenamos e calculamos os dados da experiência. Por isso mesmo precisamos nos antecipar. Em uma das mãos levamos hipóteses formuladas pela razão, na outra tomamos a experiência para verificá-las. Kant chega a sugerir que um cientista nunca procura respostas na natureza como um aprendiz que escuta serenamente tudo que ensina o professor, mas sim como um juiz que obriga as testemunhas a responderem exatamente às perguntas que ele lhes dirige. Afinal, diria Kant, "a razão só compreende o que ela mesma produz segundo o seu projeto" (KANT, 1997, p. 18). Isso significa que nossa razão só compreende o que está preparada para conhecer a partir dos instrumentos de medida e cálculo que constrói para analisar a natureza. Quando anunciamos que uma distância qualquer tem X quilômetros, milhas ou pés, por exemplo, estamos confirmando que nos referimos à realidade exterior a partir de um sistema de medidas forjado e convencionado pelo gênero humano, que afinal foi projetado para adquirirmos um conhecimento mais preciso da natureza.

O projeto filosófico de Kant não se restringe a explicar como foi possível a revolução científica, mostrando os limites e a ação de nossas faculdades na produção do conhecimento. Ele reconhece que nossa razão é ambiciosa e tem uma disposição natural à metafísica. Mesmo na ausência de dados sensíveis que sustentem nosso conhecimento, continuamos a conceber ideias. É certo que precisamos proceder criticamente e desfazer muitas de nossas ilusões. Mas nem todas as ideias são quimeras e castelos de vento: algumas delas são importantes para o esforço de aperfeiçoamento do homem. O próprio desejo de liberdade para poder agir de maneira inteiramente autônoma seria uma ideia importante, ainda que nossas vidas cotidianas estejam rodeadas de constrangimentos. A perspectiva de um progresso constante em nossas instituições jurídicas em direção a uma espécie de constituição cosmopolita, que garanta a paz perpétua entre os povos, também não é uma ideia menos significativa, ainda que não corresponda exatamente a nossa experiência presente. Kant argumenta que é exatamente pelo fato de nosso conhecimento ser restrito que não podemos descartar a possibilidade de realização dessas ideias. A limitação vale para os dois lados: como não disponho de um saber completo que capte a essência da realidade e me permita dizer tudo que foi, é e será, exatamente por isso não posso dizer que tal coisa nunca acontecerá. De um ponto de vista antidogmático, Kant anuncia no prefácio de sua *Crítica da razão pura* a seguinte conclusão: "tive que suprimir o saber para obter lugar para a crença" (KANT, 1997, p. 27). O saber suprimido no caso é o saber dogmático, combatido pela crítica, e a crença, como veremos, diz respeito a uma confiança em nossa capacidade de transformação moral do mundo, a partir dos acréscimos que estamos dispostos a realizar.

Kant concluirá que a razão humana tem uma dupla tarefa, ou duas aplicações principais. Ela não só deverá determinar o conhecimento científico a partir dos limites da experiência, tarefa a ser realizada pela chamada razão teórica, mas também deverá ser capaz de ir além das abstrações teóricas do conhecimento e, por assim dizer, "arregaçar as mangas" para realizar coisas: a razão deverá se tornar prática. Isso porque, do ponto de vista de nossa capacidade de representação dos objetos, não apenas produzimos representações como cópias da realidade sensível já dada. Em alguns casos somos capazes de criar verdadeiramente em nossa mente o protótipo de uma realidade que mais tarde nos esforçaremos por concretizar. Kant chega a sugerir que a própria ideia de vontade livre poderia ser pensada como um análogo de nossa capacidade de representar a causalidade das leis naturais.

Reza a lenda que Newton descansava sob a sombra de uma macieira quando uma maçã lhe caiu sobre a cabeça, fazendo-o descobrir a Lei da Gravidade (Figura 6). Não sabemos se isso realmente aconteceu, embora seja um fato que Newton não só descreveu como também calculou matematicamente a lei da gravitação universal. Voltando a Kant, cumpre reconhecer que é isso que define basicamente o fato da ciência. O homem não só observa a natureza, como também é capaz de representar leis. Mas para além das leis naturais sou também capaz de me representar uma lei que determine meu próprio comportamento. Assim, sem apelar para uma explicação dogmática, Kant define a vontade livre como essa razão prática que predetermina a ação autônoma do próprio homem.

Figura 6. Maçã caindo na cabeça de Newton

Como seres de natureza somos todos determinados pelas leis naturais. Aí não existe liberdade. Podemos apenas observá-las atuando em nós, descrevê-las e explicar como funcionam. Mas justamente porque somos capazes de nos representar leis é que podemos nos antecipar à lei da natureza e prescrever leis humanas a nossa conduta. Isso demonstra que podemos ser mais que animais obedientes às leis da natureza, pois, em vez de seguir sempre a lei da floresta, ou a lei do mais forte, podemos também forjar um universo do direito que regule a convivência dos homens. Obviamente as leis humanas que criamos não têm a mesma necessidade que as da natureza, mas elas nos ajudam a formular uma maior regularidade para nossa conduta.

Kant e o formalismo de leis

Como vimos no capítulo anterior, as descobertas de Newton exerceram grande fascínio sobre toda a intelectualidade do século XVIII, e a ambição de elucidar as forças e leis que governam a natureza contaminou igualmente a explicação racional dos fenômenos humanos. Kant percebeu que essa capacidade de formular leis gerais haveria de produzir uma grande síntese em seu pensamento, conciliando aspectos cognitivos, morais, religiosos, sociais e políticos.

O formalismo indicava o caminho para assegurar a validade universal das leis aplicadas aos casos particulares. Assim, por exemplo, uma explicação newtoniana como aquela que determina a relação entre a força, a massa e a aceleração (segundo a fórmula $F = m \times a$) haveria de nos fornecer uma lei formal abstrata aplicável ao cálculo de todo e qualquer fenômeno de força atuante na natureza. Isso significa que a fórmula é apenas o esqueleto, ou o invólucro, pois a força que precisa ser vencida para fazer um foguete subir, por exemplo, precisa ser calculada segundo a massa do foguete, digamos, 1.000 kg, multiplicada pela aceleração, no caso,

> Ver sugestão de atividade 1.

a gravidade, de 9,8 m/s², que atua sobre ele. Portanto, sabemos de antemão que a força inicial necessária para fazer esse foguete subir deve ser maior que 9.800 newtons, segundo a fórmula, preenchida com os conteúdos de nosso caso particular da era espacial, que resultam da seguinte operação:

F = 1.000 kg (massa do foguete) x 9,8 m/s² (aceleração gravitacional) = 9.800 N.

Figura 7. Lançamento do foguete espacial *Surveyor1*

O imperativo categórico da moralidade

Compreendendo o êxito de Newton, Kant pensa um modelo semelhante a esse para dar estabilidade ao comportamento moral humano. Ele procurou encontrar uma lei para a moralidade que pudesse conservar o mesmo tipo de exigência de universalidade e necessidade de uma lei newtoniana e a partir daí formulou uma lei igualmente formal. Ou seja, uma fórmula vazia que precisa ser preenchida com os dados da situação para ser posta em operação e que diz: "**devo proceder sempre de maneira que eu possa querer também que a minha máxima se torne uma lei universal**" (KANT, 1974a, p. 209).

Com essa fórmula Kant pensava ter chegado ao supremo princípio moral do homem. Ele o chamou de "imperativo categórico". Vejamos o que isso significa. Primeiramente cumpre compreender que o termo "máxima" se refere a um princípio subjetivo qualquer para a ação. Uma conhecida máxima da sabedoria popular prescreve: "Mais vale um pássaro na mão que dois voando". Quem toma essa máxima como princípio orientador de sua ação sempre preferirá conservar o que já tem a se arriscar a tentar conseguir mais, temendo perder o que garantiu. A máxima, no entanto, diz respeito a princípios particulares ou situacionais e nem sempre pode ser aplicada a todas as situações. Já o termo "lei" que aparece na afirmação valeria como um princípio objetivo por ser categórico: ele poderia ser tomado como regra incondicional independentemente da situação. Kant está propondo que tomemos como princípio para ação somente aquelas máximas que puderem ser transformadas em leis universais que não admitam exceções. Esse é o motivo pelo qual Kant chama sua fórmula de um imperativo categórico, por oposição ao que seria apenas um imperativo hipotético.

Um imperativo é um mandamento, uma espécie de ordem ou representação de um dever. Quando digo, por exemplo, "Não deves prometer falsamente para não perder seu conceito com os outros", estou adotando como regra um imperativo hipotético, pois sua fórmula é condicional. Ela se reduz à forma proposicional: "se... então...", "se eu fizer isso, não me ocorrerá aquilo". Assim, só sigo a orientação de "não prometer falsamente" para não perder meu prestígio com os outros, só acolho a regra como um *meio* para mim, mas não como um *fim em si*, pois não obedeço categoricamente a esse mandamento por respeito à lei moral.

Para Kant, um verdadeiro mandamento moral com força capaz de afirmar sua necessidade e sua universalidade do mesmo modo que uma lei newtoniana teria de passar pelo crivo do imperativo categórico. Antes de vermos outros exemplos vale lembrar que a própria fórmula do imperativo categórico é formal e não prescreve conteúdos específicos para ação. Somos sempre convocados a preencher a fórmula com os conteúdos que desejamos verificar se são morais. Se eu me perguntasse se roubar é certo, a fórmula do imperativo categórico me ensinaria que o ato de roubar é uma máxima que não pode se tornar uma lei universal sem contradizer a própria ideia de propriedade. Em um mundo no qual todos roubassem as coisas uns dos outros a própria ideia de roubo perderia sentido, já que nenhuma propriedade seria reconhecida como tal. Do mesmo modo, se me pergunto se posso usar e manipular as pessoas em meu benefício, descubro com a fórmula de Kant que universalizar essa regra transformaria todos os seres humanos – incluindo eu mesmo – em objetos manipuláveis pelos interesses alheios. O ser humano de modo geral deixaria de ser um *fim em si* mesmo para se transformar em um *meio* de promover interesses estranhos a sua própria humanidade.

Pode causar estranheza a afirmação de que a alternativa para emancipar os homens da condição de meros animais regidos por leis naturais coincida com a adoção da lei do dever. Afinal, para Kant, livre não é o indivíduo que pode "fazer tudo que dá na telha", mas aquele que é capaz de dar a si mesmo uma orientação moral autônoma antes de ser movido por suas paixões e seus interesses pessoais. Na verdade, Kant estava atento à fragilidade moral dos homens comuns e ao apelo exercido por nossas inclinações naturais. Mas jamais aceitaria que um homem justificasse seu comportamento imoral dizendo que as tentações experimentadas eram mais fortes que sua capacidade de escolha. A saída seria afirmar mais uma vez o conceito de autonomia (*auto* = própria + *nomos* = norma ou lei) como capacidade de dar a si mesmo sua própria lei.

A liberdade exterior

Rousseau afirmara em *Do contrato social* que a liberdade deve ser entendida como a lei prescrita pelos seres humanos a si mesmos. A noção de autonomia proposta por Kant estenderá essa perspectiva para outros campos de atuação da chamada razão prática. Do ponto de vista estritamente moral cada indivíduo deve consultar a si mesmo para saber se as regras que pretende universalizar correspondem ou não a um imperativo categórico. Para Kant, o que determinaria fundamentalmente a opção pela moralidade não seria propriamente a coação nem a influência de terceiros, mas uma decisão de foro íntimo. Consequentemente, a autonomia posta em ação por esse tipo de reflexão corresponderia apenas à realização do que ele chamou de "liberdade interna". Mas Kant argumentou que a liberdade também deveria se efetivar externamente em leis positivas através de uma doutrina do direito. Em seu texto *Metafísica dos costumes* ele apresentou uma fundamentação comum para a moral e o direito, baseada na liberdade da vontade e no dever.

Figura 8. Assembleia Geral da ONU de 2006

A liberdade exterior ou jurídica seria definida a partir daí como "a faculdade de não obedecer a quaisquer leis externas senão enquanto lhes pude dar o meu consentimento" (KANT, 2008, p. 11). Uma ação conforme o direito, por sua vez, em clara analogia com a fórmula do imperativo categórico da moralidade, seria definida como aquela que "permite à liberdade do arbítrio de cada um coexistir com a liberdade de todos, de acordo com uma lei universal" (KANT, 2004, p. 37). O passo seguinte para garantir a liberdade seria o contrato social pensado a partir dos modelos estabelecidos por Locke e Rousseau, que exigia a reunião da vontade de todos em um ser jurídico único através de uma constituição civil. Finalmente, a partir de uma perspectiva otimista semelhante àquela presente em Voltaire, Kant reconhecerá o progresso das instituições jurídicas ao longo da história e chegará a prever a realização de um contrato internacional a ser estabelecido por uma espécie de "liga das nações" – antecipando a atual Organização das Nações Unidas (ONU) –, que atuaria em escala mundial em nome da paz perpétua entre os povos.

Ver sugestão de atividade 2.

Passemos agora a tratar das consequências da filosofia crítica de Kant, que congrega aspectos cognitivos, sociais, históricos e políticos, no que se refere a sua compreensão do conceito do esclarecimento.

Autonomia e esclarecimento

Kant e Rousseau

Ainda que sua obra evidencie profundo conhecimento da reflexão de outros pensadores do período, tais como Hume, Newton, Locke e Voltaire, é notório que aquele que exerceu maior influência sobre a teoria moral de Kant foi Rousseau. Se Kant considerava que a obra de Newton teria determinado a imagem do conhecimento e da racionalidade de seu tempo, ele afirmava que Rousseau era o "Isaac Newton" da moral. E, como veremos, para Kant a discussão sobre o sentido do esclarecimento assume uma decisiva conotação moral: ele se ligará de forma permanente à expectativa de um aperfeiçoamento moral dos seres humanos (e não apenas a uma ampliação de seus conhecimentos).

Qual seria o motivo para um juízo tão positivo acerca daquele que é, sem dúvida, o mais polêmico autor do século iluminista francês – autor para o qual a própria atribuição do termo "Iluminismo" parece problemática?

Como vimos no capítulo anterior, Rousseau acreditava que os seres humanos seriam mais morais na medida em que se aproximassem da natureza. Ora, para Rousseau a consciência (a capacidade humana de discernir o bem do mal) seria justamente a voz da natureza falando no interior de cada um de nós. Essa voz seria distorcida e perturbada pela socialização histórica dos seres humanos, mas continuaria disponível para aqueles que se voltassem para ela – ou que fossem educados para isso. Consultar a voz da natureza equivaleria a se aproximar ao máximo da moral. Mas essa voz da natureza que se pode ouvir no interior de si mesmo também depura os seres humanos em relação ao processo de socialização histórica que os torna viciosos. Ouvir a voz da natureza tal como expressa pela consciência significa se libertar das cadeias da dependência das opiniões alheias e atingir uma maior liberdade. Dessa forma Rousseau conjuga a capacidade moral do ser humano e sua liberdade. Ser capaz de fazer o bem é, para Rousseau, ser capaz de ser livre, ouvindo a consciência e sua expressão central: o sentimento.

Kant assumirá essa importante ideia de Rousseau de forma parcial. Para o filósofo alemão também é possível afirmar que a liberdade e a moralidade são inseparáveis. A diferença crucial é a seguinte: em Rousseau são os sentimentos que revelam esse vínculo entre liberdade e moral. Já Kant desconfia abertamente dos sentimentos humanos, que considera sempre voltados para os interesses pessoais. A voz da consciência será convertida por Kant na expressão interior de uma razão que aspira a ser universal.

Isso explica por que, ao discutir o esclarecimento, Kant aborde sobretudo dois aspectos. Em primeiro lugar, o esclarecimento é um fenômeno moral, o que pode ser provado ao lembrarmos que seu resultado mais decisivo será a dignificação do ser humano. Em segundo lugar, o esclarecimento como racionalização moral do ser humano deve ser entendido no tempo, é um fenômeno histórico. Assim como Rousseau, Kant também reconhece que a história interfere e estabelece condições específicas para o desenvolvimento daquilo que seria próprio aos seres humanos. Assim, um dos aspectos centrais do texto que discutiremos a partir de agora é justamente "acertar os ponteiros" dessas duas dimensões da condição humana, a histórica e a moral, levando em conta a expectativa (presente em outros textos de Kant) de um aperfeiçoamento moral progressivo do ser humano a partir de sua natureza racional.

"Resposta à pergunta: O que é o esclarecimento?"

O artigo "Resposta à pergunta: O que é o esclarecimento (Aufklärung)?" representa a principal contribuição de Kant ao debate sobre o significado do movimento das ideias de seu tempo. Esse artigo será apresentado aqui a partir de um esquema de perguntas e respostas.

Quais foram as circunstâncias que presidiram ao surgimento desse texto? Em 1783 Johann Erich Biester publicou no *Berlinicher Monatschrift*, revista mensal editada por um círculo de iluministas alemães (a Sociedade dos Amigos do Iluminismo) e para a qual Kant contribuía regularmente, um artigo intitulado "Proposta de não mais se dar trabalho aos eclesiásticos na consumação do matrimônio". Em uma época de pessoas esclarecidas (tal como muitos entusiastas do Iluminismo compreendiam seu tempo) o casamento deveria ser considerado um rito de cunho civil, e não religioso: era essa a mensagem do artigo de Biester. No número seguinte outro membro dessa mesma sociedade – o clérigo Johann Friedrich Zöllner – publicou sua resposta, na qual argumentava que a importância do casamento justificaria que este fosse sacramentado por um rito religioso. Mas nesse mesmo artigo Zöllner proporá aos colaboradores do *Berlinischer Monatschrift* que respondam à seguinte pergunta: o que é esclarecimento? Como este deve ser propriamente entendido? Diversas respostas foram enviadas à revista. A mais famosa seria aquela apresentada por Kant.

Figura 9. Capa da revista *Berlinische Monatschrift*, que publicou o artigo de Kant "Resposta à pergunta: o que é o esclarecimento?"

Em que consiste essa resposta? Kant dividirá o texto em três partes. A primeira delas propõe uma caracterização do esclarecimento. A segunda diz respeito à condição central para a aquisição do esclarecimento: a liberdade. A terceira diz respeito ao momento histórico em que Kant vivia: seria uma época de pessoas plenamente esclarecidas ou não?

Como Kant caracteriza o esclarecimento? Como a saída da menoridade por parte dos seres humanos, tomados tanto individual quanto coletivamente. A metáfora da menoridade é clara: significa a afirmação de que a esmagadora maioria dos seres humanos não se utiliza de suas próprias capacidade racionais, de seu próprio entendimento, para avaliar o mundo ao seu redor e se conduzir nele. Se nos lembrarmos de que a autocondução racional é um dos núcleos da moral kantiana, entenderemos que Kant descreve uma condição na qual os seres humanos são restringidos e incapacitados em sua dimensão moral. Mas essa capacidade estaria presente na própria natureza humana: o que Kant apresenta não é uma definição do esclarecimento derivada de fatos ou observações (o que chamaríamos na linguagem kantiana de uma definição empírica), e sim uma definição depurada destes, na qual o que se considera são as condições puras necessárias para algo, o que é chamado, como já vimos, de definição transcendental: aquela que diz respeito às condições de possibilidade para que algo se realize. É esse o tipo de definição apresentada por Kant. Podemos assim dizer que a potencialidade para um agir plenamente autônomo e racional – a partir do qual os seres humanos poderiam se relacionar de forma mais plenamente moral – está presente em todos os seres humanos, mas que em suas relações concretas e observáveis se apresentarão obstáculos para que essa condição se efetive.

Como Kant apresenta esses obstáculos? Em primeiro lugar, o autor indica uma tendência dos seres humanos que considera recorrente: aquela que os leva a serem preguiçosos e covardes. E por isso a atitude de menoridade não deve ser vista como imposta de fora, mas sim como algo de que os próprios menores são culpados. Mas Kant prolonga essas afirmações em um sentido aparentemente contraditório. O segundo fator que diz respeito à menoridade é dado pela existência dos chamados "tutores": aqueles que, colocados em privilegiadas posições de comando, tendem a tolher o avanço do esclarecimento individual, controlando a conduta dos indivíduos e os levando a crer que ser esclarecido é algo difícil e perigoso. Assim os tutores auferem lucros e vantagens, não sendo ameaçados pelos indivíduos "menores". Tal situação torna o esclarecimento, considerado do ponto de vista de cada indivíduo, uma tarefa que

> Ver sugestões de atividades 3 e 4.

requer enorme esforço. Não ocasionalmente Kant deslocará o foco da discussão para as condições nas quais toda uma sociedade (todo um público) poderia se esclarecer.

Como seria possível que um público se tornasse esclarecido? Segundo Kant, bastaria que houvesse liberdade. Mas em que consistiria essa liberdade? Melhor ainda: até que ponto a liberdade deveria chegar? Muitas vezes os pleitos de autores iluministas a favor da liberdade e do exame racional foram vistos como um convite para a anarquia social e política. Kant claramente é consciente desse problema. Assim, ele advogará, na segunda parte do texto, a favor da seguinte proposta: certos usos da liberdade são legítimos e até mesmo necessários para a promoção do esclarecimento e do próprio ser humano, enquanto outros são arriscados e perigosos.

Então, qual é o "bom" uso da liberdade, e qual é o uso "perigoso"? Para responder a essa pergunta, Kant formula a distinção entre os usos público e privado da razão. O uso público da razão consiste em ter a liberdade de avaliar qualquer tipo de assunto de forma universal, diante de um "público de sábios". Já o uso privado da razão é aquele feito pelos seres humanos como participantes de instituições que estabelecem para eles certas exigências e funções. Um exemplo pode nos instruir a esse respeito. Kant sugere que um oficial militar deverá cumprir as ordens de seu superior na medida em que faz parte, como uma peça de uma máquina, desse exército (uso privado da razão). Mas deve ter o direito de se posicionar diante da validade e do mérito dessas ordens, manifestando-se publicamente para um público de leitores que poderia ter abrangência mundial (uso público da razão). Kant considera os seres humanos como portadores de uma dupla condição: eles são concretamente vinculados uns aos outros por meio de instituições como os governos e as religiões, mas são também participantes (plenos, ou pelo menos em potência) do mundo de pessoas instruídas e capazes de pensar por conta própria: são cidadãos do mundo, são cosmopolitas.

Em outras obras Kant pensa o progresso humano a partir da expectativa de um cosmopolitismo pleno: quando todos os seres humanos fossem cidadãos do mundo, estes se aproximariam de uma condição ideal na qual se poderia viver em paz perpétua.

O que ocorreria, no entanto, se esses usos da razão entrassem em conflito? Por exemplo: e se as opiniões que nutro a respeito da instituição a que sirvo forem totalmente opostas e inconciliáveis com minha participação nela? Afinal, é plenamente possível que o oficial apresentado no exemplo anterior discorde de uma prática de seu exército mas mesmo assim considere a instituição militar válida – e que tal prática deveria ser corrigida. Mas esse mesmo oficial poderá ter opiniões que o levem a entrar em rota de colisão com todo o sentido da instituição militar. Nesse caso, Kant considera ser necessária a renúncia ao posto ocupado.

Mas e se a própria instituição levar a cabo a tarefa de restringir o uso público da razão? Kant aprecia essa possibilidade no caso das instituições religiosas. Lembremos que na época em que Kant redigiu seu texto as instituições religiosas dispunham de amplos poderes sociais, que se traduziam na capacidade de criar obstáculos e restrições para a manifestação pública de pontos de vista. Ainda assim, a resposta de Kant será clara e corajosa: o autor afirma que nenhuma instituição poderia legitimamente restringir o uso público da razão (ou liberdade de pensamento e expressão, como nomearíamos hoje), dado que isso equivaleria a impedir o desenvolvimento da humanidade.

> Ver sugestões de atividades 5 e 6.

O uso público da razão estaria já plenamente realizado na época de Kant? Seria sua época plenamente esclarecida? Não, dirá Kant na terceira parte do texto. Mas seria uma época de esclarecimento. Nesse momento do texto Kant fará o elogio do governante de quem era súdito: o rei Frederico II da Prússia. Frederico II é considerado o protótipo do "déspota esclarecido": falamos aqui dos governantes europeus que reconheceram aspectos do Iluminismo, transformando-os em direitos civis. Na Prússia de Frederico II o exame racional da religião e até mesmo das ações governamentais era admitido com certas reservas. De certa forma, todo o texto de Kant pode ser entendido como uma proposta de acordo com os poderes políticos vigentes: o acordo implica que, de um lado, o público que cultivava o esclarecimento admitisse o cumprimento de suas obrigações sociais e profissionais, bem como a obediência ao governante e aos preceitos religiosos. Do outro lado, as instituições sociais, religiosas e políticas deveriam admitir a marcha do esclarecimento e até mesmo reconhecer que, dentro do rigoroso limite da obediência, essa marcha acarretaria o bem público e o avanço das próprias instituições. No caso específico da política, Kant dirá que essa é a única forma em que a vontade da população e a do monarca coincidiriam. Assim como Rousseau, Kant afirmará que o poder político só é completamente legítimo se está assentado na vontade da população.

Figura 10. Frederico II

Mas por que a restrição inicial da liberdade política pode ser considerada valiosa? Para Kant, ela permite o desenvolvimento e a disseminação ordenada do uso público da razão e, portanto, a formação de um público cada vez mais esclarecido. Esse público deterá uma capacidade cada vez maior de avaliar as instituições e poderá levar sua voz ao recinto da política. Aos poucos as instituições se pautariam por essa racionalidade socialmente disseminada e enraizada. O estágio final seria aquele em que haveria a coincidência entre a racionalidade do público e as ações dos governantes. Podemos entender essa racionalidade dos indivíduos que compõem o público como aquela que orienta o modo de agir moralmente válido: fala-se de atos que poderiam ser submetidos ao escrutínio da razão. Um público esclarecido é composto de pessoas moralmente qualificadas e, portanto, livres. Assim, o horizonte final do texto de Kant aponta para uma condição ideal dos seres humanos na qual a liberdade e a moralidade individuais estariam plenamente reconciliadas com a política; e inversamente uma condição na qual a própria política teria significado e finalidade moral. Isso talvez explique as palavras finais do texto de Kant:

> Se, portanto, a natureza por baixo desse duro envoltório desenvolveu o germe de que cuida delicadamente, a saber, a tendência e a vocação ao *pensamento livre*, este atua em retorno progressivamente sobre o modo de sentir do povo (com o que este se torna capaz cada vez mais de *agir de acordo com a liberdade*), e finalmente até mesmo sobre os princípios do *governo*, que acha conveniente para si próprio tratar o homem, que agora é *mais* do que simples *máquina*, de acordo com a sua dignidade (KANT, 1974b).

Se Kant afirma em sua ética a máxima moral "Tratar ao semelhante como um fim e nunca como um meio" e faz assim a defesa da dignidade humana como valor fundamental, o trecho citado apresenta um ideal no qual a própria política serviria aos interesses racionais e morais da humanidade.

> Ver sugestão de atividade 7.

Sugestões de atividades

1. Sugira à turma que peça ajuda ao professor de Física para retomar o estudo sobre as três leis fundamentais de Newton e fazer um trabalho interdisciplinar sobre Filosofia e Física, explicando como Newton chegou a formular suas leis, o que elas explicam, o que variável e o que permanece constante em seu sistema.
2. Proponha em conjunto com o professor de História uma atividade interdisciplinar na qual as expectativas kantianas em torno de um modo de vida universal (cosmopolitanismo) sejam

articuladas a acontecimentos e instituições emergentes nos últimos 200 anos (exemplos: Liga das Nações, ONU).

3. Apresente e discuta a canção "Admirável gado novo", de Zé Ramalho, a partir de seu título (alusão a Admirável mundo novo, de Aldous Huxley), estrofes e refrão, alinhando sua letra a aspectos do texto de Kant.

Admirável gado novo Zé Ramalho	Demoram-se na beira da estrada E passam a contar o que sobrou...
Oooooooooh! Oooi! Vocês que fazem parte dessa massa Que passa nos projetos do futuro É duro tanto ter que caminhar E dar muito mais do que receber... E ter que demonstrar sua coragem À margem do que possa parecer E ver que toda essa engrenagem Já sente a ferrugem lhe comer... Êeeeeh! Oh! Oh! Vida de gado Povo marcado, Êh! Povo feliz!...(2x) Lá fora faz um tempo confortável A vigilância cuida do normal Os automóveis ouvem a notícia Os homens a publicam no jornal... E correm através da madrugada A única velhice que chegou	Êeeeeh! Oh! Oh! Vida de gado Povo marcado, Êh! Povo feliz!...(2x) Oooooooooh! Oh! Oh! O povo foge da ignorância Apesar de viver tão perto dela E sonham com melhores tempos idos Contemplam essa vida numa cela... Esperam nova possibilidade De verem esse mundo se acabar A Arca de Noé, o dirigível Não voam nem se pode flutuar Não voam nem se pode flutuar Não voam nem se pode flutuar... Êeeeeh! Oh! Oh! Vida de gado Povo marcado, Êh! Povo feliz!...(2x) Ooooooooooooooooh!

4. Proponha aos estudantes que elaborem um pequeno texto com o seguinte tema: em qual aspecto de suas vidas eles se sentem mais próximos daquilo que Kant denomina como menoridade? Na escola, com a família, entre amigos, na participação em atividades esportivas ou em *hobbies*, na vida religiosa, no consumo cultural – em qual desses campos o aluno se percebe como "tutelado", e por quê? Em seguida, realize um seminário coletivo para a discussão das respostas, acentuando que a questão não diz respeito a ser mais ou menos capaz de aceitar

regras, mas a formular de modo racional posicionamentos em relação a essas regras.

5. A filósofa alemã Hannah Arendt (1906-1975), de ascendência judaica, vivenciou na pele a ascensão do nazismo na Alemanha a partir dos anos 1930, tendo sido obrigada a se exilar na França e depois nos Estados Unidos. A partir dessa experiência, a autora formulou o conceito de banalidade do mal. Segundo Arendt, as terríveis ações levadas a cabo por grande parte do povo alemão (e não apenas pelos membros do Partido Nazista) eram presididas por uma avaliação dos próprios atos baseada na total não responsabilidade, o que a autora denomina de "teoria da roda de engrenagem": os participantes dos crimes se eximiram posteriormente destes dizendo que não eram responsáveis, que eram apenas "rodas" em uma "engrenagem", estando naquele momento submetidos a ordens. No entanto, uma pequena minoria de alemães jamais cedeu a essa atitude, recusando-se a participar dos crimes e alegando razões de consciência mesmo com o risco de morrer. Arendt afirmará que tais pessoas, ao dialogarem consigo mesmas em atos de pensamento, encontravam dentro de si uma voz que lhes impunha a não participação. Podemos ver em toda essa discussão ecos do tema exposto anteriormente: as consequências de um conflito entre os mandamentos públicos e a consciência privada.

Figura 11. Hannah Arendt

Sugestão de filme: Parte da história da filósofa foi recentemente retratada no filme justamente intitulado *Hannah Arendt* (2012), de Margarethe von Trotta. O roteiro focaliza o início da década 1960, momento em que Arendt já havia adquirido cidadania em seu país de exílio, trabalhando como professora em várias universidades americanas, e descreve o que aconteceu com ela quando se prontificou a cobrir o julgamento do carrasco nazista

Figura 12. Capa do filme *Hannah Arendt*

Adolf Eichmann, no tribunal dos crimes de guerra de Nuremberg. Seu relatório haveria de gerar bastante polêmica ao desenvolver a tese da *banalidade do mal*. Em primeiro lugar, Arendt disse não ter encontrado em Eichmann, como se esperava, um exímio ser demoníaco, mas apenas um burocrata medíocre que cumpria ordens sem ser capaz de se responsabilizar pelo que fazia. Além disso, ela sugeriu que as lideranças judaicas poderiam ao menos ter ajudado seu povo a resistir, impedindo a extensão do Holocausto, se não incentivassem tanto a obediência cega. O filme, além de muito acessível ao público leigo, dá uma verdadeira aula de filosofia, ao demonstrar a coerência e a independência de pensamento da autora diante da repercussão negativa que seus comentários geraram na opinião pública e entre seus próprios colegas.

6. Proponha uma questão para a turma: pessoas esclarecidas, no sentido dado por Kant, são capazes ou não de resistir a participar em atos criminosos, mesmo que estes sejam impostos por um governo perverso?

7. Pode-se discutir a trajetória da representação política na Modernidade considerando os autores apresentados neste livro (em especial Locke, Rousseau e Kant) e contrastar suas teorias com as práticas políticas contemporâneas a partir das seguintes questões:

    7.1. A democracia é um modelo válido se nela não ocorre a representação dos interesses da população?

    7.2. A representação desses interesses ocorre hoje na vida política brasileira em todos os seus níveis (municipal, estadual, federal)?

7.3. Quais são as ações desejáveis para que as distorções da representação política (e em particular a corrupção) possam ser superadas?

Leituras recomendadas

CHAUI, Marilena de Souza. *Kant: Vida e Obra*. São Paulo: Abril Cultural, 1983. (Os pensadores).

FIGUEIREDO, Vinícius. *Kant & a crítica da razão pura*. Rio de Janeiro: Jorge Zahar, 2005. (*Passo a Passo*).

KANT, Immanuel. Resposta à pergunta: O que é o esclarecimento (Aufklärung)?. In: Textos seletos. Petrópolis: Vozes, 1974b.

Referências

KANT, Immanuel. *A paz perpétua: um projeto filosófico*. Tradução de Arthur Mourão. 2008. Disponível em: <http://www.lusosofia.net/textos/kant_immanuel_paz_perpetua.pdf>. Acesso em: 25 jul. 2013.

KANT, Immanuel. *Crítica da Razão Pura*. Tradução de Manuela Pinto dos Santos e Alexandre Fradique Morujão. Lisboa: Calouste Gulbenkian, 1997.

KANT, Immanuel. *Fundamentação da metafísica dos costumes*. Tradução de Paulo Quintela. São Paulo: Abril Cultural, 1974a.

KANT, Immanuel. *Metafísica dos costumes*. Tradução de Artur Morão. Lisboa: Edições 70, 2004.

KANT, Immanuel. Resposta à pergunta: O que é o esclarecimento (Aufklärung)?. In: Textos seletos. Petrópolis: Vozes, 1974b.

CAPÍTULO 4
NIETZSCHE E O ILUMINISMO

Elementos do contexto histórico

O debate público na Alemanha do século XIX foi dominado pela questão da identidade nacional. Através dele se articulou a construção da unidade política do país, só alcançada em 1871, bem como sua inserção definitiva na Modernidade econômica e social. Nasceu assim uma potência industrial e militar capaz de rivalizar com seus vizinhos na corrida imperialista em curso no período. Além disso, em uma Europa ainda muito marcada pelo impacto da Revolução Francesa de 1789, a ampliação dos mercados consumidor, de trabalho e de capitais, associada à crescente urbanização, concorreu para a expansão da luta pelos direitos de cidadania, orientados pelos ideais de igualdade e justiça sociais. Tamanhas transformações alimentaram, por sua vez, uma ampla reflexão sobre o conflito entre a tradição e o novo, em termos de costumes e valores.

Ao mesmo tempo que ocorriam, esses processos se converteram em objeto de intensa preocupação teórica, tendo recebido interpretações e impulsos muito variados da parte de historiadores, teólogos,

Figura 1. Friedrich Nietzsche

juristas, artistas e intelectuais em geral. Primeiramente como professor universitário, depois como filólogo e, por fim, como escritor, polemista e filósofo, Friedrich Wilhelm Nietzsche (1844-1900) ofereceu uma série de contribuições bastante originais e relevantes para o pensamento sobre a origem, as implicações e as consequências de todos esses acontecimentos.

No que se segue, apresentaremos uma visão de conjunto da obra desse filósofo, mostrando como ele formulou e desenvolveu, segundo as exigências próprias de sua perspectiva, suas opiniões a respeito das matérias referidas. Ao fazê-lo, pretendemos também lançar luz sobre o repertório conceitual criado pelo autor, responsável pelas notáveis peculiaridades de seu pensamento, ainda hoje dignas de atenção. Depois de estabelecido esse ponto de vista geral, iremos situar e examinar as posições nietzschianas sobre o Iluminismo, objetivo específico deste capítulo.

> Ver sugestão de atividade 1.

O pensamento de Nietzsche: programa

Começamos com as concepções defendidas por Nietzsche a respeito das tarefas da filosofia e dos filósofos. Não resta dúvida de que ele é muito ambicioso quanto a isso: o papel a ser desempenhado pela filosofia é o de protagonista no que se refere à vida espiritual de seu público. Nunca evitando os debates de seu tempo, ela deve ser capaz de considerá-los e de neles intervir a partir de um ponto de vista o mais afastado possível de qualquer motivação partidária. Naturalmente alimentada pelo desejo de saber melhor para viver melhor, cabe a ela incorporar em uma visão coerente o maior número de perspectivas válidas, construindo assim uma objetividade superior. Semelhante posição, simultaneamente participativa e livre de preconceitos, permite a ela oferecer as metas para o desenvolvimento global da sociedade.

A primeira impressão é de que essas aspirações são extravagantes. Afinal, como algo tão vago feito ideias e pensamentos poderia decidir sobre a vida prática, sempre governada por interesses concretos? Entretanto, não se pode ignorar que existem antecedentes históricos efetivos para o que Nietzsche pretende. Os exemplos mais evidentes se ligam à Grécia Clássica, de cujo apogeu provém a duradoura influência de Sócrates, Platão e Aristóteles, mestres do Ocidente durante dois milênios. Não há dúvida de que, após se mesclar às lições do cristianismo, o modo de encarar a realidade que esses homens cultivaram integrou com destaque a matriz civilizatória e institucional do nosso mundo. Depois deles, por exemplo, o sentido das ações se tornou menos restrito a seu lado imediato. Basta lembrar a convicção, comum até hoje, de que o exercício do poder não se resume ao puro uso da força, mas depende de legitimação racional. De todo modo, a combinação entre seus ideais, suas ideias e suas práticas de vida é plena de efeitos para nós, como detalharemos adiante.

Deve-se observar, por outro lado, que o tipo de filosofia considerada boa por Nietzsche é muito diferente da grande maioria das que foram defendidas desde a Antiguidade até sua época. A rigor, é em oposição a determinadas noções filosóficas centrais para a civilização ocidental que ele definiu suas expectativas e previsões sobre um futuro diferente para a humanidade. Uma comparação entre as duas propostas é oportuna neste momento.

De maneira bastante simplificada, pode-se afirmar que o mundo ocidental se caracteriza por uma concepção fundamentalmente dualista da realidade, válida para todos os domínios da existência, sem exceção. Nesse mundo, a noção básica sobre o que são as coisas se fundamenta na crença de que, independentemente das mudanças que se percebe em tudo o tempo todo, a verdadeira realidade tem uma essência imutável. As coisas são diferentes do que aparece na superfície porque, lá no fundo, têm um ser que permanece idêntico a si mesmo. Observe-se que não há nenhuma razão envolvida aqui, mas apenas uma disposição para acreditar nisso. Com base nessa disposição, a moral separa o bem, que seria o mesmo para todos, do mal, sempre variável, e também o certo, que seria um só, do errado, que poderia ser de vários modos. Assim também a ciência separa a verdade, unificada, da falsidade, múltipla. E, igualmente, a religião separa o santo, homem constante, do pecador, homem de muitas caras, e o paraíso, pronto e perfeito, do inferno, em contínuo movimento. Preto é preto e branco é branco não porque os vemos assim, segundo convenções, mas porque as coisas são mesmo assim. Insiste-se: o que torna esse modo de pensar tão espontâneo a ponto de parecer natural é um conjunto de crenças difíceis de justificar. A expressão "dualismo metafísico" descreve essa fé em toda a sua extensão.

Nietzsche faz notar que a explicação para que se admita essa fé sem razões é uma explicação histórica. Adiantaremos a seguir o miolo do assunto, a ser explorado em detalhe na seção "Iluminismo, amor pela verdade e espírito religioso". Acreditar que as essências verdadeiras não mudam facilita sobremaneira a vida em comunidade. Ao deixar de lado o que varia, concentrando-se no que parece fixo, as pessoas ganham muito em termos de segurança. Podem, por exemplo, prever comportamentos e rotinas, premiando quem cumpre o que promete e castigando quem deixa de proceder conforme o combinado. Claro que essa vantagem é fruto de expectativas humanas e serve a interesses humanos, mas isso pouco importa. Quem aposta na metafísica dualista alega que aprendemos a ver as diferenças entre essência e aparência não porque precisamos ou queremos, mas porque, no fundo, essas diferenças são o que há de mais real. Diante disso, resulta impossível argumentar diretamente quanto ao ponto.

Indiretamente, porém, Nietzsche ataca o problema ao sugerir que pode ser desejável adotar uma visão alternativa da existência. Ainda que a metafísica promova a segurança, esse não é o único valor a partir do qual a convivência e a própria filosofia conseguem prosperar. **A admissão de que não há, nem na história nem na natureza, onde tudo se transforma, lugar para realidades em si mesmas pode estimular uma disposição criativa e experimental. Se se reconhece que o sentido das coisas não está dado nelas, mas é construído por nós como espécie, a opção pela liberdade** como valor principal se torna bastante atraente. Continuamos aprovando quem é capaz de cumprir suas promessas, embora saibamos agora que a consciência moral não é um dado essencial da condição humana, mas o resultado de nossas escolhas criativas diante das necessidades da vida.

Essa reflexão é formulada de muitas maneiras por Nietzsche. Simplificando, pode-se dar a ela o título genérico de proposta a favor da afirmação da existência. Tendo seu núcleo na superação crítica da metafísica, o programa a favor da afirmação da existência levou o filósofo a conceber sucessivos projetos voltados para sua realização. Ajustados a circunstâncias históricas e biográficas contextuais, tais projetos respondem pelas fases em que sua obra é habitualmente dividida pelos estudiosos. Em seguida, acompanharemos mais de perto esses desdobramentos.

Ver sugestão de atividade 2.

Cronologia e periodização das obras de Nietzsche
A obra de Nietzsche é dividida pela maioria de seus comentaristas e intérpretes nas três fases ou períodos apresentados na próxima seção. O título, a duração e os livros que compõem cada uma delas são os seguintes:

1. Pessimismo romântico (1871-1876)

a) *O nascimento da tragédia*, 1871.

b) *Primeira consideração extemporânea: Davis Strauss, confessor e escritor*, 1873.

c) *Segunda consideração extemporânea: da utilidade e das desvantagens da história para a vida*, 1874.

d) *Terceira consideração extemporânea: Schopenhauer educador*, 1874.

e) *Quarta consideração extemporânea: Richard Wagner em Bayreuth*, 1876.

2. Positivismo e "espírito livre" (1878-1882)

a) *Humano, demasiado humano I*, 1878

b) *Aurora*, 1879.

c) *Humano, demasiado humano II*, 1881.

d) *A gaia ciência*, 1882.

3. Reconstrução da obra e proposição dos "grandes temas" (1883-1888)

a) *Assim falou Zaratustra*, 1883-1885 (publicado em partes).

b) *Para além do bem e do mal*, 1886.

c) *Genealogia da moral*, 1887.

d) *O caso Wagner*, 1888.

e) *O crepúsculo dos ídolos*, 1888.

f) *O anticristo*, 1888.

g) *Ecce Homo*, 1888.

O pensamento de Nietzsche: desenvolvimento

Primeira fase: pessimismo romântico

Como vimos anteriormente, a definição da identidade nacional alemã era assunto urgente no país no século XIX. Para muitos intelectuais, a criação de um teatro alemão com características próprias poderia ser um passo decisivo para a solução do problema. Reconhecendo-se representado em peças, personagens e situações típicas, o povo teria condições de adquirir o sentimento e a consciência de pertencer a uma só nação. Vale lembrar que, diferentemente de hoje, a informação não circulava em escala planetária em tempo real e não existiam ainda meios de comunicação de massas ou eventos esportivos ou artísticos para grandes públicos. Por isso, um espetáculo teatral podia ter forte impacto em processos sociais mais amplos, a ponto de contribuir para a formação de laços comunitários poderosos.

Nesse ambiente, a voz de Nietzsche é ouvida pela primeira vez com a publicação do livro *O nascimento da tragédia*. No plano imediato, o autor sustentava que, a partir de uma apropriação genial de antigos mitos germânicos, a ópera de Wagner chegara a uma elaboração suficiente da questão da identidade nacional. Ponto alto da história da música alemã, lado a lado com Bach e Beethoven, o drama musical wagneriano, porém, significava algo ainda mais importante: o renascimento da tragédia grega na Europa. Tal renascimento, por sua vez, manteria vínculos com um acontecimento capaz de um alcance muito mais abrangente. Tratava-se da recuperação, pela filosofia, de sua vocação original, desencaminhada desde o fim da era dos filósofos chamados pré-socráticos – a vocação a favor da afirmação da existência por meio do pensamento.

Figura 2. Richard Wagner

Para fazer essas três teses funcionarem, Nietzsche distingue dois princípios primitivos, segundo ele ligados de forma fundamental tanto à arte trágica quanto à vida. De um lado estão a dissolução e o indiferenciado, instâncias figuradas pelo deus Dioniso, senhor da música e da embriaguez. De outro lado estão a integridade e a forma bem-definida, figuradas pelo deus Apolo, senhor das artes plásticas e do sonho.

A combinação entre os dois princípios representa o universo com todas as suas transformações. Nele, parte-se de uma mistura indiferenciada de todas as coisas para se chegar a um estado de completo ordenamento, que em seguida volta a ser dissolvido e desmanchado no seio do indeterminado. Assim também na arte

Figura 3. *Apolo de Belvedere*, que se encontra no Museo Pío-Clementino, no Vaticano

Figura 4. *Baco* (ou Dioniso) de Caravaggio. Obra de 1597, que se encontra na Galeria de Uffizi, em Florença

trágica e na vida: o herói e o homem comum vêm, ambos, do fundo sem fundo da existência, pouco a pouco firmam seu caráter e se tornam capazes de responder por suas escolhas, mas não podem deter as forças da dissolução e ao final da peripécia conhecem o destino comum de todas as criaturas.

Essas ideias fazem parte de uma visão filosófica pessimista e romântica. É pessimista porque, ao contrário de prever um desfecho redentor para os seres humanos e para os personagens que eles criam, prevê para eles a aniquilação. A comparação com o cristianismo evidencia o contraste com uma versão otimista sobre nossa condição. Nele, se o homem alcança imitar o herói da narração, atinge a salvação ao final, vivendo pela eternidade em estado de glória. E é romântica porque assume que a criação artística é a atividade que realiza em si o melhor de nós. Conhecemos quem somos e o que é o mundo não através da ciência, da filosofia ou da religião, mas frequentando a companhia da arte.

De acordo com o que foi exposto, quem seria, para Nietzsche, o povo alemão? Aquele destinado a recuperar, por meio de suas obras, a força original da Europa. Isso importa, pois afinal essa é a terra em que, outrora, foi criada a tragédia como resposta mais corajosa para o enigma da existência. Quanto à tragédia, vale sublinhar o seguinte: afirmar a existência significa, exatamente, encará-la, aproveitando tudo o que ela dá, sem fugir de seus aspectos difíceis. A versão otimista sobre a vida pode ser consoladora, mas soa, acima de tudo, falsa. Para quem gosta de viver, com todos os perigos e desafios inerentes ao cotidiano, a esperança de salvação depois da morte é indiferente. É por isso que não há contradição quando Nietzsche diz afirmar a vida sendo, ao mesmo tempo, pessimista.

A recepção do livro culminou em uma polêmica que não ajudou em nada a divulgação e a discussão dos temas aqui resumidos. De mais a mais, o andamento da argumentação, que conduzia uma série de hipóteses difíceis, podia ser – e de fato foi – contestado sob vários aspectos. Vendo que a ambientação de suas propostas junto à arte trágica rendeu muito pouco, o filósofo imprimiu aos seus trabalhos posteriores uma direção inesperada. Embora nunca chegasse a abandonar uma opinião favorável a respeito da arte, sua obra passou por uma reorientação tática significativa. É trazida ao primeiro plano a perspectiva do conhecimento e da ciência, engajados no cultivo da liberdade de ação e pensamento.

Ver sugestões de atividades 3 e 4.

As Considerações extemporâneas

Chamados em português de *Considerações extemporâneas* ou *Considerações intempestivas*, os quatro ensaios sob esse título repercutiram pouco à época de sua publicação, embora hoje em dia tenham seu interesse devidamente restituído. O nome "extemporâneo" indica que, apesar serem obras ocupadas com assuntos em discussão naquele momento, abordam-nos a partir de perspectivas afastadas dos termos e da sensibilidade correntes. O fio condutor das reflexões é a crítica dos modelos educacionais e culturais vigentes, que desprezam a formação de homens superiores em favor do atendimento das demandas do mercado e do Estado.

O primeiro alvo é David Strauss, teólogo autor de *best-sellers* sobre Jesus Cristo, o cristianismo e a espiritualidade moderna. Nietzsche o acusa de ser incapaz de uma reflexão profunda e autêntica e de, com isso, confirmar as escolhas e o gosto de um público volúvel e superficial. O ensaio mais interessante do conjunto vem em seguida, tratando da sobrevalorização dos estudos históricos pela cultura da época. Para o filósofo, o abuso da consciência histórica inibe a ação e o senso de grandeza, diluindo as diferenças entre os tempos no fluxo linear e indiferente da historicidade geral. Nesse clima, os estudos acadêmicos atolam na erudição e no diletantismo, impedindo quem os realiza de se tornar capaz de interferir efetivamente no curso da história.

Figura 5. Arthur Schopenhauer

A terceira e a quarta "extemporâneas" são dedicadas aos mestres então admirados pelo filósofo. O elogio a Schopenhauer destaca a força desse pensador em se manter fiel a suas tarefas próprias, sem se deixar levar pelas modas intelectuais que vêm e vão. Sua lição principal é a favor do que há de heroico e incorruptível na veracidade, na dignidade exclusiva de quem dedica a vida ao serviço da filosofia. A última, apesar de escrita para uma ocasião em particular – saúda a inauguração do teatro destinado à encenação das obras de Wagner – mostra que, na realização artística desse homem, está também a força de uma integridade que deveria servir de exemplo para uma época adepta das soluções de compromisso e das acomodações de todo tipo.

Segunda fase: positivismo e "espírito livre"

Antes de estudar os pontos mais importantes da mudança no pensamento de Nietzsche, convém dar algumas notícias biográficas que ajudam a situá-la. Sua carreira de professor, cujo começo foi bastante bem-sucedido, entrou em declínio com a repercussão do livro sobre a tragédia. A amizade pessoal com o músico Wagner seguiu um caminho parecido e terminou tempos depois. Nessa mesma época, em meados dos anos 1870, sua saúde entra em um lento e contínuo processo de decadência. Nunca houve acordo sobre as causas desse adoecimento. Os sintomas incluíam dores fortíssimas nos olhos e na cabeça, associadas a náuseas e prostração durante dias. Por força desse quadro, seu magistério chegou ao fim em 1879, tendo se estendido por exatos dez anos. Desligado de obrigações profissionais e aposentado sob condições modestas, o pensador assumiu uma rotina de vida livre, ocupada com leituras, caminhadas, conversações, escrita e viagens em busca dos melhores pousos para cada estação do ano.

Em 1878, sete anos depois da primeira publicação, vem à luz outro livro seu, no qual, desde o início, encontramos em ação um pensamento comprometido com as conquistas metodológicas e cognitivas da história e das ciências naturais. Intitulada *Humano, demasiado humano*, essa obra explora, sob os mais diversos ângulos, as implicações desse modo de conceber a filosofia e de trabalhar filosoficamente. Nos anos seguintes, a produção teórica de Nietzsche se encarrega de ampliar e aprofundar a investigação orientada segundo essa diretriz. Afastando-se da Antiguidade Clássica, o filósofo busca em seu entorno imediato elementos que permitam levar adiante o plano de afirmação da existência a partir da superação do dualismo metafísico. Se, desde o século XVII, o fator responsável pelas principais transformações na forma das pessoas viverem é o progresso científico, interessa determinar com clareza os significados disso. Para ele, trata-se de saber em que termos uma aliança com a mentalidade positiva que inspira as ciências pode render em prol de seus objetivos.

O sucesso da ciência no mundo moderno está relacionado ao livre exercício da razão. Contra a autoridade da tradição, ela sustenta que a busca pelo conhecimento depende da observação e da experimentação, atividades teoricamente orientadas. A prática científica não se alimenta de opiniões e preconceitos, mas da investigação dos fatos e de sua integração a uma rede de enunciados que formam o corpo de saberes admitido em cada domínio ou disciplina científicos. A validade de alguma afirmação depende de dados ou evidências compartilhados e de testes que podem ser repetidos pelos praticantes de cada ciência – em suma, de provas experimentais racionalmente admitidas.

Entretanto, uma dificuldade importante pode aparecer quando pretensões científicas se apresentam como pretensões metafísicas, alimentando expectativas abusivas sobre os poderes da razão. De fato, uma coisa é um cientista dizer que os resultados de algum experimento mostram que determinado fenômeno pode ser descrito acertadamente de determinada maneira, em termos compartilhados por seus colegas – estando, portanto, cientificamente definido como ocorre o tal fenômeno. Outra muito diferente é ele dizer que aqueles mesmos resultados trazem consigo não a descrição corrente na ciência para o fenômeno estudado, mas a verdade essencial da realidade em que aquilo consiste. Na primeira versão, a ciência restringe seu alcance ao que a teoria, a prática e os instrumentos permitem. Já a segunda versão implica expectativas muito mais altas. Segundo ela, o que a ciência faz é descobrir o que realmente é cada objeto sob sua atenção, oferecendo uma explicação para ele que tem caráter necessário e universal. Concebida dessa maneira, a explicação científica revelaria a verdade do que quer que fosse por ela tratado. Em um caso assim, parece que a ciência aspiraria a possuir a última palavra sobre as coisas, algo desautorizado por sua própria constituição, baseada na crítica.

Perfeitamente à vontade com essa distinção entre as duas versões sobre o que é a ciência, Nietzsche saúda nas ciências a lisura no procedimento, o compromisso com regimes de prova rigorosos e o respeito pela retidão intelectual. Contrastando a verdade metafísica com as descrições científicas, ele não vê motivos para dar crédito à primeira, enquanto reconhece nas demais as marcas de uma cultura superior. Afinal, desde o advento da ciência moderna, ao se pesquisar qualquer assunto, deve-se ter como meta entender como aquilo se comporta, e não como deveria ser para nos agradar. Ora, via de regra, uma explicação metafísica empresta sentido a seu tema, mas não o apresenta em seus traços naturais e históricos, eximindo-se com isso de provar o que diz. Isso pode até consolar nosso coração, mas não honra nossa inteligência.

Figura 6. Fenômeno da ausência da gravidade

Um exemplo clássico serve para ilustrar o ponto. Como seria possível explicar a existência do mal em um mundo que só existe graças aos atos de uma divindade benévola e todo-poderosa? Para que essa imagem do criador não implicasse contradição – afinal, experimenta-se muita maldade por aí – teria de haver, ao lado do bem, agentes independentes e capazes, por si mesmos, de provocar o mal. Resulta disso a necessidade de se postular o livre arbítrio das criaturas, de modo a manter puros e separados os princípios metafísicos da moral, eximindo o bem de qualquer consórcio com o mal.

O que semelhante raciocínio deixa de lado é toda a pré-história efetiva da espécie humana. Nela se situa a milenar luta pela formação, no registro simbólico, de animais capazes de memória e lembranças e, por conseguinte, de fazer promessas. Tal luta nada tem de transcendente, mas ocorreu aqui mesmo, neste planeta, ao longo da evolução cultural da espécie humana. A conquista do sentido de responsabilidade individual é um ganho inequívoco dessa evolução, embora não dependa da suposição improvável de que existe uma alma imortal separada do corpo que responde pelas escolhas que alguém faz em sua vida. Como consequência desse longuíssimo desenvolvimento, chegamos a reconhecer uma pessoa que cumpre sua palavra como pessoa de bem – o que é indiferente em relação à fábula da luta eterna do bem contra o mal. De mais a mais, a premissa segundo a qual uma divindade absoluta reina sobre o mundo só é admissível por um ato de fé, o que contraria de frente o espírito científico, tal como este foi descrito.

Em contrapartida, em uma atmosfera desobrigada de crença, passa a interessar bastante a investigação de como a moralidade de fundo religioso chegou a desempenhar um papel tão influente entre os homens, quais são as contribuições que ela trouxe para nosso modo de viver, quais são seus significados psicológicos, e assim por diante. O apelo exercido pelos objetos da metafísica resta ainda muito nítido, embora não mais como ponto de cartilha, mas como tema de investigação e exame livres. Intuições muito instigantes sobre esses assuntos recheiam os aforismos nietzschianos de então.

Quanto ao tema, aliás, também se espera que o estudioso distinga a situação de um indivíduo que se insere hoje na cultura, tornando-se sujeito de direitos e deveres, da história que definiu as condições para se falar em termos de "indivíduo", "cultura" e "direito" – ou seja, que o estudioso disponha de "sentido histórico". A ausência desse senso costuma fazer com que a comparação entre nosso estado atual e, digamos, a condição dos homens há dez mil anos seja feita com base em uma suposta e invariável natureza das coisas, o que leva a simplificações muito obtusas.

Dois exemplos nos ajudam a compreender o que significa o sentido histórico

Em primeiro lugar, o amor. Os sentimentos amorosos que nos unem a nossos(as) companheiros(as) exercem enorme influência em todas as dimensões de nossa vida, e por isso tendemos a considerar tais sentimentos como uma parte de nossa essência, que constituiriam o que haveria de mais profundo em nós. Mas nossos modelos e ideais acerca do amor são diretamente influenciados pela emergência histórica da imagem e das práticas vinculadas ao amor romântico, que se manifesta em nossa cultura a partir do século XII. Nossas formas de amar são herdadas da Idade Média. Outro exemplo é nossa perspectiva acerca da infância. Tendemos a considerar que, por natureza, crianças são criaturas diferentes dos adultos e que mereceriam assim uma atitude diferente em relação a estes. Mas essa forma de considerar a infância data, na cultura ocidental, apenas do século XVIII e está ligada às profundas mudanças pedagógicas e sociais que ocorreram naquele século, bem como à imensa influência exercida por uma obra em particular: o romance filosófico *Emílio*, de Rousseau. De certa forma, Rousseau criou uma imagem da infância que prevalece até hoje entre nós.

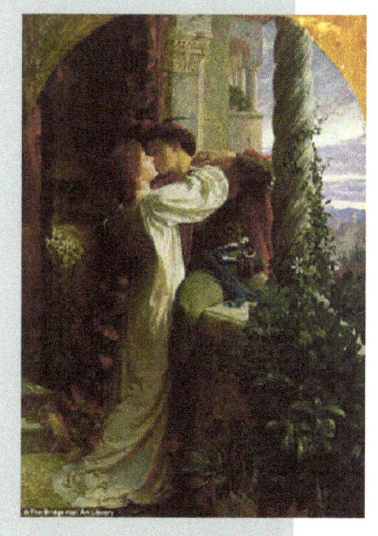

Figura 7. *Romeu e Julieta*, de Frank Bernard Dicksee, que foi pintado em 1884 e se encontra na Southampton City Art Gallery em Southampton, Inglaterra

Com efeito, é a influência do "sentido histórico" que guia Nietzsche em seus estudos seguintes. Os temas ligados à moral crescem em importância para ele a partir de *Aurora* e *A gaia ciência*, chegando a ocupar o centro das atenções no terceiro período de sua obra. Munido de recursos provenientes da pesquisa científica – linguísticos, psicológicos, fisiológicos, geográficos e arqueológicos, entre outros –, ele se volta para o exame dos valores e das avaliações produzidos sob as condições mais diversas ao longo da história universal. A comparação entre códigos morais tão distantes no tempo e no espaço tem como horizonte mais abrangente a mesma questão de antes. O que importa é saber como e por que existiram tipos tão diversos de cultura humana, e se é possível firmar alguma hierarquia entre suas respectivas tábuas de valor.

Figura 8. Gravura do século XVIII alusiva ao *Emílio* de Rousseau

Portanto, mesmo que o entusiasta da arte trágica tenha dado lugar ao sóbrio amigo da liberdade de espírito, não parece haver incompatibilidade entre as duas figuras. Ambas servem ao mesmo objetivo, a ser perseguido oportunamente pelo "mestre do 'eterno retorno'", avatar assumido por Nietzsche a partir de *Assim falou Zaratustra*. É em nome do aprendizado da afirmação da existência que Nietzsche se serviu dos preceitos da pesquisa científica. Afinal, essa mentalidade positiva pode também promover o indivíduo que deseja experimentar e pensar por si mesmo, conquistando com isso o direito a afirmar a vida em seu próprio nome.

Ver sugestões de atividades 5 e 6.

Terceira fase: reconstrução da obra e os grandes temas

O mergulho do filósofo na atmosfera lúcida da racionalidade científica não resultou, conforme adiantamos, em uma conversão definitiva à cientificidade. Pelo contrário, os escritos que vêm a público a partir de *Assim falou Zaratustra* migram em uma direção bem diferente. O traço peculiar que os reúne é a elaboração de uma série de temas ou motivos para a reflexão que costumam responder pela reputação tão heterogênea que Nietzsche adquiriu na posteridade. Como se sabe, ele é tomado algumas vezes como profeta visionário, outras como anarquista e boêmio radical, outras ainda como ideólogo nacionalista, dependendo da formulação que o leitor escolhe para identificá-lo. A lista desses temas varia, mas estão sempre presentes os ensinamentos ligados ao "super-homem", o "niilismo" e sua superação pela "transvaloração de todos os valores", parte decisiva da experiência do eterno retorno.

Antes, devemos considerar novamente as reviravoltas no percurso de Nietzsche. É preciso entender por que o filósofo redirecionou seus escritos em um rumo tão insólito, deixando de lado o ânimo sereno das obras da segunda fase e voltando a adotar um tom polêmico e acalorado em sua prosa. Cabe perguntar ainda por que a disposição a favor de valorizar as conquistas científicas deu lugar a um filosofar recheado de fórmulas bombásticas como as mencionadas anteriormente. Por fim, importa reforçar o sentido de conjunto dessas metamorfoses sucessivas, que levaram um jovem romântico a se tornar um espírito livre em moldes positivos para, em seguida, apresentar-se como filósofo destinado a legislar sobre o futuro da civilização.

Apesar da estranheza do retrato, as coisas podem ser equacionadas de forma simples. Se o plano inicial a respeito da educação do público pela arte visando à afirmação da existência falhou, o segundo não estava fadado a uma sorte melhor. O próprio Nietzsche entendeu desde cedo que o espírito investigativo típico da atividade científica poderia não ser capaz de oferecer metas ecumênicas para o desenvolvimento da cultura. Ao contrário, o hábito de sempre examinar, indagar e questionar antes de assentir, aderir e mesmo acreditar, longe de consolidar laços firmes nas relações entre as pessoas, tende a torná-las mais atentas às diferenças e peculiaridades de cada um em cada situação.

Com isso, o famoso distanciamento crítico ocorre de fato. Valores como a retidão intelectual, necessários para a integração de uma comunidade de pesquisa, têm pouco apelo na maioria das situações comuns do cotidiano. Basta pensar, por analogia, em uma família. A força da ligação de uns com os outros depende de fatores como confiança, respeito e solidariedade, enraizados em experiências e emoções compartilhadas, anteriores a qualquer motivo racional. Assim, uma descrição da psicologia, da fisiologia e da história do amor entre pais e filhos ou entre irmãos pode esclarecê-lo cientificamente, embora não chegue sequer ao limiar do que se sente e do que se faz em nome dele – e, principalmente, do que é preciso para conquistá-lo.

Essa limitação própria da mentalidade científica obrigou o pensador a fazer as manobras indicadas. Mobilizar a sensibilidade e o interesse do público a favor de uma alteração fundamental na imagem que ele faz do mundo não é um propósito simples. Não basta, para que ele se cumpra, apenas persuasão racional. É preciso fornecer visões poderosas, capazes de condensar em torno de si as aspirações mais elevadas de todos. O repertório da cultura ocidental traz consigo, por exemplo, a visão da Paixão de Cristo, depois ressuscitado em prol da redenção da humanidade. Há também o mito platônico que narra a saída de um prisioneiro das sombras da caverna para a plenitude da luz, explorado em pormenor no Capítulo 1. São peças dotadas de rico conteúdo simbólico e grande apelo emocional. Se se trata de oferecer uma alternativa com poder edificante equivalente, não é suficiente dissertar filosoficamente. Essa constatação esboça uma explicação a respeito de por que Nietzsche propôs as lições sobre o "super-homem", o eterno retorno, a transvaloração de todos os valores e outras afins.

Pela ordem, tentemos agora esclarecer o papel desse "super-homem". Muito se disse a seu respeito, e muitos usos foram feitos dele. Envolvido em mal-entendidos puritanos, foi tomado como modelo ideal de uma raça superior, fugindo completamente ao programa de afirmação da existência pretendido por Nietzsche. Seria então algum tipo de homem

Figura 9. Nietzsche Super-Homem

superior, como um santo ou um gênio? De novo a afirmação da vida no mundo inviabiliza a leitura. O santo recusa o mundo e dele se retira. Já o gênio teria recebido seu dom de fora daqui, sendo excepcional por uma intervenção de forças externas, o que novamente contrasta com o ensino de Nietzsche. Pois o que ele sugere é que uma aliança entre as forças artísticas e a sabedoria prática da vida, juntamente com o espírito científico, poderia promover um tipo humano mais íntegro e capaz que aqueles de que dispomos como modelos hoje. Ir além do homem talvez não signifique mais que isso, mas a compreensão dessa mensagem singela deu o que pensar a muita gente, e nisso está seu principal ganho. A superação é, sobretudo, autossuperação, disposição de moldar, selecionar, tornar mais forte a partir do que é próprio.

Por sua vez, e também sumariamente, o eterno retorno consiste na ideia de que tudo o que acontece no mundo já aconteceu e voltará a acontecer infinitas vezes de modo idêntico. Sua interpretação mais corriqueira atribui a ele dois sentidos. O primeiro sustenta que, por ser formado por forças finitas e existir durante a eternidade, isto é, durante um tempo infinito, o universo não comporta a criação de nada novo. As forças necessariamente esgotariam suas configurações e teriam de repeti-las, e em meio a elas está o mundo tal como o conhecemos. Embora pretenda dialogar com a física de seu tempo, essa dimensão cosmológica da tese da repetição eterna de todas as coisas não contou com nenhum acolhimento científico significativo.

Muito mais interessante e frutífero é o segundo sentido da ideia, apresentado como uma espécie de desafio ao vivente. De suas implicações podem depender posicionamentos decisivos em relação à pergunta pelo valor da vida. Enunciado como uma conjectura, interpela assim quem o lê: se tudo o que se passou em sua vida até este instante tivesse de se repetir exatamente como foi, na mesma ordem e sequência, infinitas vezes ao longo da eternidade, isso pareceria bom ou ruim para você? Há, no mínimo, duas reações possíveis. Primeira: o vivente recusa com horror essa espécie de condenação, animado pela noção de que sempre se pode melhorar e de que as segundas chances existem realmente. Segunda: ele gosta tanto do que viveu e vive que acolhe com empolgação a confirmação simultânea de seu passado e de seu futuro, desejando que tudo seja eternamente como já foi. Afinal, para alguém assim, nada existe que seja superior à vida, com a alternância de bons e maus momentos que caracteriza sua plenitude.

De acordo com Nietzsche, os dois caminhos assim abertos divergem em função das apreciações antagônicas da existência que estão em sua base. A recusa do eterno retorno é herdeira de tradições redentoristas. Sua raiz profunda está na metafísica dualista,

Figura 10. Serpente Ouroboros, que come o próprio rabo: representação do eterno retorno

que alimenta nos homens a esperança de salvação pelo reencontro com a verdadeira realidade. A vontade de voltar atrás e consertar os erros depende do entendimento de que erros e acertos são coisas inconfundíveis e não dependem da variedade de opiniões sobre o valor de uma ação. Já o desejo de provar o eterno retorno se vincula a uma percepção pluralista da vida, segundo a qual é impossível reduzir a experiência aos puros limites do bem e do mal. Se não há bem nem mal absolutos, não há danação nem redenção absolutas. Nessa linha, aprender a viver com dignidade implica assumir feitos e malfeitos como aquilo que nos constitui, pois se não tivéssemos sido o que fomos, não seríamos o que somos agora, e isso torna injusto consigo mesmo quem renega o que fez e foi um dia. Para quem deseja o eterno retorno, o mais difícil e importante é aprender a cada dia como construir aquilo que é sua figura mais própria, sem medo nem idealização.

Cabe ilustrar o ponto remetendo à dramaturgia contemporânea. Nela, há uma linhagem filiada às tradições redentoristas, cujo maior expoente é o cinema de Hollywood. Desde a época dos faroestes, essa indústria produz histórias que envolvem regenerações e expiação das culpas através de segundas chances na vida de seus heróis, o que lhe assegurou, inclusive, grande sucesso de público. Mas há também a produção do chamado Cinema Novo dos anos 1960, muito forte na Europa e no Brasil. As peripécias de seus heróis eram encenadas sem a preocupação sobre se eles se livravam ou não do mal. Mais importava mostrar como eles viviam os conflitos da existência sem buscar consolo fora do mundo. Bastava a eles a realização de sua história aqui mesmo.

Em conclusão: para o filósofo, os termos da primeira avaliação da existência são pouco atentos à variedade efetiva das formas de vida criadas pela humanidade. Por isso, resultam até mórbidos em sua intenção de tudo ordenar com base em sua dualidade valorativa absoluta. Já a segunda avaliação se mostra mais atraída por este mundo, lugar onde estamos, e assim remete a uma sensibilidade mais aberta. Para ela, lidar com as contingências que constituem a história coletiva da espécie permite apreciar com mais gosto sua complexidade. Como no lance envolvendo o super-homem, a imagem do eterno retorno criada por Nietzsche se presta a mobilizar corações e mentes para a tarefa de construção de uma vida menos amedrontada e conformista. Assim, o super-homem ensina a desejar o eterno retorno.

O terceiro tema referido, a transvaloração de todos os valores, articula essas lições à genealogia dos valores morais. Segundo as linhas principais desse estudo, presentes em livros como *Além do bem e do mal* e *Genealogia da moral*, não houve na história uma origem única para os valores bem e mal. Diversamente, teria havido uma proveniência nobre e outra vulgar para eles. A primeira teria determinado o significado das palavras "bom" e "ruim" a partir das escolhas e rejeições do grupo social dominante, ao passo que a segunda teria determinado o significado das mesmas palavras em oposição a esse seu uso primitivo, invertendo-lhes os sinais. Assim, enquanto o "bom" para o nobre vinha daquilo que lhe apetecia, o "bom" para o vulgo teria de ser o contrário do que era o bom para o nobre, em uma formação tipicamente reativa. Por exemplo, se a dureza consigo mesmo e com os outros era sentida como algo bom entre os nobres, pois firmava seu caráter, a tendência era que os demais, tomando a dureza como algo ruim, graças a sua origem, dissessem que boa era a brandura consigo mesmos e com os outros.

Ainda segundo Nietzsche, os valores do vulgo, grande maioria, chegaram um dia a dominar graças a sua apropriação pela casta sacerdotal, responsável por converter as preferências de um grupo em conceitos universais. Aí teria ocorrido a primeira "transvaloração dos valores", repudiando o que era superior na origem em favor do que era inferior na origem. A pregação aos mansos que herdarão a terra, tornada hegemônica através do cristianismo, foi a culminância desse movimento. Graças a ele foram apagadas as pistas sobre a formação dos valores, e os séculos seguintes educaram seus filhos na crença da diferença real e absoluta entre bem e mal.

Independentemente do acerto histórico dessa narrativa, a questão lançada pelo pensador é, assim, enriquecida com elementos cuja presença é reconhecível na trajetória espiritual do Ocidente. Se já aconteceu uma vez nesses moldes, no mínimo está provado que é possível. Disso decorre que a nova transvaloração, na direção pretendida por ele, pode estar na dependência da proposta de novas metas para a civilização. Não é outra a tarefa assumida por sua filosofia, como já vimos antes.

> Ver sugestões de atividades 7 e 8.

Nietzsche e o Iluminismo: uma relação ambígua

Introdução

As referências nominais ao Iluminismo são escassas na obra de Nietzsche, sendo praticamente circunscritas a sua segunda fase. Não existe nenhuma elaboração programática do assunto nem articulação dele com conceitos próprios da filosofia nietzschiana, como ocorre em Kant ou nos autores enciclopedistas Diderot e Montesquieu. Esses indícios sugerem que sua reflexão não se ocupou intensivamente da matéria, recomendando cautela na apreciação de suas opiniões a seu respeito.

Entretanto, por dois motivos pelo menos, não cabe negligenciar a relevância atribuída pelo pensador ao tema. Primeiro: o conteúdo de suas ocorrências na obra é quase sempre elogioso, em termos especialmente caros ao filósofo. De acordo com seu juízo, épocas em que o espírito esclarecido prevalece trazem consigo condições favoráveis para o exercício da autodeterminação, para o zelo pela independência individual e para a experimentação alheia ao dogma, práticas muito educativas. Segundo: na fase indicada, sua atividade como escritor se conforma estilisticamente aos princípios do movimento iluminista. Isso resulta em uma prosa equilibrada e agradável, em que quase nunca deixa de haver boas razões para o que se afirma. Em suma, o ambiente aí é o da conversação polida e bem-informada, desimpedida de limitações devidas a crenças acima de exame. Nada lembra pregação, culto ou obediência, e nisso se reconhece nitidamente as cores do Iluminismo.

Por outro lado, é importante notar que o fenômeno histórico do Iluminismo é considerado de vários modos por Nietzsche, em função de sua incidência diferenciada sobre os indivíduos, a política e a sociedade. Em conexão com isso, o alcance e os efeitos da mentalidade iluminista variam bastante para ele, dependendo de suas associações com uma série de elementos de toda ordem – o espírito revolucionário, o sentimento religioso, o ceticismo moral, e assim por diante. O aspecto intrincado da questão demanda cuidado em seu tratamento, a fim de que os detalhes da posição que se pretende restituir não sejam perdidos.

Ainda a título preliminar, não se pode esquecer que as noções centrais do ideário iluminista envolvem a razão e seus usos. Poucos tópicos foram tão explorados pela filosofia nietzschiana como esse. Interessa, então, entender os nexos entre as grandes expectativas iluministas em relação à razão e a concepção menos idealizada que o filósofo propõe a seu respeito, tomando-a não como entidade metafísica, mas como um recurso humano natural e histórico. A verificação da viabilidade do Iluminismo como promotor da liberdade, aspecto crucial de todos os debates a seu respeito, depende do que se estabelecer quanto a esse ponto crucial.

Iluminismo, Renascimento e Revolução Francesa

É plausível sustentar a existência de continuidade entre Renascimento e Iluminismo, mesmo reconhecendo um sem-número de especificidades que fazem com que, dependendo das personalidades, da região ou da época que se tenha em mente, saltem aos olhos as grandes diferenças entre os dois movimentos. Afinal, cada um remete a uma série complexa de acontecimentos com impacto e significado variáveis – que podem ser históricos, econômicos, artísticos, militares, tecnológicos e muitos outros.

Apesar de tudo isso, a continuidade pode ser pensada da maneira seguinte. Nietzsche diz, por exemplo, em *Humano, demasiado humano*:

> O renascimento italiano abrigava em si todas as forças positivas a que devemos a cultura moderna: emancipação do pensamento, desprezo das autoridades, triunfo da educação sobre a arrogância da linhagem, entusiasmo pela ciência e pelo passado científico da humanidade, desgrilhoamento do indivíduo, flama da veracidade e aversão à aparência e ao puro efeito (NIETZSCHE, 2002, p. 164).

Até aí não há maiores novidades. É consenso entre os historiadores que cada uma dessas linhas consiste em conquista do Renascimento, e não apenas do italiano, mas também dos demais movimentos voltados para o resgate do humanismo grego e latino ocorridos na Inglaterra, na Holanda e em outros países.

Anteriormente, no mesmo livro, outra referência nominal ao Renascimento culmina com sua associação direta "à bandeira do Iluminismo – a bandeira com os três nomes: Petrarca, Erasmo e Voltaire" (p. 35). Ora, se Nietzsche descreve as forças renascentistas nos termos aqui citados e, no mesmo contexto, abriga sob a bandeira do Iluminismo homens cujas biografias cobrem um arco de quase 500 anos, não resta dúvida de que ele está convencido da ligação profunda entre os dois momentos da história da cultura europeia. O que reúne um poeta e tradutor do século XIV italiano a um erudito polemista holandês que viveu entre os séculos XV e XVI, e ambos ao mais célebre dos pensadores e publicistas na França do século XVIII, só pode ser uma comunhão de disposições favoráveis às forças apontadas pelo alemão. Por mais singulares que sejam as trajetórias desses homens, o traço de união que os liga é fácil de sublinhar. São amigos da liberdade e adversários da opressão, enxergando no pensamento racional um potencial criativo superior. Quanto a isso, é certo que Nietzsche se alinha a eles.

É claro, porém, que a simples enunciação de princípios tão gerais não garante coerência quanto a sua aplicação prática. Em especial, Nietzsche aponta uma situação na qual o espírito das luzes, apropriado pelo fanatismo, produziu consequências contrárias às noções que estão em sua base. Como fator de crescimento pessoal, uma disposição crítica e esclarecida conduz os indivíduos a uma atitude tolerante em relação ao comportamento humano. Tal tolerância se apoia na convicção de que, respeitados os limites da lei, que sempre admite aprimoramento, adultos podem e devem fazer escolhas quanto a seus valores e costumes e responder por elas sem precisar se submeter a qualquer autoridade além de sua consciência. Ora, houve uma ocasião em que essa disposição se encontrou com o sentimentalismo, a inquietude e a volúpia característicos do espírito revolucionário. A tal encontro o filósofo atribui o reinado do terror sob o governo dos jacobinos na França. A apropriação da disposição para o debate e a crítica por paixões políticas ferozes gerou uma época de sangrenta intolerância, pondo em risco justamente o que se pretendia resguardar em primeiro lugar.

Dificuldades desse tipo se multiplicam quando a reconstrução genealógica entra de novo em jogo. Como ela mostra, o amor pela verdade, arma na luta a favor da liberdade, talvez tenha sua origem em algo mais sombrio que a natureza racional do ser humano. Conforme mostra a genealogia, talvez se deseje a verdade não pelo que ela tem de puro, neutro e livre de interferência do dogma e da autoridade. Talvez ela só motive nossos desejos exatamente porque tira sua força de compromissos morais derivados da adesão ao dogma e à autoridade. E, mais grave, talvez seja impossível desligar a vontade de investigar a verdade dessa sua origem sem danificar sua capacidade de nos interessar por ela. Esse feixe de paradoxos é o que merece atenção em seguida.

Ver sugestão de atividade 9.

Iluminismo, amor pela verdade e espírito religioso

A pergunta que se impõe é: de onde a humanidade tirou seu declarado amor pela verdade? Para os idealistas, que mantêm um pé firme na metafísica, essa pergunta não faz sentido, pois a verdade é, em absoluto, separada do erro e da mentira, o que faz dela algo intrinsecamente bom.

Para Nietzsche, uma resposta tão cândida é que não faz sentido. Se, conforme ensina o "sentido histórico", tudo veio a ser, também o amor pela verdade se desenvolveu de alguma maneira. Sua hipótese: os homens, que vivem em grupo por natureza, precisaram arranjar modos de facilitar seu entrosamento em situações de vida ou morte experimentadas diariamente ao longo de dezenas de milhares de anos, como a caça e a coleta para subsistência e a defesa contra predadores. Sob tais pressões do meio, a fala e a linguagem articulada foram forjadas lentamente, ao preço de difíceis adaptações físicas e mentais. O termo do processo, tardio em relação a seu início, embora muito próximo de nós, é alcançado quando uma determinada comunidade dispõe de um código fixo que obriga seus membros a chamarem as coisas pelo nome ou sinal combinado. Nesse registro, dizer a verdade é se ater ao combinado, chamando cada coisa por seu nome convencional.

Portanto, na origem, a verdade não vale por si mesma, mas apenas por seus efeitos. A confiança em alguém deriva do uso que ele faz dos códigos comuns. Se o uso é acertado, ele é digno de participar da vida coletiva, pois traz vantagens para ela. Se o uso é errado, ele deve ser excluído da comunidade, pois pode provocar dano quando em uma situação de risco. Ainda inexiste a distinção teórica entre essência e aparência, entre o que é real e o que muda e se transforma. Somente semelhante distinção obrigará a desconfiar, a investigar e a negar, inclusive as próprias convenções, para que se busque a verdade que estaria sob a superfície ou detrás das aparências. Ainda segundo Nietzsche, a mudança na compreensão da verdade – de algo criado pelo interesse em algo puro e desinteressado – não veio do otimismo racional típico do Iluminismo, mas de uma atitude existencial muito diferente. O espírito religioso é seu inventor.

Para esse espírito, algo permanente feito a verdade não poderia provir deste mundo, tão incerto, mas tem de ter saído de um outro lugar, onde tudo está em ordem para sempre. Essa ordem em que ele deposita sua fé é, por definição, revelada e sagrada. Com base nessa crença, a força que coagia todos os membros do grupo a respeitarem as convenções e os costumes, entrelaçados como verdade e confiança, é apropriada por ele e orientada em uma direção até então inédita. Aí está o mais impressionante: o valor de algo, antes determinado pelas vantagens e desvantagens de seu uso, entra em um novo regime, passando a ser determinado por sua situação na ordem moral. É o que acontece, por exemplo, com a verdade, que muda seu status de índice de confiabilidade para realidade em si mesma, divina. Em suma, quanto ao indivíduo, o simples dever de agir de acordo com um trato é convertido em dever de buscar a integração de seu ser em um plano religioso e moral absoluto.

Mas as contribuições do homem religioso para a história do amor pela verdade, na qual o Iluminismo é capítulo de destaque, não se resumem a isso. O exercício contínuo da dúvida sobre a própria integridade moral, prática típica do cristão consciencioso, preparou o caminho para o posterior exercício da dúvida na filosofia e nas ciências. O exame do comportamento virtuoso, a procura pelos reais motivos de uma ação, a vontade de saber as verdadeiras intenções por trás dos pensamentos e das palavras, todo esse inquérito rigoroso e diário ensina a disciplinar o pensamento. Se seus alvos originais são o sentimento, os estados e os processos religiosos que ocorrem, por assim dizer, na alma do devoto, nada impede que outros alvos ocupem seu lugar posteriormente – por exemplo, os processos naturais em sua dimensão material. Cabe ilustrar o ponto lembrando que uma série de heróis da ciência moderna, a começar por Galileu, Descartes e Bacon, pertenciam de modo convicto à cristandade.

Com esse relato, Nietzsche estabelece o nexo entre o valor originalmente convencional da verdade e a retomada moral desse valor, que faz dele objeto de deveres sagrados. Mais dramático, no entanto, é o seguimento da história. Como se lê na divulgação científica, o combate da ignorância e do obscurantismo da crença é de responsabilidade do livre exame racional. Para além das superstições, das crenças cegas ou simplesmente absurdas está a verdade, que se alcança sempre que aplicamos sem preconceitos nosso entendimento e os instrumentos adequados de observação aos fenômenos do mundo empírico.

Em proposições como essas se esconde uma questão difícil. Em vista dos pesados condicionamentos históricos e pré-históricos que incidem sobre a humanidade, será razoável pensar que ela passou por uma mutação tão radical, a ponto de simplesmente abandonar as crenças que deram sentido a sua trajetória no planeta até então? Nietzsche tem pouca ilusão a esse respeito. Para ele, por mais poderosas que sejam as chances de emancipação implicadas no exercício da razão, os pressupostos de sua atuação concreta não foram produzidos pelo Iluminismo. A ideia, depois ideal, da verdade deve seu vigor ao solo em que está enraizada. Esse solo é formado, como dissemos, por crenças variadas. Independentemente de seu conteúdo, são os frutos da capacidade de crer adquirida pelos homens, e a verdade parece ser apenas a mais recente delas. Se não fosse o homem religioso, que uniu verdade e dever, provavelmente ela não teria prosperado em sentido metafísico como fator de diferenciação da civilização ocidental.

> Ver sugestões de atividades 10 e 11.

Razão como fundamento, razão como instrumento: as chances de afirmação da vida pela via do Iluminismo

Fixemos as conclusões precedentes. Embora seja possível reconhecer no Iluminismo ideias libertárias generosas, talvez sua força não venha diretamente delas. O tribunal da razão, afinal de contas, pode não ser a última instância para o julgamento de matérias morais ou científicas, mas apenas a fachada detrás da qual se movem poderes muito mais antigos. Diante disso, resta apurar a compatibilidade entre a principal proposta filosófica nietzschiana, o cultivo da afirmação da existência, e o Iluminismo, tal como este foi caracterizado.

Em vista das complexidades descritas, viabilizar a afirmação da existência pelo Iluminismo depende de pensar até o fim as consequências de pertencermos à civilização ocidental. Como vimos, é provável que a história da razão ocidental esteja ligada a uma série de desenvolvimentos culturais originados na esfera da religião, que por sua vez remetem a outros desenvolvimentos ainda mais antigos, ligados à própria formação da espécie humana. Contudo, nenhum desses elementos define de antemão o destino futuro da razão em sua história, pois chegou um momento em que a própria ideia e o próprio ideal de verdade podem ser postos em discussão.

Durante todo o tempo corrido entre a criação da razão pelos gregos, seu apogeu iluminista e os dias atuais, prevaleceu intacta entre os filósofos a noção de que o norte fixo da pesquisa intelectual é a verdade. Tanto quem acredita que a verdade é real e independente dos homens quanto quem duvida da possibilidade da demonstração de uma verdade superior parecem ter se esquecido de questionar o pressuposto central do arranjo todo. Mas é sobre ele que Nietzsche reflete com maior atenção. A própria crença no valor da verdade é, como crença, injustificável. Não há um fundamento último do qual a superioridade da verdade, em relação ao engano e à mentira, possa ser deduzida. Daí se segue que a opção por uma forma de vida que defende e pratica a pesquisa da verdade passa a valer em função das relações efetivas que estabelecemos com este mundo, e não mais com outro mundo qualquer – seja ele o além religioso, seja o suprassensível da metafísica. O último reduto do ideal, oculto na própria dinâmica da racionalidade, pode, por fim, ser esvaziado.

"Ofertamos e abatemos uma crença após a outra" no altar da "verdade a todo custo". Pois bem: a vez agora é da crença mesma na "verdade a todo custo" (NIETZSCHE, 2001, p. 236). E de modo algum isso significa o retorno a alguma forma de irracionalidade ou um convite ao desespero. Trata-se de uma consequência do processo de emancipação ensinado pelo Iluminismo. A razão é ótima companhia, desde que não represente o papel de autoridade acima de discussão. Se, em vez de promover a liberdade, ela se torna agente de novas obediências, cabe multiplicar as suspeitas sobre esse seu uso. Não se deseja a razão porque ela leva a conhecer a verdade, mas sim porque ela permite que conversemos a respeito do que melhor nos convém como viventes. Provas racionais sobre o que dizemos continuam sempre bem-vindas, e talvez até mais agora, que não esperamos que elas tragam consigo o sinal infalível do divino ou se atenham apenas à pura lógica.

Assim, ficamos com algumas sugestões teóricas e outras práticas, partindo de um entendimento enxuto e elementar da razão. Não se trata de esperar que ela conquiste de uma vez por todas o poder de definir como devemos viver, como sonham os iluministas mais ferrenhos. Preferivelmente, vale mais aceitar as vantagens instrumentais que ela oferece, como imaginam os espíritos que tendem para a independência. Por exemplo, podemos nos beneficiar das conquistas tecnológicas das ciências, desde que não façamos delas objeto de novas formas de culto. Tanto quanto a religião, a arte e a filosofia, a ciência interessa quando ajuda os viventes a se encontrarem, livrando-se da alienação de quererem ser o que não são.

O que facultará a realização desses planos, tão diferentes do que vemos todo dia na vida contemporânea? Como sensibilizar alguém a favor dessa maneira de encarar as coisas, simultaneamente racional e avessa à fé na razão? Que tipo de treinamento Nietzsche propõe para quem quer andar com ele? Eis o que ele diz a esse respeito:

> Quando uma pessoa chega à convicção fundamental de que tem de ser comandada, torna-se "crente"; inversamente, pode-se imaginar um prazer e força na autodeterminação, uma liberdade da vontade, em que um espírito se despede de toda crença, todo desejo de certeza, treinado que é em se equilibrar sobre tênues cordas e possibilidades e em dançar até mesmo à beira de abismos. Um tal espírito seria o espírito livre por excelência (NIETZSCHE, 2001, p. 241)

> Ver sugestão de atividade 12.

Para cultivar uma virtude assim, compete à civilização ultrapassar seus velhos ideais. A meditação sobre o super-homem, o eterno retorno e a transvaloração de todos os valores pode funcionar como a escada.

Sugestões de atividades

1. Para fixar o sentido da "questão da identidade nacional", peça aos alunos que formem grupos para sair às ruas e entrevistar as pessoas de sua comunidade, perguntando o que significa para elas ser brasileiro. Sugira que construam uma tabela das respostas, tentando relacionar as características indicadas com algum aspecto da vida política, econômica, social ou cultural do Brasil de hoje.

2. Peça que caracterizem o dualismo metafísico para que, em seguida, argumentem contra ou a favor dele. Procure enriquecer a discussão, trazendo exemplos das ciências e do senso comum – do tipo: "O DNA traz em si a essência de um ser humano" ou devemos separar a ciência com seus limites de nossa expectativa de um conhecimento essencial e reconhecer que "uma coisa é uma coisa, outra coisa é outra coisa?".

3. Peça aos alunos que descrevam os princípios ligados às divindades Apolo e Dioniso e a função que eles desempenham no raciocínio de Nietzsche. Em seguida, peça aos estudantes que procurem se servir deles como chave de leitura da realidade – por exemplo, no futebol, a que corresponderiam, respectivamente, a defesa e o ataque?

4. Peça aos alunos que expliquem como é possível ser pessimista e, ao mesmo tempo, afirmar a vida. Nesse sentido, peça que examinem também o alcance de promessas como "Venha para a nossa religião e não sofrerá mais", considerando se são formativas ou ilusórias.

5. Considerando o que é lecionado por seus colegas em Química, Biologia e Geografia, por exemplo, examine como os estudantes garantem a validade de uma prova científica. Diante disso, pondere por que noções como "livre-arbítrio" e "bem e mal" absolutos não se encaixam em um relato científico sobre a condição humana.

6. Conforme foi visto, uma aliança com a mentalidade positiva das ciências pode favorecer os objetivos da filosofia de Nietzsche. Peça aos estudantes que façam uma pesquisa na internet sobre o autor e compare os resultados, procurando entender as discrepâncias entre essa imagem e outra, muito mais frequente, que o mostra como profeta defensor da irracionalidade.

7. Solicite uma caracterização do super-homem nietzschiano que articule esse personagem à ideia do eterno retorno. Nos termos usados aqui, considere se conhecemos alguém com vocação para a experiência da superação de si invocada pelo filósofo.

8. Peça uma interpretação contra o eterno retorno, dando motivos para que seja preferível recusá-lo em vez de desejá-lo. A ilustração do ponto pode se beneficiar do vasto repertório da teledramaturgia nacional: via de regra, o destino dos personagens bons, mas sofredores, é redimido pela oferta de segundas chances.

9. Peça aos estudantes que exponham com suas palavras o significado das expressões que se seguem, comentando que tipo de aplicação podem ter sua experiência: "emancipação do pensamento", "triunfo da educação sobre a arrogância da linhagem", "desgrilhoamento do indivíduo", "flama da veracidade". Em seguida, procure firmar com eles alguma relação entre isso e as chamadas ações afirmativas, tendo como foco a política de cotas na educação.

10. Geralmente o Iluminismo é apresentado como adversário da religião. Para Nietzsche, apesar de isso ser certo, há outro sentido na relação entre os dois. De acordo com ele, o Iluminismo dependeu do espírito religioso para existir. Peça aos estudantes que expliquem como isso é possível.

11. Peça que descrevam como surgiu, de acordo com Nietzsche, a noção de verdade. Em seguida, ainda conforme o filósofo, peça que acrescentem como a noção se transformou, deixando de ser da ordem do interesse e passando a ser da ordem dos deveres morais.
12. À luz de Nietzsche, explore com os estudantes o aparente paradoxo entre ser racional e, ao mesmo tempo, contrário à fé na razão. Depois, procure explicitar como isso combina com a afirmação da existência.

Adendo: para ler Nietzsche

O primeiro contato com Nietzsche costuma despertar estranheza no leitor. Geralmente se espera de um filósofo uma exposição clara e direta de suas ideias, da forma mais objetiva possível. Quase nunca é assim nos livros dele. Frequentemente, as conexões entre os assuntos são pouco explícitas, e a coesão argumentativa é flutuante. Além disso, à variedade de opiniões expressas corresponde grande variedade de estilos e formas de apresentação do pensamento. Às vezes o texto é dissertativo, outras é carregado de imagens, quase poético, e, na maior parte dos casos, o que ocorre é a escrita por aforismos, unidades sintéticas de ideias que podem variar de uma sentença a algumas páginas, discutindo de modo condensado um ou vários tópicos.

Por último, há também a intensidade do discurso. Em geral, a enunciação dos conceitos das diversas filosofias tende a apelar para o convencimento a frio, isto é, mais para o entendimento do leitor que para suas emoções. Já Nietzsche desafia quem entra em relação com sua obra a se mobilizar afetivamente e a tomar posição a propósito do que ele diz.

Tais observações parecem recomendar distância em relação ao estudo sério de Nietzsche. Se seu trabalho é pouco objetivo, pouco coerente e pouco argumentativo, por que deveríamos nos ocupar com ele?

Há várias razões para tanto. Pode ser que a verificação da coerência de uma filosofia tenha mais a ver com a integridade completa do percurso intelectual de seu autor que com a ocorrência de declarações textualmente conflitantes. O recurso estratégico a certos conceitos e personagens em contextos distintos exige, por dever de coerência, que eles apareçam diferentes a cada vez, e não que desempenhem sempre a mesma função ou repitam sempre as mesmas falas. Consequentemente, a manifestação literal de opiniões que contradizem umas às outras deve ser entendida como indício da percepção de como são complexas certas matérias, demandando abordagem a partir de perspectivas irredutíveis a um ângulo apenas. Ao construir seus diálogos mais célebres como encenações dramáticas, Platão já mostrava como apresentar a contradição entre os interlocutores sem confundir com ela a coerência de sua exposição.

Além disso, existe a questão do método. Dependendo do público ao qual se dirige e dos efeitos pretendidos para o discurso, inúmeras possibilidades se abrem para a enunciação filosófica. Mesmo a pretensão de falar para todos sem distinção traz consigo escolhas retóricas. Acerca de uma eventual falta de objetividade, talvez valha mais a pena que o leitor investigue em si mesmo se suas expectativas são justificadas ou apenas repetição de preconceitos de terceiros, pois a objetividade talvez seja mais uma virtude do leitor e do autor que uma propriedade do texto.

Diante disso, sugerimos que a obra de Nietzsche é dotada de um sentido de conjunto que, em meio às grandes mudanças de rumo e aos vertiginosos deslocamentos conceituais sofridos por suas reflexões, permanece como orientação constante para todos os seus compromissos filosóficos. Os desvios, as paradas, os avanços e os recuos tornam a paisagem teórica mais movimentada e interessante, evidenciando o caráter de aventura que marca a experiência do pensamento, muito autêntica no caso presente.

Leituras recomendadas

GIACÓIA JR., Oswaldo. *Nietzsche*. São Paulo: Publifolha, 2000.

MARTON, Scarlett. *Nietzsche, filósofo da suspeita*. São Paulo: Casa da palavra, 2010.

PIMENTA, Olímpio. *Livro de filosofia*: ensaios. Belo Horizonte: Tessitura, 2006.

Referências

NIETZSCHE, Friedrich. *A Gaia ciência*. Tradução de Paulo César de Souza. São Paulo: Companhia das Letras, 2001.

NIETZSCHE. Friedrich. *Humano, demasiado humano I*. Tradução de Paulo César de Souza. São Paulo: Companhia das Letras, 2002.

CAPÍTULO 5
MARX E A *DIALÉTICA* *DO ESCLARECIMENTO*

Antecedentes: Hegel, Marx e a dialética

Hegel e a dialética

Em 1807, Hegel (1770-1831) já havia começado a questionar a garantia *a priori* do fundamento kantiano do conhecimento. Kant empreendeu seu projeto filosófico da *Crítica da razão pura* para mostrar que o conhecimento dos objetos só é possível porque existem categorias universais previamente dadas em nosso entendimento. O conhecimento seria limitado. Não conhecemos as coisas-em-si mesmas, ou a realidade tal como ela é, mas conhecemos os objetos tal como eles nos aparecem e os configuramos a partir de nossos conceitos puros ou nossas categorias. Em outras palavras, independentemente do contexto, a segurança do conhecimento estaria assentada em seu elemento *a priori*, ou na maneira como universalmente aplicamos uma mesma estruturação e organização mental a todos os dados da experiência.

Figura 1. Georg Wilhelm Friedrich Hegel

Ora, Hegel, no início de sua *Fenomenologia do espírito*, insurge-se exatamente contra isso. Ele duvidava de que houvesse um princípio formal abstrato ao qual se pudesse recorrer para garantir o conteúdo de verdade de nossas afirmações. Segundo Hegel, pode parecer correta a precaução de se chegar a um acordo sobre o critério seguro do conhecimento antes de se pôr a conhecer efetivamente, mas acaso isso não seria o mesmo que querer aprender a nadar antes de cair na água? E ainda, não seria o caso de suspeitar que o temor de errar já seja o próprio erro?

Em outras palavras, não restaria alternativa senão aprender com a experiência do próprio erro. Sem a garantia de fazer previamente coincidir o conceito com o conceituado, teríamos de fazer os próprios conceitos se moverem. Sabemos, por exemplo, que o conceito que temos de nós mesmos quando somos crianças e quando somos mais velhos muda completamente.

Hegel acreditava que todo saber prévio deveria ser questionado como uma verdade parcial e que somente a negação de qualquer determinação imediata colocaria o aprendizado dialético em movimento. Desse modo, teria revelado a natureza da aprendizagem como um processo de tentativas e erros, uma experiência que se daria ao longo do tempo e que reconheceria o saber verdadeiro como reflexão histórica.

Decerto Hegel ainda era idealista, e não materialista. Seu conceito de "experiência" ainda era uma "experiência da consciência", um idealismo que acreditava que a consciência é que determinava a vida, e não o contrário. Entretanto, não podemos nos esquecer de que a crítica ao fundamento prévio é imprescindível ao entendimento de que toda formação cultural foi construída por nós mesmos. Portanto, também nossos conceitos não caíram de nenhum céu das ideias nem descendem de uma pureza transcendental, mas foram construídos por nós ao longo do tempo, trabalhando em contato concreto com as coisas.

O significado da dialética
A ideia de que seria preciso questionar o saber prévio como uma verdade parcial e que somente a negação de qualquer

determinação imediata poderia colocar o aprendizado em movimento explica melhor o dinamismo do conhecimento dialético que a famosa lógica triádica de tese, antítese e síntese. Em sua obra *A ciência da lógica*, Hegel introduz um exemplo esclarecedor de como esse conhecimento opera. Ele parte do princípio originário afirmado pela filosofia de Parmênides que diz: "o ser é". Ele demonstra que tal princípio se mostra como a afirmação mais pobre e indeterminada. A própria lógica formal nos ensina que tal afirmação seria a proposição de maior extensão e ao mesmo tempo de menor compreensão possível. Tudo pode ser dito que é, o que acaba por não determinar coisa alguma. A insuficiência da determinação imediata deveria ser negada para que se analisasse a tese contrária, no caso, aquela que diz que "nada é". Hegel demonstra que tal afirmação contrária é tão indeterminada quanto a primeira. As duas se equivalem, pois ambas são insuficientes. Por isso, o saber capaz de superar ambas as afirmações e ao mesmo tempo conservar alguma coisa do que foi afirmado seria aquele que descobre "o devir" como síntese entre "o que é" e "não é" de algum modo. Uma coisa pode ser e não ser inteiramente ao mesmo tempo. Uma criança, por exemplo, é um ser humano, mas ainda não se tornou um homem completo. Em outras palavras, ela está em devir ou está se tornando um ser completo.

    Esquema: ser _____ nada

    (É)   (Não é)

    Síntese:
    Devir, o tornar-se...

Para Hegel, somente quando não nos apressamos em definir de antemão as coisas e nos demoramos junto delas é que

> alcançamos o resultado da síntese entre a identidade primeiramente afirmada e seu contrário, ou seja, a síntese como unidade da identidade e da diferença. Pensar dialeticamente é pensar os dois lados juntos, uma coisa e seu contrário.

Marx e a inversão da dialética

Em 1836, quando tinha 18 anos, Karl Marx (1818-1883) foi estudar Direito na Universidade de Berlim, onde Hegel havia sido professor e reitor. Hegel havia morrido poucos anos antes, mas seu pensamento ainda era dominante. Embora rejeitasse o idealismo e se debatesse contra o conservadorismo que havia elegido o pensamento de Hegel como ideologia justificadora do Estado oficial, Marx se viu envolvido com seu pensamento. Ele foi perdendo seu interesse pelo estudo do direito e se voltando cada vez mais ao estudo da filosofia e da história, até que se ligou a um grupo de jovens hegelianos de esquerda.

Figura 2. Capa do livro *Primeiros escritos*, do jovem Karl Marx

Influenciados pela dialética hegeliana, bem como por ideais iluministas e liberais da Revolução Francesa, esse grupo concentrou seus ataques contra a Igreja e a alienação religiosa. Marx trabalhou ativamente como esse grupo em Berlim até 1841, mas, depois disso, distanciou-se de seus ideais em nome de um tipo de emancipação mais efetiva.

Em texto dirigido contra a filosofia de Hegel e seus herdeiros, publicado em 1844, Marx assinala a existência de uma condição de miséria superior à da alienação religiosa: A miséria religiosa constitui ao mesmo tempo a expressão da miséria real e o protesto contra a miséria real. A religião é o suspiro da criatura oprimida, o ânimo de um mundo sem coração, assim como o espírito de estados de coisas embrutecidos. Ela é o ópio do povo (MARX, 2010, p. 145).

Adiante, o mesmo texto afirma que a verdadeira tarefa da filosofia que está a serviço da história não é desmascarar o além, mas o aquém, ou seja, transformar a "crítica do céu" em crítica da alienação social e política.

Esses comentários definem o sentido da mudança de rumo da filosofia de Marx. Ele de fato concordava com o aprendizado da experiência que se dá no tempo e desenvolveu todo o seu pensamento a partir de uma reflexão histórica, mas achava que a dialética hegeliana estava virada de ponta-cabeça. Afinal, como em muitos momentos enfatizou: "não é a consciência dos homens que determina a vida, mas, ao contrário, a vida que determina a sua consciência" (Marx; Engels, 1998). Ou ainda, como melhor esclareceu ao sugerir que a filosofia alemã deveria descer do céu para a terra:

> Em outras palavras, não partimos do que os homens dizem, imaginam, representam, tampouco do que eles são nas palavras, no pensamento, na imaginação e na representação dos outros, para depois se chegar aos homens de carne e osso; mas partimos dos homens em sua atividade, é a partir do seu processo de vida real que representamos também o desenvolvimento dos reflexos e das repercussões ideológicas desse processo vital. E mesmo as fantasmagorias existentes no cérebro humano são sublimações resultantes necessariamente do processo de vida material, que podemos constatar empiricamente e que repousa em bases materiais (MARX; ENGELS, 1998, p. 19).

Marx rejeitava a "fantasmagoria" de uma consciência desencarnada, que, de tanto ser valorizada pela filosofia, acaba gerando a ilusão de ser uma entidade independente. Ele suspeitava de que toda a filosofia alemã havia se enganado justamente por não ter levado a reflexão histórica longe o suficiente. Afinal, diríamos que o surgimento da filosofia na Grécia ocorreu antes ou depois da divisão

Figura 3. Karl Marx   **Figura 4.** Friedrich Engels

do trabalho entre *trabalho manual* e *trabalho intelectual*? Não é verdade que quando começamos a pensar e refletir sobre a vida e o mundo muita coisa já aconteceu? O processo de produção das condições materiais de existência é obviamente anterior à invenção de qualquer filosofia. Portanto, a inversão material da dialética tem o sentido de se voltar a um estudo histórico dos *modos de produção* dos seres humanos.

Na verdade, Marx observou que a produção de ideias e concepções está entrelaçada aos diferentes modos de interação direta do ser humano com a natureza e com o outro, ou ao que chamou de diferentes *modos de produção*. Reconhecemos a transformação dos estágios da humanidade quando reconstruímos a passagem da sociedade escravocrata para a feudal e desta para a burguesa, etc. Isso indica que em fases diferentes da história o ser humano encontrou diferentes meios de produzir sua satisfação primária e, juntamente a isso, diferentes tipos de organização social. Sendo assim, na medida em que trabalham conjuntamente a natureza para produzir o meio de sua subsistência, os humanos vão desenvolvendo *relações de produção* e complexos sociais cada vez mais intrincados para regular essas relações e controlar as ações uns dos outros. E é por isso que, paralelamente à produção material, ocorre a produção espiritual de suas leis, sua política, seu conhecimento para intervir na natureza, sua filosofia, sua moralidade, sua religião, etc.

Se tudo o que foi dito até aqui é razoável, resta saber: por que, como aponta o *Manifesto comunista*, de 1848, nossa sociedade tende a transformar em leis eternas da natureza e da razão as relações sociais oriundas do [nosso] modo de produção e de propriedade – relações transitórias que surgem e desaparecem no curso da produção? (MARX; ENGELS, 2010, p. 55).

Na verdade, em vez de fazer uma pergunta, Marx e Engels nesse momento estão já tentando desmascarar a função ideológica de uma "falsa concepção interesseira", que justamente afirma a existência de tais "leis eternas da natureza e da razão". Eles dirigem a palavra a nós, leitores, para dizer que compartilhamos essa falsa concepção interesseira, que "é por vós compartilhada com todas as classes dominantes já desaparecidas. O que aceitais para a propriedade antiga, o que aceitais para a propriedade feudal, já não podeis aceitar para a propriedade burguesa" (p. 55). Ou seja, eles denunciam o modo como somos capturados pelo mascaramento ideológico. Compartilhamos as ideias dominantes que pretendem reproduzir as relações sociais de dominação não por que ganhamos alguma coisa com isso, mas por que não sabemos o que fazemos, ou simplesmente porque "as ideias dominantes de uma época sempre foram as ideias da classe dominante" (p. 57), e não as ideias da maioria. Ora, quando repetimos que "o capitalismo dá oportunidades iguais a todos os homens", qual é a função desse pensamento, afinal? Ele é real? Todos nascem com igualdade de condições ou isso é falado para esconder relações sociais injustas que estão na base de nossa sociedade?

Podemos finalmente compreender por que o núcleo revolucionário da concepção dinâmica da dialética ganha o caráter efetivamente transformador ao assentar firmemente os pés no chão do materialismo. A crítica a Hegel se estende também aos chamados "jovens hegelianos de esquerda", tal como ela aparece em sua

11ª tese sobre Feuerbach, com a impactante afirmação: "os filósofos apenas interpretaram o mundo de diferentes maneiras, porém, o que importa é transformá-lo" (MARX; ENGELS, 2007, p. 539).

Como vimos anteriormente, quando a fixação de uma concepção prévia, universal e necessária sobre o mundo não é apenas um erro ou preconceito, pode ser ainda uma manipulação ideológica. A reflexão dialética marxista deixa claro que criamos nosso mundo material, bem como nossas concepções, a partir das circunstâncias históricas de nosso modo de viver. Mas isso não quer dizer que somos apenas o produto de nossas condições materiais, pois, se somos também produtores delas, podemos igualmente mudá-las. Segundo as palavras de Marx e Engels (1998, p. 36), "as circunstâncias fazem os homens tanto quanto os homens fazem as circunstâncias".

Obviamente a ênfase deve ser colocada sobre a condição material, mas a análise concreta da situação em que um grupo humano vive produz um novo entendimento do papel ativo que o próprio grupo deve exercer, promovendo a transformação.

José Saramago certa vez, em entrevista ao programa Roda Viva, dispôs-se a explicar esse sentido dialético da análise material. Ele dizia o seguinte: se o homem é produto das circunstâncias, e as circunstâncias são desumanas, precisamos recriar materialmente as circunstâncias de maneira mais humana. O fato de já termos encontrado condições desfavoráveis no ambiente em que vivemos não nos dispensa de tentar modificar essas condições para que ao menos as novas gerações sejam materialmente determinadas por condições mais favoráveis.

Ver sugestões de atividades 1 e 2.

Marx e o Iluminismo

Embora Marx compartilhasse com os iluministas uma confiança no poder libertador da razão, sua visão dialética da história o impedia de acreditar, como Voltaire e Kant acreditavam, em um progresso lento, porém eficaz, das instituições rumo a uma emancipação cada vez maior dos seres humanos. Em vez disso, reconhecia o desenvolvimento de elementos opressivos e emancipatórios postos conjuntamente em ação ao longo da história. Veremos a seguir que o *Manifesto comunista* é um excelente exemplo dessa dupla percepção.

Em sua primeira parte, o *Manifesto* nos apresenta a tese de que "a história de todas as sociedades que existiram até nossos dias tem sido a história das lutas de classes", uma história de opressores e oprimidos.

Ele nos dá exemplos de como as relações sociais ao longo do tempo passaram de oposições mais complexas entre "homem livre e escravo, patrício e plebeu, senhor e servo, mestre de corporação e oficial" para, ao fim, serem simplificadas em nossa era burguesa ao antagonismo de classe entre burgueses e proletários, isto é, entre capitalistas modernos e empregados assalariados que são obrigados a vender sua força de trabalho para poder sobreviver.

Surpreendentemente, logo em seguida, Marx e Engels começam a fazer um extenso elogio ao caráter revolucionário da burguesia. Segundo eles:

> Onde quer que tenha conquistado o poder, a burguesia destruiu as relações feudais, patriarcais e idílicas. Rasgou todos os complexos e variados laços que prendiam o homem feudal a seus "superiores naturais", para só deixar subsistir, de homem para homem, o laço do frio interesse, as duras exigências do "pagamento à vista". Afogou os fervores sagrados da exaltação religiosa, do entusiasmo cavalheiresco, do sentimentalismo pequeno-burguês nas águas geladas do cálculo egoísta. [...] Em uma palavra, em lugar da exploração dissimulada por ilusões religiosas e políticas, a burguesia colocou uma exploração aberta, direta, despudorada e brutal. [...] A burguesia rasgou o véu de sentimentalismo que envolvia as relações de família e reduziu-as a meras relações monetárias. [...] A burguesia não pode existir sem

> revolucionar incessantemente os instrumentos de produção, por conseguinte, as relações de produção e, com isso, todas as relações sociais. [...] Essa subversão contínua da produção, esse abalo constante de todo o sistema social, essa agitação permanente e essa falta de segurança distinguem a época burguesa de todas as precedentes. Dissolvem-se todas as relações sociais antigas e cristalizadas, com seu cortejo de concepções e ideias secularmente veneráveis; as relações que as substituem tornam-se antiquadas antes de se consolidarem. Tudo o que era sólido e estável se desmancha no ar, tudo o que era sagrado é profanado e os homens são obrigados finalmente a encarar sem ilusões a sua posição social e as suas relações com os outros homens (MARX; ENGELS, 2010, p. 42-43).

Esse poder dissolvente da burguesia deveria nos ajudar a compreender com sobriedade a realidade brutal que cabe transformar. E é por isso que não se pode esperar que o progresso das instituições jurídicas promova por si só a emancipação universal, já que também "o Executivo do Estado moderno não é senão um comitê para gerenciar os negócios comuns de toda a classe burguesa" (MARX; ENGELS, 2010, p. 42).

Sua perspectiva sobre o próprio movimento histórico do Iluminismo não é menos ambígua. Na segunda parte de seu *Manifesto*, que trata da relação entre proletários e comunistas, Marx e Engels aplicam a lei da dependência história do pensamento a suas próprias ideias. Ele sugere que o comunismo que se desenvolveu junto ao liberalismo de sua época estaria destinado a utilizar a própria energia revolucionária da burguesia, bem como sua capacidade de otimizar as forças produtivas, para redirecioná-las em benefício de todos.

Marx e Engels dizem que as objeções da religião ou da ideologia em geral em relação ao comunismo não deveriam ser levadas a sério. Insistem na tese de que não é preciso ser um "gênio" para entender que a consciência muda com a mudança nas condições materiais de existência. Quando falamos sobre ideias que mudam toda uma sociedade, normalmente não nos damos conta de que elementos materiais de uma nova sociedade já se desenvolvem em meio às antigas condições de existência. Por isso mesmo é que as ideias do Iluminismo também deveriam ser referidas a seu suporte material. Há de se considerar que, no século XVIII, as ideias cristãs deram lugar às ideias do Iluminismo justamente porque a sociedade feudal agonizava diante da revolucionária burguesia. Isso nos levaria à conclusão de que "as ideias de liberdade religiosa e de consciência não fizeram mais que proclamar o império da livre concorrência no domínio do conhecimento" (MARX; ENGELS, 2010, p. 57). Em outras palavras, as próprias ideias de liberdade seriam apenas reflexos da liberdade comercial que os burgueses já experimentavam. Quem experimenta na prática cotidiana a livre iniciativa e se beneficia do enriquecimento econômico não quer nem ouvir falar de qualquer forma de tutela.

Alguém poderia objetar que nem todas as ideias mudam no curso do desenvolvimento histórico. Haveria verdades eternas como a liberdade e a justiça que transcenderiam todos os regimes sociais. Entretanto, os autores sugerem que a crença em tais "verdades eternas" revela simplesmente uma atitude conservadora irrefletida de defender os padrões das noções burguesas de liberdade, cultura e lei. Mais uma vez, o que nos impede de ver que tais ideias são produto da condição burguesa de produção, e mesmo que nossa própria jurisprudência não passa da vontade de uma minoria transformada em lei para todos, é a dominância das ideias da classe dominante. Portanto, deveríamos abandonar de vez a defesa dessas condições de vida. O fato é que em todas as épocas passadas houve exploração de uma parte da sociedade por outra, e a única solução para esse impasse seria a revolução comunista, na qual a classe operária tomaria o controle do capital para administrá-lo em benefício de todos.

Depois de expor toda essa visão crítica em relação às ideias e instituições modernas, o texto termina de modo otimista ao reconectar o progresso e a emancipação revolucionária. Marx e Engels reconhecem que a burguesia desenvolveu de modo eficaz o potencial das forças produtivas, apesar de tê-lo feito em nome apenas do lucro individual. Caberia à revolução proletária cuidar da "derrubada violenta de toda ordem social existente" para que o controle coletivo sobre o capital possa "aumentar, o mais rapidamente possível, o total das forças produtivas" e eliminar a pobreza e a privação em todo o mundo. Segundo Marx, o proletariado não teria nada a perder, exceto suas correntes. Isso demonstra claramente que Marx confiava no progresso técnico que sustentava o aumento das forças produtivas, gerando o aumento do excedente de produção e, consequentemente, maior liberdade para o homem.

Ver sugestão de atividade 3.

Figura 5. Cena do filme *Tempos modernos*

Filme 1: O filme de Charles Chaplin *Tempos modernos*, de 1936, apresenta uma excelente crítica social do capitalismo. O filme poderia ser usado para ilustrar a leitura de algumas passagens do *Manifesto comunista*.

Filme 2: Criado em 1971 com o título original em italiano *Giù la testa* (Abaixe a cabeça), o filme foi apresentado na França com o nome *Il était une fois la révolution* (Era uma Vez a Revolução), foi renomeado pela MGM para lançamento nos Estados Unidos com o título: *A fistful of dynamite* (Um punhado de dinamite) e no Brasil apareceu com o nome de Quando explode a vingança.

O filme do gênero "faroeste espaguete" conta a história da relação entre um revolucionário irlandês e um bandido mexicano envolvidos na revolução mexicana do início do século XX. Ele começa citando uma frase do líder chinês Mao Tse Tung que se tornou um dos lemas da revolução estudantil de maio de 1968 na França:

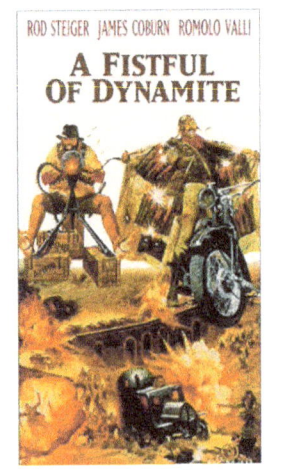

Figura 6. Capa do filme *Quando explode a vingança*

"A revolução não pode ser feita com elegância e educação – a revolução é um ato de violência".

Seu diretor, Sergio Leone, que era cético em relação à revolução comunista, dizia que sua intenção não era fazer uma apologia à revolução, mas filmar o tema da amizade. Assim, o enredo retrata a arrogância, os preconceitos e as hipocrisias da classe burguesa, mas também denuncia com ironia a irresponsabilidade de revolucionários que levam a população humilde e ignorante à morte enquanto se fartam e se divertem com suas ideias radicais à mesa. Portanto, o filme pode ser usado para desenvolver uma visão crítica da revolução. Uma sugestão seria promover um debate em que os alunos, depois de assistirem ao filme, procurassem desenvolver argumentos contra e a favor da revolução social.

A *Dialética do esclarecimento* de Adorno e Horkheimer

Escrito em 1947 por Theodor Adorno (1903-1963) e Max Horkheimer (1895-1973), a *Dialética do esclarecimento* é um texto que radicaliza a perspectiva materialista, na medida em que demonstra que o progresso não libertará necessariamente o homem. Seus autores não são nem um pouco otimistas em relação ao crescimento de nossa capacidade de dominar a natureza e aumentar a produção. Na verdade, o sentido dialético atribuído ao esclarecimento pretende mostrar justamente que por trás de toda luz há sombras, ou seja, que a luz e o progresso do esclarecimento também produziram a barbárie. No contexto do pós-guerra em que o livro foi escrito, seus autores denunciam o modo como o conhecimento e a técnica promoveram a morte em escala industrial. Afinal, sabemos como na Alemanha da Segunda Guerra Mundial o saber científico e técnico foi usado para encontrar métodos "limpos" e "eficientes" para o extermínio em massa de judeus na câmera de gás, assim como os Estados Unidos utilizaram bombas nucleares de destruição em massa contra as cidades de Hiroshima e Nagasaki, em 1945.

O texto nos oferece uma síntese representativa das principais ideias desenvolvidas pela chamada Escola de Frankfurt. Esse grupo, formado a partir do Instituto para a Pesquisa Social que se formou na década de 1920 na Universidade de Frankfurt, pretendia promover uma reflexão teórica capaz de revitalizar a visão crítica do marxismo em relação a nossa sociedade moderna. Ele reconheceu a necessidade de questionar não só o socialismo real e a visão ideológico-totalitária do Partido Comunista de Moscou, mas também de problematizar as condições liberais da "ciência burguesa". Para tanto, arquitetou a interpenetração entre a filosofia e as ciências humanas particulares, sobretudo a partir da incorporação da sociologia de Max Weber e da psicanálise de Sigmund Freud à reflexão filosófica. O resultado desse empreendimento teórico, como veremos a seguir, foi a produção de uma reflexão bastante atual que vai desde a crítica à dominação da natureza e do ser humano, passando pela denúncia do controle e da manutenção do povo na ignorância através dos meios de comunicação de massas, até chegar à análise dos processos psicossociais responsáveis pelo fenômeno do racismo.

O conceito de esclarecimento

O ponto de partida do texto é a crítica ao *conceito de esclarecimento*. Logo no início da primeira parte, seus autores afirmam que o iluminismo, no sentido mais amplo de pensamento em contínuo progresso, sempre perseguiu o objetivo de tirar o medo dos homens e torná-los senhores de si próprios. Mas a terra inteiramente iluminada resplandece sob a égide de triunfal desventura (ADORNO; HORKHEIMER, 1985, p. 17).

A explicação para essa desventura seria o processo unilateral de desenvolvimento da razão ou a perspectiva redutora da imagem que se tem do progresso civilizatório. Da Grécia aos nossos dias, a razão não se desenvolveu por inteiro. Somente o aspecto técnico e instrumental que nos ensina que método deve ser usado para se chegar a determinado resultado pretendido é que se aperfeiçoou. Se queremos matar e criar armas de destruição em massa, pouco importa se isso é certo ou errado, a razão só decide qual é o método mais funcional para atingir objetivos que já não são determinados por ela mesma. A elegância, a expressividade e a veracidade das teorias também já não importam. A própria cultura já não é mais expressão da experiência interior e dos grandes anseios humanos. Ela deixou de ser a expressão da vida espiritual de uma comunidade de reconhecimento para se transformar em campo de manipulação publicitária e exploração econômica.

Adorno e Horkheimer expandem o sentido da palavra "esclarecimento", entendido como libertação do homem através do conhecimento, a toda a história da luta do homem para dominar e controlar a natureza. Embora a humanidade tenha superado o mito e o pensamento mágico para começar a trabalhar, transformar a natureza e não ficar à mercê de seus caprichos, ela acabou por reprimir e subjugar a própria natureza do ser humano, roubando dele a possibilidade de ser feliz. A dominação da natureza pelo humano e deste por si mesmo, ou seja, a transformação do humano em coisa manipulável (reificação do humano), acabou por criar um novo mito da falsa liberdade.

A base do argumento desenvolvido pela *Dialética do esclarecimento* é que a humanidade sempre temeu as forças ameaçadoras da natureza. Entretanto, no momento em que aprendeu a controlá-la racionalmente para não mais se submeter a ela, a própria razão passou a ser subjugada por uma evolução técnica que devasta a natureza e escraviza o homem em nome de um sistema econômico supostamente inevitável. Queria sair do mito, mas o mito de uma realidade socioeconômica que veio para ficar se tornou inquestionável. É por isso que seus autores atribuem à chamada "razão instrumental" uma condição acrítica e obscurantista destinada a manter o *status quo*.

A arrogância com a qual o esclarecimento pretende controlar a natureza o impede de reconhecer o mal que ele faz à própria natureza e à liberdade do ser humano, eis o sentido dialético da denúncia. O aspecto não progressivo, mas regressivo do esclarecimento estaria justamente aí, pois "só é suficientemente duro para romper os mitos o pensamento que pratica violência contra si mesmo" (ADORNO; HORKHEIMER, 1985, p. 18).

Segundo Adorno e Horkheimer, "o esclarecimento é totalitário". E essa afirmação, como veremos, antecipa a terceira parte da *Dialética do esclarecimento*, que analisa o funcionamento do preconceito racista de caráter antissemita. "O esclarecimento comporta-se com as coisas como o ditador se comporta com os homens. Este os conhece na medida em que pode manipulá-los". Nesse momento, o texto nos convida a examinar uma profunda conexão entre o esclarecimento e uma maneira autoritária de conhecer as coisas. "O que não se submete ao critério de calculabilidade e utilidade torna-se suspeito para ele" (ADORNO; HORKHEIMER, 1985, p. 19-21). A sugestão é a de que passemos a reconhecer os elementos ideológicos em nossa própria ciência.

O uso instrumental da razão que só se preocupa em dominar e ser eficiente na manipulação das coisas deixa de lado toda a reflexão sobre a conveniência do método. Adorno e Horkheimer observam que esse posicionamento autoritário nasceu com as próprias discussões sobre o método na instauração da revolução científica. Ele reflete a característica que Francis Bacon (1561-1626), um dos fundadores da ciência moderna, teria reconhecido no método científico: a de que a técnica é a essência desse saber, bem como a ideia de que "o que os homens querem aprender da natureza é como empregá-la para dominar completamente a ela e aos homens. Nada mais importa" (ADORNO; HORKHEIMER, 1985, p. 18). Também não escaparia a crítica de Kant de que o juízo filosófico "não conhece nada de novo, porque repete tão-somente o que a razão já colocou no objeto" (ADORNO; HORKHEIMER, 1985, p. 33-34). Em outras palavras, a teoria que os autores da *Dialética do esclarecimento* desenvolvem nesse tipo de referência aos filósofos fundadores do método científico é a ideia de que na dominação do eu, que acompanha a reviravolta subjetiva da revolução copernicana, há uma compulsão à identidade, uma tentativa autocrática de encontrar nas coisas um reflexo do próprio eu. Entretanto, todo o interesse que se poderia extrair da natureza não idêntica é recalcado, ou seja, tudo o que há na natureza que é extrassubjetivo e que se subtrai à dominação é simplesmente desprezado.

Tomando mais uma vez o exemplo do comentário de Kant de que a razão só compreende o que ela mesma produz segundo seu projeto, é como se a razão supostamente emancipatória não conseguisse ver nas coisas nada além de seu próprio reflexo em espelho. Digamos que um pesquisador se encontrasse diante de um objeto desconhecido esférico e feito de metal. Obviamente, o metal refletiria sua imagem, mais ou menos como ocorre na litografia ao lado, de 1935, do artista gráfico holandês M. C. Escher. Entretanto, a verdadeira natureza não idêntica do objeto ultrapassaria o reflexo dessa visão da superfície.

A consequência direta do método autocrático do conhecimento seria a recusa do diverso. O esboço da compreensão do conceito de "não idêntico", que aparece ainda de modo muito incipiente na *Dialética do esclarecimento*, vai desde o que há de não regulado na natureza selvagem, o diferente, o não uniformizado, aquilo que normalmente é recalcado por ser estranho, até "aquilo que ainda não é", mas poderia vir a ser. Mais tarde,

Figura 7. Homem segurando esfera com sua imagem refletida, litografia de M. C. Escher

em suas obras de maturidade, Adorno reconheceria que dar voz ao não idêntico seria como estar aberto ao novo e produzir uma nova forma de racionalidade. De todo modo, já encontramos no prefácio da *Dialética do esclarecimento*, a seguinte passagem:

> [...] o medo que o bom filho da civilização moderna tem de afastar-se dos fatos – fatos esses que, no entanto, já estão pré-moldados como clichês na própria percepção pelas usanças dominantes da ciência, nos negócios e na política – é

exatamente o mesmo do medo do desvio social. Essas usanças também definem o conceito de clareza na linguagem e no pensamento a que a arte, a literatura e a filosofia devem se conformar hoje (ADORNO; HORKHEIMER, 1985, p. 13).

A consequência direta da percepção dessa tendência conservadora seria a denúncia do tipo de filosofia que se faz hoje. Afinal, a filosofia de caráter positivista, que suspende o juízo sobre as injustiças sociais e sobre qualquer possibilidade de transformação para se dedicar exclusivamente ao que funciona no âmbito da ciência, transforma-se em profecia eterna do presente, promovendo elementos ideológicos para o mascaramento e a manutenção do *status quo*. E assim, finalmente, na era da dominação, "o esclarecimento se converte, a serviço do presente, na total mistificação das massas" (p. 46).

O trecho citado nos prepara para a parte seguinte do texto, que trata da crítica à indústria cultural; antes, porém, resta dizer que na primeira parte do texto, citada a seguir, percebe-se a sinalização de uma esperança, ou a indicação de um caminho alternativo: "com o progresso do esclarecimento, só as obras de arte autênticas conseguiram escapar à mera imitação daquilo que, de um modo qualquer, já é" (p. 27).

O comentário não é desdobrado no contexto em que é apresentado, mas anuncia a função que Adorno atribuiria à arte em sua *Teoria estética,* última obra escrita pelo filósofo. Em tempos em que a produção cultural está profundamente envolvida com a manipulação social e com a exploração econômica, a arte de vanguarda se encarregaria de gerar o inconformismo capaz de se destacar da realidade cotidiana e usar elementos desta para produzir o novo. Portanto, segundo Adorno, nas obras de arte encontraríamos ainda a promessa de um novo mundo humano possível.

A crítica à indústria cultural é precedida de dois excursos que demonstram a fragilidade do esclarecimento e o núcleo repressivo da própria razão. Eles mostram como o esclarecimento acaba por reverter à mitologia e por que não está seguro contra o crime, a imoralidade e o totalitarismo. Finalmente fazem a ponte entre o conceito de esclarecimento e a discussão sobre a dominação do homem pelo homem através da divisão de classe e da consequente distribuição do patrimônio cultural.

Excurso I: Ulisses ou Mito e Esclarecimento

A hipótese central do primeiro excurso é a de que o mito já é um protoesclarecimento. Com o objetivo de ordenar o caos da natureza, os homens transmitiam uns aos outros suas narrativas mágicas e rituais muito antes da ciência. O xamã, por exemplo, pretende espantar o perigo usando sua própria imagem ameaçadora. A igualdade e a reprodução ritual já eram recursos empregados para intervir na natureza. Em outras palavras, o caráter de repetição seria comum tanto às reproduções infindáveis de resultados experimentais na ciência quanto ao feitiço com boneco vodu. E o fundamento de tais atitudes seria o mesmo instinto de autoconservação.

Na despedida do mundo pré-histórico, Homero, no décimo segundo canto de sua *Odisseia*, nos daria um exemplo de como tudo começou. Trata-se da passagem em que Ulisses ordena que seja amarrado no mastro da embarcação para ouvir o canto das sereias sem ser levado para a morte, enquanto seus marinheiros continuam remando em sua embarcação com os ouvidos tapados com cera. Atado ao mastro, o comandante da embarcação poderia usufruir

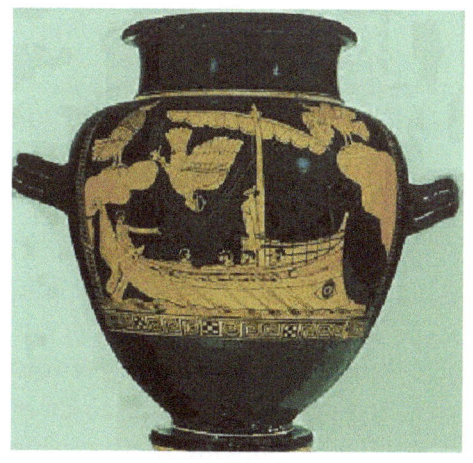

Figura 8. Vaso com representação antiga de Ulisses e as sereias

do belo canto das sereias, enquanto seus empregados continuariam tocando o barco. Segundo Adorno e Horkheimer, esse episódio nos apresenta um entrelaçamento de várias consequências sobre o que ocorre com o logos "desmitificado" na passagem do mito ao logos.

De imediato, ele nos dá a exata medida de como a dominação social da natureza implica a divisão de classes em que a maioria trabalha para que uns poucos possam usufruir. Em relação à beleza, começamos a entender o que acontece com "aqueles que não devem escutar". A condição estratégica para a reprodução das relações sociais de dominação é promover alguma espécie de insensibilização para garantir a submissão ao trabalho comandado. O benefício de alguns poucos está intimamente conectado à regressão das massas. Os comandados não devem ter acesso a nada de diferente daquilo a que estão acostumados. A beleza associada ao enriquecimento cultural e crítico não é para eles, pois não devem ouvir "o inaudito com seus próprios ouvidos".

Por outro lado, ainda que mantenha vantagem sobre os outros, Ulisses também é vítima de seu próprio entendimento. A compulsão à dominação da natureza também o impede de usufruir plenamente seus prazeres. Ele não é livre. Seu corpo atado ao mastro é testemunha da condição repressiva de sua própria razão "desmitificadora". Vale lembrar mais uma vez a afirmação de que "só é suficientemente duro para romper os mitos o pensamento que pratica violência contra si mesmo". O domínio do eu é um domínio sobre a própria natureza não idêntica. A autoconservação o impede de ser diferente do que é.

Figura 9. Aqui e na página anterior, vemos duas representações de Ulisses e as sereias. Na Figura 9, temos a representação mitológica antiga em um vaso do século V a.C. que se encontra no British Museum, em Londres. Como se pode notar, a imagem antiga de uma sereia é a de um ser monstruoso que tem na parte superior do corpo a forma de mulher e, na inferior, asas e garras de pássaro. Na segunda, vemos Ulisses diante da representação moderna das sereias que se formou depois da Idade Média, com metade mulher e metade peixe. A pintura foi feita por Herbert James Draper em 1909 e se encontra na Ferens Art Gallery, na cidade de Hull, também na Inglaterra.

Vejamos como Franz Kafka, em 1917, antecipa o argumento do Excurso I ao escrever seu pequeno conto sobre "O silêncio das sereias".

Comprovação de que mesmo meios insuficientes, e até infantis, podem conduzir à salvação.

A fim de proteger-se das sereias, Ulisses entupiu os ouvidos de cera e mandou que o acorrentassem com firmeza ao mastro. É claro que, desde sempre, todos os outros viajantes teriam podido fazer o mesmo (a não ser aqueles aos quais as sereias atraíam já desde muito longe), mas o mundo todo sabia que de nada adiantava fazê-lo. O canto das sereias impregnava tudo – que dirá um punhado de cera –, e a paixão dos seduzidos teria arrebentado muito mais do que correntes e mastro. Nisso, porém, Ulisses nem pensava, embora talvez já tivesse ouvido falar a respeito; confiava plenamente no punhado de cera e no feixe de correntes, e, munido de inocente alegria com os meiozinhos de que dispunha, partiu ao encontro das sereias.

As sereias, porém, possuem uma arma ainda mais terrível do que seu canto: seu silêncio. É certo que nunca aconteceu, mas seria talvez concebível que alguém tivesse se salvado de seu canto; de seu silêncio, jamais. O sentimento de tê-las vencido com as próprias forças, a avassaladora arrogância daí resultante, nada neste mundo é capaz de conter.

E, de fato, essas poderosas cantoras não cantaram quando Ulisses chegou, seja porque acreditassem que só o silêncio poderia com tal opositor, seja porque a visão da bem-aventurança no rosto de Ulisses – que não pensava senão em cera e correntes – as tenha feito esquecer todo o canto.

Ulisses, contudo, e por assim dizer, não ouviu-lhes o silêncio; acreditou que estivessem cantando e que somente ele estivesse a salvo de ouvi-las; com um olhar fugaz, observou primeiro as

> curvas de seus pescoços, o respirar fundo, os olhos cheios de lágrimas, a boca semiaberta; mas acreditou que tudo aquilo fizesse parte das árias soando inaudíveis ao seu redor. Logo, porém, tudo deslizou por seu olhar perdido na distância; as sereias literalmente desapareceram, e, justo quando estava mais próximo delas, ele já nem mais sabia de sua existência.
>
> Elas, por sua vez, mais belas do que nunca, esticavam-se, giravam o corpo, deixavam os cabelos horripilantes soprar livres ao vento, soltando as garras na rocha; não queriam mais seduzir, mas somente apanhar ainda, pelo máximo de tempo possível, o reflexo dos grandes olhos de Ulisses.
>
> Se as sereias tivessem consciência, teriam sido aniquiladas então; mas permaneceram: Ulisses, no entanto, escapou-lhes. Dessa história, porém, transmitiu-se ainda um apêndice. Diz-se que Ulisses era tão astuto, uma tal raposa, que nem mesmo a deusa do destino logrou penetrar em seu íntimo; embora isto já não seja compreensível ao intelecto humano, talvez ele tenha de fato percebido que as sereias estavam mudas, tendo então, de certo modo, oferecido a elas e aos deuses toda a simulação acima tão-somente como um escudo.

Excurso II: Juliette ou esclarecimento e moral

O segundo excurso tem continuidade com o que foi dito no final do comentário sobre o primeiro. Trata-se de mostrar que o esclarecimento não está seguro contra a violência autoinfringida e a imoralidade. Afinal, se o autocontrole revela o núcleo repressivo da própria racionalidade, é preciso estar atento à presença de algo profundamente imoral na base da moralidade.

O texto desta seção começa fazendo referência às palavras de Kant sobre o esclarecimento como saída da menoridade. Contudo, mais adiante, problematiza a própria ideia de autonomia ao sugerir que a obra do Marquês de Sade, o maior de todos os libertinos, teria desenvolvido a ideia do "sujeito burguês liberto de toda tutela" melhor que a filosofia crítica de Kant.

Adorno e Horkheimer encontram nas novelas de Sade o mesmo elogio que Kant faz ao "dever da apatia". Segundo Kant, a virtude estaria fundada na liberdade interior e na capacidade de submeter todas as inclinações ao domínio da própria razão. Em outras palavras, a condição da virtude estaria na fortaleza moral de não se deixar dominar por suas emoções. Entretanto, a Mademoiselle Clairwill, que é a mentora libertina do romance da *Historia de Juliette*, de Sade, relata a mesma fortaleza de espírito: "minha alma é dura, e estou longe de achar a sensibilidade preferível à feliz apatia de que desfruto" (SADE apud ADORNO; HORKHEIMER, 1985, p. 82). Em última análise, a aproximação de Kant com Sade nos ajudaria a entender por que a apatia e a obediência ao formalismo da lei não seriam capazes de impedir o gesto fascista de executar ordens sem piedade. Vale dizer ainda que essa mesma proposta original de aproximação foi seguida e desdobrada por vários outros autores do século XX. Um caso emblemático foi a confirmação apresentada pelo *Relatório sobre a banalidade do mal*, de Hannah Arendt, que acompanhou o julgamento de Eichmann, o carrasco nazista que levou milhões de judeus à morte, e ouviu dele a justificativa de que ele "fazia apenas o seu dever", o que implicava se calar a respeito de todo sentimento e piedade.

Indústria cultural: o esclarecimento como mistificação das massas

A segunda parte da *Dialética do esclarecimento* começa com um desmentido em relação à previsão de uma catástrofe sociológica anunciada. A tese de Max Weber (1864-1920) sobre o desencantamento do mundo em nossa era moderna parecia indicar que o declínio da

Figura 10. Max Weber

religião levaria ao caos cultural. Mas não foi o que aconteceu, pois o cinema, o rádio e as revistas a substituíram. É como se a morte infligida a nosso Deus religioso por nossos costumes seculares fizesse com que o substituíssemos pelos deuses de Hollywood.

A dominação técnica passou por um processo de transformação. A chamada *mass media* não existia antes da virada do século XIX ao XX. Entretanto, quando a televisão, o cinema, o rádio, a publicidade, etc. passaram a comandar a produção cultural, houve uma massificação dos saberes, das artes, dos hábitos e da informação em geral. A produção em escala industrial da cultura não foi feita sem um preço. Tudo foi pasteurizado e padronizado de modo a estimular o consumo e gerar lucro. Tudo se tornou estereotipado e foi nivelado por baixo para que fosse facilmente assimilado por uma sociedade cada vez mais alienada e despolitizada. Em outras palavras, a cultura deixou de ser o reflexo das experiências, dos anseios dos indivíduos e dos grupos em meio social concreto para ser artificialmente produzida em escala industrial com objetivo comercial, deixando a sociedade extasiada diante do espetáculo especialmente produzido para aliená-la. Adorno e Horkheimer chamaram de indústria cultural esse tipo de dominação social através da produção massiva de objetos culturais de consumo.

A relação entre indústria cultural, esclarecimento e mitificação das massas é fácil de reconhecer, afinal, a indústria cultural representa a nova forma de dominação técnica. Mais uma vez o aspecto regressivo do esclarecimento se apresenta aí, pois esses produtos culturais não emancipam, ao contrário, produzem a passividade e funcionam como uma espécie de anestésico que dessensibiliza a sociedade enquanto ela é espoliada. A televisão, por exemplo, determina o gosto, a cor dos cabelos, o padrão estético, os modelos de comportamento, os objetos da moda, etc. Veicula *merchandising* sem nenhuma sutileza para incentivar o consumo enquanto os expectadores aparentemente se "divertem". Quando são lançados, os filmes da indústria cinematográfica americana começam a ser divulgados de maneira insistente em todos os meios midiáticos possíveis. Aparecem na televisão, nos jornais, na internet, em revistas, em *outdoors* atrás dos ônibus, etc., até que se torne impossível resistir a eles. Finalmente, vamos ao cinema, consumimos, distraímo-nos absorvendo passivamente imagens sem pensar e saímos dos filmes ansiosos pelas continuações. Nesse contexto, a distração ou diversão significa exatamente isto: não ter de pensar. Mas os distraídos continuam a trabalhar e a ser comandados, pois são constantemente lembrados do quanto precisam ainda consumir.

É comum também o cinema produzir filmes repletos de efeitos especiais, mas com histórias vazias. O uso de muitos efeitos técnicos de última geração não incentivam necessariamente o raciocínio. Trata-se antes de aplicar uma técnica de saturação do espectador com objetivo de controle. Pensar é obviamente diferente de receber estímulos. Entretanto, enquanto nos ocupamos em acompanhar tantos tiros e barulhos de explosão por todos os lados, podemos nos esquecer da pobreza de conteúdo. Na verdade, a cultura veiculada não estimula o refinamento do gosto, a reflexividade e a criatividade, mas somente a padronização. Mas os empresários da indústria cultural não se preocupam com isso, pois o consumo não deve estimular a inteligência, antes deve manter os consumidores resignados para continuarem a absorver tudo que lhes é oferecido. Finalmente, os mesmos indivíduos que só gostam de filmes de ficção científica, de aventuras ou de histórias fantásticas com heróis impossíveis para o mundo real acabam reproduzindo um tipo de preconceito muito conhecido em nossa sociedade. O modelo de identificação está sempre associado à história contada pelos vitoriosos. Isso explica por que até descendentes de índios podem se identificar com os invasores e colonizadores e como eventualmente podem gostar de ver filmes de *cowboys* matando índios.

Outro exemplo interessante está no famigerado e ultraviolento filme *Rambo III*. Por uma ironia da história o filme mostra o herói "ajudando o bravo povo afegão" a se libertar da opressão dos invasores soviéticos, exatamente 13 anos antes de os Estados Unidos invadirem o Afeganistão e bombardearem a população local, após

Figura 11. Pôster do filme *Rambo III*

os ataques de 11 de setembro de 2001, para perseguir líderes como Osama Bin Laden, que provavelmente foram apoiados, armados, treinados e financiados pelos próprios norte-americanos na antiga guerra contra soviéticos e afegãos comunistas.

Uma objeção à tese de dominação é a de que os padrões resultam daquilo que o próprio público quer ver. Entretanto, aprendemos a reconhecer com o atual estágio do desenvolvimento do capitalismo monopolista que é a oferta que cria a demanda, determinando a própria "necessidade" dos consumidores. Os agentes da indústria cultural conhecem, na prática, a eficácia do que Adorno e Horkheimer chamam de "manipulação retroativa". Trata-se de um mecanismo ideológico que garante a adesão das massas, quando, por exemplo, uma rádio começa a repetir sem parar um mesmo programa ou música que se pretende que as pessoas "gostem". O indivíduo pode mudar de estação no primeiro contato, mas ainda irá ouvir a mesma música tantas vezes e em ocasiões tão variadas que até começa a se acostumar a ela. Um dia amanhece cantarolando a música, outro aumenta um pouco o som, e finalmente se vê convencido de que deve adquirir uma reprodução ou ir ao *show*. É tão eficaz esse tipo de procedimento que as gravadoras desenvolveram junto às rádios uma forma de suborno, também conhecido como "jabá", que consiste em oferecer dinheiro para que as rádios divulguem determinada música em horários nobres da programação. Em última análise, portanto, se as pessoas pagam caro para divulgar esses produtos e garantir o aumento de sua procura é porque o retorno já é calculado.

Vejamos um exemplo da televisão brasileira. Quando o Big Brother Brasil anunciava sua estreia no país, em 2002, havia uma opinião geral de que se tratava de um programa de baixa qualidade destinado a bisbilhotar a vida dos outros. Entretanto, o programa começou a passar e a ter sua chamada divulgada em todos os horários, inclusive no Jornal Nacional. Pouco tempo depois, tornou-se quase uma obrigação estar por dentro do que acontecia no BBB. Ele virou tema de conversa entre amigos e colegas. Não saber o que estava acontecendo com os principais participantes, quem foi para o paredão, etc., passou a ser coisa de gente *"out"* ou "fora de moda". A manipulação retroativa seria então justamente o mecanismo para preparar de antemão a manipulação e de dar a impressão de que as pessoas escolheram o que agora passaram a desejar.

No cinema, o uso dos clichês e das histórias curtas com fórmulas prontas, os chamados esquetes, também garantem êxito de bilheteria. Tudo deveria terminar com um belo final, um *happy ending*, mas é necessário que os personagens principais passem por determinadas peripécias, em que "arrumam problemas para sair deles", segundo a bem conhecida fórmula dos romances de folhetim: "*getting into trouble and out again*".

Segundo esse raciocínio nada de novo deve surgir. O que já deu certo um dia não deve mudar, pois a mesma indústria que determina o consumo deve descartar o que ainda não foi experimentado como um risco. Nada deve surgir que não se adapte ao *status quo*. Uma única "realidade" deve ser mostrada. Tudo que aparece deve ser padronizado. Todo o esforço intelectual e o que mais não interessar ao sistema econômico e político que garante o lucro da indústria cultural deve ser evitado. E assim, a sociedade fica cada vez mais alienada, despolitizada e acostumada a ser comandada. Os indivíduos criados dessa maneira se tornam passivos, infantilizados e estão sempre dispostos a apoiar práticas políticas autoritárias.

Adorno e Horkheimer tentam chamar a atenção para o modo como a indústria cultural e a produção capitalista mantêm os indivíduos presos sem resistência ao que lhes é oferecido. A tendência geral da classe dominada é a de reproduzir a ideologia da classe dominante que a escraviza de modo ainda mais insistente que a própria classe dominante. "Eles têm os desejos deles." É por isso

Figura 12. Pato Donald

que a massa cede facilmente à ilusão do dinheiro fácil e ao mito de sucesso que os *reality shows* e a mídia em geral veiculam. Entretanto, o que ela não percebe é que, desde a infância, também está desenvolvendo um tipo de sadomasoquismo que lhe ensina a se adaptar e a se resignar com a parte que lhe cabe. É o que os autores pretendem dizer ao afirmarem que:

> [...] os filmes de animação [...] inculcam em todas as cabeças a antiga verdade de que a condição de vida nesta sociedade é o desgaste contínuo, o esmagamento de toda resistência individual. Assim como o Pato Donald nos cartoons, também os desgraçados na vida real recebem a sua sova para que os espectadores possam se acostumar com a que eles próprios recebem (ADORNO; HORKHEIMER, 1985, p. 114).

Veremos a seguir que esse mesmo tipo de denúncia sobre o desenvolvimento do caráter sadomasoquista associado ao papel ideológico da indústria cultural está intimamente ligado à explicação oferecida para ao surgimento do antissemitismo em sua feição nazista.

Elementos de antissemitismo: limites do esclarecimento

Na última parte da *Dialética do esclarecimento*, Adorno e Horkheimer demonstram que os fascistas já tinham compreendido a importância da publicidade e da propaganda para a instauração de projetos políticos autoritários. Na Alemanha nazista, os chefes autoritários criaram epidemias com a mesma rapidez e intensidade que as potências econômicas altamente concentradas criaram moda em países como os Estados Unidos. Bastava um líder nazista lançar um dia pelo alto-falante uma palavra de ordem totalitária para que o povo todo começasse a repetir a mesma palavra. "O Führer ordena de maneira mais moderna e sem maior cerimônia tanto o holocausto quanto a compra de bugigangas" (ADORNO; HORKHEIMER, 1985, p. 132).

Os autores observam que a aceitação da tese racista não está necessariamente vinculada a uma convicção prévia. Para se tornar um antissemita, bastaria dizer "sim" ao *ticket* fascista. A "mentalidade do *ticket*" diz respeito à estereotipia de um pensamento que incorpora com facilidade *slogans* petrificados e compra desavisadamente qualquer projeto político para se adaptar a ele.

A verdadeira explicação para o fenômeno do antissemitismo poderia ser encontrada no fenômeno da falsa projeção, que está profundamente conectada ao que foi recalcado. Os racistas exprimiriam sem saber "a própria essência na imagem que projetam dos judeus". Entretanto, "o que repele por sua estranheza é, na verdade, demasiado familiar", pois o distúrbio residiria "na incapacidade de o sujeito discernir no material projetado entre o que provém dele e o que é alheio" (ADORNO; HORKHEIMER, 1985, p. 150-154).

O comentário dos autores, segundo o qual os antissemitas "repelem por sua estranheza o que é demasiado familiar", vem acompanhado de uma referência bibliográfica que remete ao artigo de Freud "O estranho" ("Das Unheimliche"). Esse texto nos ensina a reconhecer justamente a presença do elemento recalcado (inconsciente) nas experiências que afirmamos serem "estranhamente familiares".

Freud teria observado que experimentamos alguma coisa estranha toda vez que aquilo que estava recalcado, e que deveria portanto permanecer secreto e escondido, se manifesta. Em última análise, o estranhamento familiar, para Freud, estaria relacionado a complexos infantis recalcados que por alguma razão são reanimados por uma impressão exterior. No mesmo artigo que apresenta

Figura 13. Freud diante da própria imagem

essa análise, Freud nos conta em nota um caso acontecido com ele que é bastante curioso. Certa vez, quando viajava de trem, em um carro-leito, a porta se abriu depois de um solavanco, e ele se deparou com um homem de idade e de roupão olhando para ele. Ele relata ter antipatizado imediatamente com a aparência do estranho. No entanto, logo em seguida, o equívoco se desfez. O intruso não era senão sua própria imagem refletida no espelho da porta aberta. Mas Freud em um primeiro momento não conseguiu se reconhecer na imagem que via no espelho. Ele estranhou seu próprio olhar que olhava com antipatia para o outro que era ele mesmo.

Esse relato nos ajuda a entender o que acontece com a falsa projeção que é atribuída ao fenômeno racista do antissemitismo. Segundo Adorno e Horkheimer, "os impulsos que o sujeito não admite como seus e que, no entanto, lhe pertencem são atribuídos ao objeto: a vítima em potencial" (ADORNO; HORKHEIMER, 1985, p. 154). Isso explicaria também uma série de outros fenômenos de preconceito e violência que são comumente observados em nossa sociedade. A própria cultura popular parece ter assimilado intuitivamente aspectos dessa visão psicanalítica ao sugerir que as reações de homofobia, que ocorrem com frequência no Brasil e em outros países, em que homossexuais são espancados e assassinados, podem ser explicadas pelo fato de os agressores serem indivíduos "recalcados".

Na verdade, as explicações da *Dialética do esclarecimento* não estão tão distantes desse tipo de apropriação popular, pois ela exemplifica ainda outros aspectos teóricos do papel ideológico da indústria cultural e da compulsão à identidade. Se um indivíduo, por exemplo, está seguro a respeito de si mesmo e acostumado a conviver com a diversidade de gostos, ele não precisa se sentir ameaçado com a escolha sexual de seu vizinho. Afinal, por que o outro não poderia ser diferente? Ora, o que Adorno e Horkheimer tentam fazer em relação ao antissemitismo é explicar por que esse tipo de preconceito e intolerância ocorre com tanta frequência.

Em um primeiro momento, a explicação poderia ser atribuída ao impacto que a indústria cultural tem sobre o empobrecimento e a má formação cultural dos próprios indivíduos. Em outras palavras, a visão deturpada do mundo seria consequência de um mimetismo ruim da visão padronizada e preconceituosa que os próprios meios de comunicação de massas oferecem à população. Se o indivíduo tivesse uma formação interior mais rica, se tivesse acesso a um universo cultural mais diversificado e pudesse refletir um pouco mais a respeito de suas próprias escolhas, talvez não se encontrasse tão suscetível à reprodução dos preconceitos que são utilizados para dominar as massas.

O problema, entretanto, é que a falsa projeção estaria mais profundamente enraizada na base da própria estratégia de autoconservação do esclarecimento. E é por isso que Adorno e Horkheimer chegam a dizer que a paranoia seria "a sombra do conhecimento". A compulsão à identidade oprime de antemão qualquer interesse que se poderia extrair da natureza não idêntica. O esclarecimento que se desenvolveu a partir da razão instrumental não tolera nada que seja diferente de si mesmo e coloca em dúvida se o próprio esclarecimento, transformado em violência, conseguiria romper os limites desse esclarecimento. Entretanto, se não é possível falar de um esclarecimento suficientemente forte para romper os mitos e o próprio esclarecimento, talvez seja ainda possível falar de uma reconciliação, que, mais uma vez, requer a ideia de aceitação da diversidade.

Na verdade, os autores da *Dialética do esclarecimento* não nos levam necessariamente a um pessimismo que acha que a humanidade não tem mais jeito, pois apontam também para outro tipo de desenvolvimento possível de nossa razão, um que revertesse o desenvolvimento unilateral do esclarecimento e que o ensinasse a ter uma relação dialética com aquilo que ele mesmo não é, ou seja, com o não idêntico. Resta saber que conhecimento é esse que será capaz de dar expressão ao não idêntico em nós e nos outros.

Ver sugestões de atividades 4, 5 e 6.

Sugestões de filmes

A primeira parte da *Dialética do esclarecimento* é bastante teórica e portanto muito difícil de ilustrar, mas as duas outras partes podem ser trabalhadas junto à exibição de três filmes.

Filme 1: O primeiro deles é *A onda,* que pode ser encontrado na internet em duas versões. Ambas demonstram como é fácil dominar as massas. A primeira foi feita para a televisão nos Estados Unidos, em 1984, e desenvolve o tema de maneira bem didática. Tudo começa com uma aula de História para o ensino médio sobre as atrocidades da Segunda Guerra Mundial. Após ouvir a aula, uma das alunas pergunta: "Mas, professor, se somente 10 % da população era filiada ao Partido Nazista, como é que todos os outros viram o que estava acontecendo e não fizeram nada?". A partir daí o professor resolve fazer um experimento para mostrar na prática como isso é possível. O filme explica muito bem como funciona a chamada "lavagem cerebral", que técnicas ajudam os líderes a ganharem a adesão incondicional dos indivíduos e como a própria

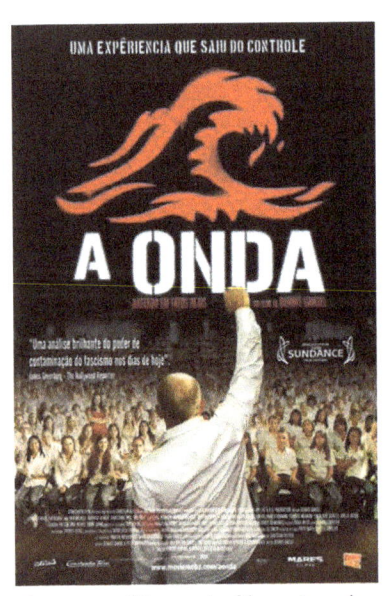

Figura 14. Pôster do filme *A onda*

comunidade de estudantes aprende a direcionar sua violência àqueles que não fazem parte da "Onda". Este filme encontra-se em versão dublada no YouTube.

Já a versão mais recente, de 2008, foi feita para o cinema e tem a vantagem de reconfigurar os hábitos dos adolescentes, tornando a identificação com eles mais imediata e, consequentemente, a moral da história ainda mais dura. O filme trata do mesmo tema que o anterior. A diferença é basicamente temporal, pois os alunos dessa vez fazem parte da terceira geração alemã que sucedeu ao fim da Segunda Guerra e estão convictos de que o totalitarismo nunca mais poderia ressurgir na Alemanha. Essa versão é mais violenta e apresenta um final trágico.

Filme 2: Outra sugestão que ajuda a reconhecer o funcionamento de alguns aspectos da indústria cultural é o filme *Hollywoodismo: judeus, cinema e o sonho americano*, dirigido por Simcha Jacobovici em 1997. Trata-se de um documentário baseado na obra de Neal Gabler *Como os judeus inventaram Hollywood*, que conta a história dos fundadores dos maiores estúdios de Hollywood, entres ele a Paramount, a Warner Brothers, a MGM, a 20th Century Fox e a Columbia Pictures. O enredo narra a história de como esses judeus imigrantes simples, que desejavam ascender socialmente, fizeram fortuna na América com o cinema. Inicialmente comerciantes, muitos deles não

Figura 15. Pôster do filme *Hollywoodismo: judeus, cinema e o sonho americano*

tinham nenhuma habilidade técnica para fazer cinema. Entretanto, rapidamente perceberam que se tratava de um dos melhores negócios do mundo. O documentário mostra também como eles criaram o sonho americano, inventaram um padrão de filmes que mostrava a realidade adocicada, sem conflitos e com *happy endings*.

Finalmente, demonstra como esses próprios imigrantes fugidos do preconceito e das atrocidades cometidas contra eles na Europa infelizmente foram levados a se engajar na caça aos comunistas durante o período sombrio do macarthismo nos Estados Unidos, entre as décadas de 1940 e 1950. O filme está disponível no YouTube somente em inglês.

Porém, o *download* do filme com legenda pode ser comprado em vários outros *sites*, se ele for procurado com seu título original: *Hollywoodism: Jews, Movies and the American Dream*.

Filme 3: A terceira sugestão também é um documentário. Trata-se do filme: *Arquitetura da destruição*, de 1989, dirigido pelo sueco Peter Cohen. O filme trata da relação entre estética, arte e o sistema autoritário nazista. Ele demonstra, por exemplo, que havia toda uma estética ligada aos projetos de eugenia e de purificação da sociedade alemã. Exibe cenas e documentos de como os nazistas perseguiram e mataram judeus e pessoas com deficiência para "limpar" a sociedade da peste e do "câncer" que a atrasava. Explica como os nazistas lançaram mão do cinema para divulgar sua propaganda antissemita, associando a imagem das comunidades de judeus às infestações de insetos e ratos que precisavam ser exterminadas. Apresenta cenas das exposições de arte organizadas por Hitler, que contrapunham a "arte ariana" à "arte degenerada" de modo a determinar o que o povo não devia apreciar. Demonstra ainda como ele chegava a comparar as obras modernistas, que chamava de arte degenerada, a fotos de revistas médicas exibindo deformações congênitas. Esse filme também se encontra legendado no YouTube.

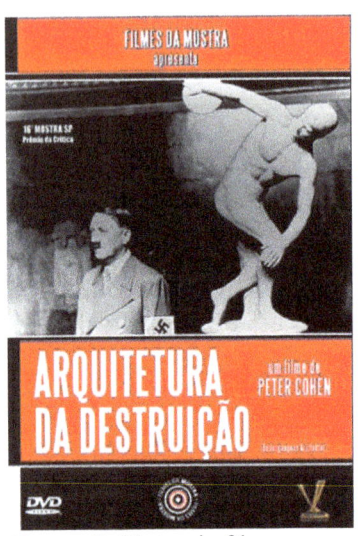

Figura 16. Pôster do filme *Arquitetura da destruição*

Sugestões de atividades

1. Trabalhe com os alunos a oposição entre materialismo e idealismo, esclareça que essa é a verdadeira oposição pensada pela teoria marxista, e não uma oposição entre o materialismo e o "espiritualismo", qualquer que seja. Proponha que o materialismo pretende deixar às claras as relações concretas que estão em jogo em uma relação social de produção para que os homens encarem com sobriedade o que lhes acontece e, consequentemente, para que sua humanidade não seja eternamente abandonada em benefício do dinheiro, reduzindo os homens à condição de "coisas" que podem ser compradas e vendidas.
2. Proponha aos alunos que pensem sobre mudanças materiais concretas em seu bairro ou em sua cidade que poderiam tornar as condições de vida mais humanas.
3. Faça um estudo dirigido com os alunos sobre o *Manifesto comunista*, a partir de uma aproximação com o filme *Tempos modernos*, de Charles Chaplin, e proponha aos alunos que respondam as seguintes questões:
   3.1. Em *Tempos modernos*, Chaplin filma a famosa cena em que o homem é tragado pela máquina, mas sabemos que a intenção é metafórica. Identifique e comente alguma passagem do *Manifesto comunista* em que Marx explica como isso de fato ocorre.
   3.2. Exemplifique, comentando uma passagem qualquer do texto de Marx ou um trecho do filme de Chaplin, como o trabalho humano acompanha a necessidade de aumentar a produção e os lucros.
4. Discuta com os alunos sobre a homofobia no Brasil. Peça a eles que encontrem relatos sobre os casos de agressão noticiados e que se posicionem sobre a questão.
5. Discuta com os alunos o problema das cotas raciais na universidade. Reflita com eles sobre se historicamente houve injustiça no Brasil, se alguma camada da sociedade teve um acesso mais

restrito às riquezas e à cultura em razão de sua raça ou cor e se faz sentido pagar uma dívida histórica.

6. Discuta com os alunos sobre se eles pensam que os meios de comunicação de massas da atualidade são diversificados ou não. Peça a eles que reflitam também sobre se os conteúdos interativos da internet são democráticos e promovem a diversidade ou se são tendenciosos ao privilegiarem o lucro de grandes empresas ligadas aos setores de informação, *softwares* e serviços *on-line*. Peça a eles que procurem notícias que defendam e que critiquem essas empresas.

Leituras recomendadas

DUARTE, Rodrigo. *Adorno/Horkheimer & A dialética do esclarecimento*. Rio de Janeiro: Jorge Zahar, 2002. (Filosofia Passo-a-Passo).

EAGLETON, Terry. *Marx e a liberdade*. Traduzido por Marcos E. de Oliveira. São Paulo: Editora Unesp, 1999. (Coleção Grandes Filósofos)

GIANNOTTI, José Arthur. *Karl Marx: vida e obra*. São Paulo: Nova Cultural, 1999. (Os Pensadores).

Referências

ADORNO, Theodor; HORKHEIMER, Max. *Dialética do esclarecimento*. Tradução de Guido de Almeida. Rio de Janeiro: Jorge Zahar, 1985.

KAFKA, Franz. O silêncio das sereias. Tradução de Sérgio Tellaroli. Disponível em: <http://www.ocaixote.com.br/caixote02/rev_contos_sergio.html>. Acesso em 30 jul. 2013.

MARX; Karl. *Crítica da filosofia do direito de Hegel*. Tradução de Rubens Enderle e Leonardo de Deus. São Paulo: Boitempo, 2010.

MARX; Karl; ENGELS, Friedrich. *A ideologia alemã*. Tradução de Luis Cláudio de Castro e Costa. São Paulo: Martins Fontes, 1998.

MARX; Karl; ENGELS, Friedrich. *Manifesto comunista*. Tradução de Álvaro Pina e Ivan Jinkings. São Paulo: Boitempo, 2010.

MARX, Karl; ENGELS, Friedrich. Teses sobre Feuerbach. In: *A ideologia alemã*. Tradução de Rubens Enderle et al. São Paulo: Boitempo, 2007.

CAPÍTULO 6

O ESCLARECIMENTO ENTRE FOUCAULT E HABERMAS

Elementos do contexto histórico

Os movimentos políticos e sociais dos anos 1960 e 1970

As décadas de 1960 e 1970 foram marcadas por movimentos internos de oposição às sociedades capitalistas. As consequências da mobilização de estudantes e trabalhadores nesse período se fazem sentir até hoje em nossa vida social, política e cultural.

Em linhas gerais, os fatores seguintes caracterizam o ar do tempo de então. Em primeiro lugar, prevalecia uma percepção negativa das tecnocracias. Esse termo diz respeito aos funcionários públicos ou burocratas portadores de conhecimentos altamente especializados. No período que apresentamos aqui, uma ampla discussão ocorria acerca dos efeitos da tecnocracia na vida social. Estes eram identificados com um uso de estratégias racionais cujo objetivo seria uma dominação planejada da vida, incapaz de lidar com as diversas vontades presentes na sociedade. Em resposta, esperava-se o aumento da participação coletiva nas decisões, inicialmente no sistema de ensino, depois nas demais instituições. Além disso, havia muitas dúvidas a respeito daquilo que o capitalismo industrial oferecia como forma de satisfação individual: o consumo. Via-se como fútil, e até mesmo perigoso, o modo de vida consumista e se criticava o uso dos meios de comunicação como forma de excitar o desejo por bens através da publicidade.

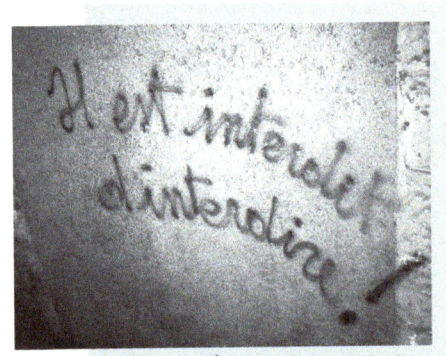

Figura 1. "É proibido proibir!", pichação anônima de maio de 1968, Paris

Figura 2. "Sob os pavimentos, a praia", pichação anônima de maio de 1968, Paris

As palavras de ordem em 1968

Algumas das frases e dos *slogans* irreverentes a seguir puderam ser vistos em Paris durante o mês de maio de 1968.

É proibido proibir. Desobedeça primeiro antes de escrever nos muros. Abaixo o Estado policial. A publicidade te manipula. Aos obedientes: se abaixem e pastem. O poder está nas ruas. Abaixo a sociedade de consumo. Dinheiro, não cassetetes. Liberdade para as garotas. Não consuma Marx – viva-o! O futuro só conterá o que pusermos nele hoje. Quando perguntados, responderemos com perguntas. Devemos continuar sendo desadaptados. Trabalhadores do mundo inteiro, divirtam-se. Longa vida à comunicação, abaixo a telecomunicação. A cultura está se desintegrando – crie! Eu faço dos meus desejos realidade por acreditar na realidade de meus desejos.

Para saber mais

Dois filmes reconstituem o cenário de maio de 1968 em Paris. Em *Os sonhadores*, três jovens vivenciam experiências de iniciação – afetivas, políticas e artísticas –, tendo como pano de fundo a agitação do período e a intensidade de sentimentos e paixões desencadeada pela situação. Já *Amantes constantes* mostra de forma mais direta os eventos ocorridos nas ruas de Paris. O filme reconstitui os grandes confrontos entre policiais e manifestantes, sem deixar de lado as esperanças, os sonhos e as desilusões produzidos pela sequência dos acontecimentos.

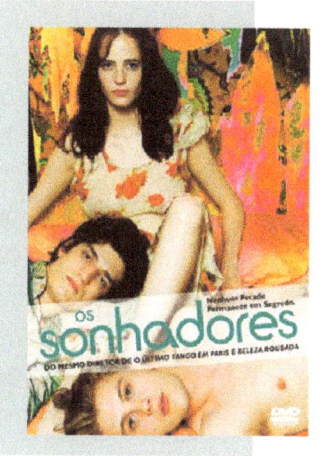

Figura 3. Capa do DVD do filme *Os sonhadores*

Outro aspecto das revoltas estudantis e de trabalhadores desse período foi a valorização dos desejos e das aspirações individuais, em oposição a um modelo que era percebido como incapaz de reconhecer as particularidades e diferenças, orientando a vida em um sentido cada vez mais homogêneo.

Ver sugestões de atividades 1, 2 e 3.

Nesse sentido, a ação tradicional da esquerda foi objeto de forte contestação. Os regimes socialistas existentes na época eram vistos com desconfiança: as diferenças no modo de vida capitalista e socialista nem sempre eram percebidas com clareza. Criticava-se ainda a falta de liberdades individuais nos países socialistas e o domínio tirânico da União Soviética sobre eles. Parecia também que os partidos e sindicatos de esquerda nos países capitalistas não se interessavam por uma transformação social mais abrangente e pela desmontagem de um sistema hierarquizado e pleno de mecanismos de dominação.

Os estudantes viam tais partidos e sindicatos como cooptados pelo sistema social dominante. Eles se engajaram em uma renovação dos pontos de vista e modos de atuação para os movimentos de contestação. Surgiu o que foi chamado pelo filósofo alemão Herbert Marcuse de "Nova Esquerda", mais flexível, menos hierarquizada e mais capaz de reconhecer as demandas individuais para além da dimensão econômica, incluindo as esferas familiar, afetiva e interpessoal e as demandas de grupos minoritários ou marginalizados socialmente.

Esse quadro foi vivido e avaliado pelos filósofos, que se posicionaram de formas muito distintas em relação a ele. Dois deles nos interessam em especial: o francês Michel Foucault (1926-1984) e o alemão Jürgen Habermas (1929-).

Atentos às mudanças em curso, elaboraram pontos de vista a seu respeito muitas vezes opostos e críticos um em relação ao outro, discutindo em paralelo maneiras de entender o Iluminismo, a Modernidade e o papel da filosofia no mundo de hoje. Eles são o principal tema deste capítulo.

Foucault e o poder

Crítica dos "universais antropológicos"

Michel Foucault era um crítico da compreensão do ser humano proposta pela filosofia e pelas ciências humanas. Para ele, determinadas concepções produzem pontos de vista excludentes e perigosos, que tendem a restringir as possibilidades humanas. Um exemplo nos é dado por seu primeiro livro que obteve repercussão: a *História da loucura*, de 1961. Ali se critica o modo de compreender o ser humano que surgiu na Modernidade, fundado na diferenciação entre razão e loucura. Esta é vista como uma doença mental a ser tratada, e seu portador, como um indivíduo que deve ser retirado do convívio social. Os conhecimentos (a psiquiatria, em especial) e as práticas sociais (o internamento em

Figura 4. Michel Foucault

asilos e clínicas) que visavam a esse objetivo foram considerados por Foucault como criadores de sujeitos marginalizados, cuja diferença em relação às pessoas "normais" era isolada e tratada, e não reconhecida e aceita socialmente.

Essa crítica dos "universais antropológicos" ou das teorias que definem o ser humano e servem muitas vezes como instrumento de controle e marginalização orienta os esforços de Foucault e será reformulada por ele a partir dos acontecimentos de maio de 1968 na França, que o atingiram diretamente. O pensador passou a discutir de forma mais intensa o papel e o significado do poder no mundo contemporâneo.

Uma das afirmações mais repetidas por Foucault naquele período é a de que "O poder está em todos os lugares". O que quer dizer isso? Vamos tomar como ponto de partida o alinhamento de Foucault com os movimentos de transformação social e com a Nova Esquerda, vista de passagem na seção anterior. Ora, qual poderia ser a contribuição de um filósofo para os processos de transformação social?

Em primeiro lugar, era preciso não assumir a atitude daqueles que pretendiam pautar os movimentos sociais, supostos possuidores de um entendimento "superior" da realidade. Um dos principais pleitos dos movimentos descritos era a recusa da suposta autoridade superior dos intelectuais, dos tecnocratas ou dos militantes políticos tradicionais. Foucault manifestou profunda concordância com esse ponto de vista. Entendeu o intelectual como alguém que pode, no máximo, contribuir para as lutas de transformação social, sem se colocar como a "vanguarda do movimento", aos moldes da esquerda tradicional. Muitas vezes essas vanguardas afirmavam que a superioridade de seus pontos de vista se devia à verdade de suas teorias acerca do ser humano. Um exemplo é a ideia marxista segundo a qual o ser humano, alienado na sociedade capitalista, teria como desenvolver todas as suas potencialidades em um regime comunista, o que tornaria necessária a revolução. Percebemos assim que as "verdades" defendidas por pensadores, intelectuais e militantes acerca dos seres humanos produzem consequências imprevistas e eventualmente arriscadas.

Também era preciso evitar uma interpretação dos movimentos em questão segundo a qual todo desejo deveria ser considerado legítimo por si só. Mas como fazer isso? É nesse sentido que uma segunda orientação importante emerge nos trabalhos de Foucault. Ela consiste em afirmar que toda relação entre os seres humanos pode ser vista como relação de poder. É isso, justamente, o que significa afirmar que "o poder está em todos os lugares". Podemos ver as interações entre seres humanos como situações nas quais um interfere no modo de agir do outro, gerando resultados em todos os casos. Isso vale para todo tipo de interação humana, tanto no ambiente familiar quanto na escola, tanto no trabalho quanto nas relações sociais.

Atingimos assim um ponto importante: para Foucault, as relações de poder são produtivas, e não repressivas. A visão da esquerda tradicional propunha que as relações de poder reprimem aspectos da "humanidade" ou da "natureza humana" para o serviço de um poder centralizador e controlador. Enquanto isso, Foucault afirmará que as relações de poder estão em todos os lugares e que produzem certos tipos de indivíduos. Ora, algumas dessas relações merecem ser destacadas como intoleráveis justamente na medida em que produzem sujeitos mutilados, obedientes e controlados.

Em vista disso, o objetivo de Foucault será fornecer conceitos e propostas para que aqueles que se encontram em tal situação possam resistir a relações de poder mutiladoras. As propostas de Foucault dariam maior consistência aos pleitos e às reivindicações daqueles que são atingidos por relações de poder dessa natureza. Estes poderiam se engajar em lutas contra formas específicas e não centralizadas de poder, distribuídas em vários focos da sociedade. Na época em que foram propostas, as ideias de Foucault favoreceram a luta de mulheres, negros e homossexuais, entre outros grupos estigmatizados, por um reconhecimento igualitário em sociedade.

O caminho seguido por Foucault será uma avaliação das relações de poder na cultura e na sociedade moderna, a partir de um conjunto de indicações que estão em sintonia com as percepções emergentes nas revoltas estudantis de 1968. São elas:

1. Em primeiro lugar, o poder será visto a partir de suas extremidades, de suas "capilaridades". O que é recusado aqui é a ideia de que o poder funcionaria a partir de um foco central (o Estado, a burguesia), do qual se disseminaria de forma homogênea em todo o corpo de uma sociedade dada. Serão destacadas assim formas de exercício específicas e localizadas do poder, que nem sempre estão diretamente ligadas aos poderes do Estado e que serão nomeadas como tecnologias de poder.

2. Foucault também acentua que as relações de poder são específicas e que surgem em contextos específicos. Em vez de supor que determinados grupos ou agentes empreenderam grandes estratégias para a tomada do poder, ele pergunta como determinadas estratégias, inicialmente locais, constituíram relações de poder e de sujeição de certos grupos a outros. Trata-se assim de assumir o ponto de vista de uma multiplicidade de formas e focos de relação, que não são apenas econômicas, mas também pedagógicas, afetivas, jurídicas, interpessoais.

3. Foucault proporá uma "visão relacional do poder". O que quer dizer isso? De acordo com o filósofo francês, o poder deve ser analisado em termos de estratégias que, formuladas em nível local, foram aplicadas a domínios cada vez mais amplos.

4. Ao estudar o poder, Foucault insiste que este sempre se exerce tendo como apoio certos tipos de saber, de conhecimento. Foucault percebe que o conhecimento produzido por historiadores, sociólogos, psicólogos, entre outros, muitas vezes auxiliará aqueles que conduzem as relações de poder. Os saberes e conhecimentos frequentemente oferecem instrumentos e ferramentas para o controle social e político.

5. Enfim, para Foucault, o poder sempre é exercido a partir de alguma resistência. O autor diferencia poder e violência, ao nos mostrar que as grandes estruturas de poder não utilizam primordialmente de meios de imposição e constrangimento violentos. Isso nos leva a

Ver sugestões de atividades 4, 5 e 6.

considerar que as relações de poder abrem uma margem (em algumas épocas maior, em outras menor) para resistência e contestação.

Vigiar e punir

Podemos exemplificar todos os traços expostos aqui a partir das análises feitas por Foucault acerca da disciplina na Modernidade e que aparecem em seu livro *Vigiar e punir* (1975). O livro foi elaborado como um instrumento para auxiliar as lutas de prisioneiros políticos injustamente encarcerados e em paralelo com a participação de Foucault em um grupo que pretendia apoiar estes prisioneiros (o Grupo de Informações sobre as Prisões – GIP).

Foucault inicia seu livro mostrando que a punição a criminosos teria sofrido uma enorme mudança nos Estados europeus a partir do século XVIII. Até esse período, a punição consistia em flagelar ou torturar os criminosos, muitas vezes em praça pública. Na segunda metade do século XVIII, debate-se a penalidade mais adequada. Já nesse momento as propostas que surgiram negavam a eficácia das prisões para adequar os criminosos à vida social.

Figura 5. Gravura alusiva ao suplício e à execução do Damiens, condenado por tentativa de assassinato do rei. Essa execução é narrada por Foucault em *Vigiar e punir*.

O aprisionamento, no entanto, tornou-se a pena dada a quase todos os crimes, em quase todos os países do mundo. Por quê? Desde sua implantação, nas primeiras décadas do século XIX, seu fracasso foi amplamente assinalado. Foucault se pergunta: como chegamos a essa situação, e por quê?

Para o autor, teria ocorrido uma transformação decisiva na forma de como o poder é exercido a partir do século XIX. Surgiram novas orientações. Uma delas consistia em visar ao corpo individual de cada membro da sociedade, exigindo e produzindo sujeitos adestrados e dóceis. Assim, Foucault mostrará que o aprisionamento se tornou a forma canônica de penalidade a partir do século XIX devido ao surgimento de um conjunto de técnicas institucionais, discursos, relações de poder e formas de lidar com os sujeitos dentro da sociedade, cujo fim era sobretudo disciplina-los. Uma tecnologia de poder que permitiria a obtenção desse objetivo era o chamado "Panóptico", projeto de prisão formulado pelo filósofo e jurista inglês Jeremy Bentham (1748-1832).

O Panóptico

Imagem e descrição do Panóptico feita por Foucault

[...] na periferia uma construção em anel; no centro, uma torre; esta é vazada de largas janelas que se abrem sobre a face interna do anel; a construção periférica é dividida em celas, cada uma atravessando toda a espessura da construção; elas têm duas janelas, uma para o interior, correspondendo às janelas da torre; outra, que dá para o exterior, permite que a luz atravesse a cela de lado a lado. Basta então colocar um vigia na torre central, e em cada cela trancar um louco, um doente, um condenado, um operário ou um escolar. Pelo efeito de contraluz, pode-se perceber da torre [...] as pequenas silhuetas cativas nas celas da periferia. Tantas jaulas, tantos pequenos teatros, em que cada ator está sozinho, perfeitamente individualizado e sozinho (FOUCAULT, 1987, p. 165-166).

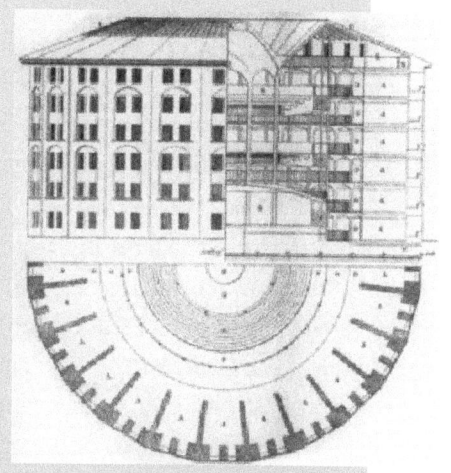

Figura 6. Planta do Panóptico

O Panóptico é uma tecnologia de poder que não só disciplina os prisioneiros, mas também permite ainda que certos dados (informações sobre seu comportamento, por exemplo) sejam obtidos e estudados. Saber mais sobre os prisioneiros significa poder controlá-los melhor, e por isso as prisões se tornaram, na opinião de Foucault, laboratórios para o desenvolvimento de ciências humanas como a sociologia e a estatística. O resultado de tais estudos será a descoberta de padrões ou taxas médias de comportamento e desempenho que poderão ser usados para regular todos os prisioneiros. Foucault acredita que as prisões serviram como focos de desenvolvimento de um poder disciplinar que se implantou inicialmente de forma tímida e passou a ser mobilizado por todos os lados: nas escolas, nos quartéis, nos hospitais, nas fábricas.

Essas indicações podem ser lidas de duas formas. Fornecem instrumentos de análise para aqueles que vivenciam relações de poder intoleráveis e mutiladoras: prisioneiros, estudantes, trabalhadores, internos de instituições de saúde mental, entre outros. Além disso, elas marcam um posicionamento crítico de Foucault diante do legado do Iluminismo, entendido de um ponto de vista histórico. Afinal, segundo Foucault, as "luzes que descobriram as liberdades inventaram também as disciplinas" (FOUCAULT, 1987, p. 183). O autor nos lembra de que as ciências humanas, muitas vezes apresentadas como um resultado do Iluminismo, como as portadoras de sua missão de desalienar e libertar os seres humanos, também servem ao controle e à dominação social. Isso não significa uma negação completa do Iluminismo, mas uma tentativa de apontar suas ambiguidades e contradições. No entanto, os pontos de vista de Foucault serão interpretados pelo filósofo alemão Jürgen Habermas como uma crítica completa ao Iluminismo.

Ver sugestão de atividade 7.

Habermas e a política

As revoltas armadas na Alemanha nos anos 1970

Desde os anos 1950, o filósofo alemão Jürgen Habermas se envolveu com a relação entre a vida estudantil e o mundo da política. Era reconhecido como um participante da esquerda e um dos membros da Escola de Frankfurt, e se esperava seu apoio ao processo de ação radical levado a cabo progressivamente durante os anos 1970. No entanto, Habermas se posicionou de forma vigorosa contra a radicalização e acusou os estudantes de praticarem um "fascismo de esquerda". A principal razão alegada pelo filósofo foi o caráter democrático das instituições políticas alemãs e o elevado grau de desenvolvimento econômico da Alemanha Ocidental, que retiraria qualquer legitimidade de uma eventual revolução.

Figura 7. Jürgen Habermas

Para entendermos os pontos de vista de Habermas, é interessante observarmos seu posicionamento diante das revoltas estudantis dos anos 1960 e 1970. Se na França o movimento estudantil diminuiu seu impacto a partir de 1968, fatos ocorridos na Alemanha Ocidental alimentaram o surgimento de diversos grupos armados.

As duas Alemanhas

Após o final da Segunda Guerra Mundial a Alemanha foi dividida em dois países: a República Federal da Alemanha ou Alemanha Ocidental, capitalista, e a República Democrática Alemã ou Alemanha Oriental, socialista. A Alemanha foi reunificada em 1990, após a derrocada dos regimes socialistas do Leste Europeu.

Figura 8. As duas Alemanhas

Em 1967, o assassinato do líder estudantil Benno Ohnesorg em uma manifestação política favoreceu a percepção, por parte dos estudantes, de que as forças do Estado estariam baseadas no autoritarismo e na repressão. A inexistência de uma válvula de escape para as frustrações e críticas do movimento estudantil levou alguns a constituírem grupos que seguiam uma orientação de extrema-esquerda e propunham abertamente a luta armada contra o Estado.

A partir desse momento Habermas se afastou cada vez mais de uma perspectiva de esquerda orientada para uma revolução que levasse ao socialismo, participando da crítica ao chamado "socialismo real" existente na época e enfatizando a possibilidade de transformações sociais a partir da formação de novos consensos. Seguindo a linha iluminista, o filósofo orientará sua perspectiva pela ideia da emancipação humana através do uso da razão, qualificando tal expectativa a partir da afirmação de um "projeto da Modernidade" que deveria ser plenamente cumprido. O filósofo indicará os avanços sociais da era moderna e apostará na possibilidade de uma realização desse projeto. Acompanharemos agora alguns momentos da trajetória desse filósofo.

Para saber mais
O filme *O grupo Baader-Meinhof* é uma reconstituição realista da dramática trajetória de sua militância. Apresenta tanto a insatisfação dos estudantes e de setores da sociedade contra o Estado alemão nos anos 1960 e 1970 quanto as contradições nos movimentos estudantis, questionando ainda o uso da luta armada como forma de transformação social.

Figura 9. Pôster do filme *O grupo Baader-Meinhof*

A evolução das interações no espaço público

Mudança estrutural da esfera pública, de 1962, é o primeiro livro de Habermas. O livro combina discussões filosóficas a análises históricas e examina a relação entre Estado (as instituições políticas) e sociedade civil (o conjunto dos indivíduos que vive em um país e suas formas de organização mais ou menos estáveis). Habermas enfatiza a maneira pela qual Estado e sociedade civil interagem a partir de um espaço público, ou seja, aquele espaço que vai além da vida privada ou doméstica e que cria condições para que os seres humanos compartilhem bens, opiniões e interesses. Na Idade Média esse espaço era restrito: os governantes (reis, nobres, senhores feudais) se apresentavam em público para seus súditos como se possuíssem um poder superior (dado por Deus ou garantido pela linhagem, pelo "sangue nobre"). Habermas chama isso de "publicidade representativa", porque os governantes e os homens que dispõem de poder simulam possuir poderes ou qualidades especiais, uma espécie de "aura". É como se atores em um teatro acreditassem que são mesmo aqueles personagens que representam.

O surgimento do capitalismo mercantil, fundamentado na produção e nas trocas entre pequenos proprietários burgueses (séculos XVI e XVII), criou novas condições de vida nos países europeus. Surgiu a imprensa, que inicialmente fazia propaganda dos bens produzidos, mas logo passou a divulgar também opiniões e comentários sobre coisas que interessavam à classe burguesa emergente: acontecimentos, fatos diversos, artes, entre outros assuntos.

Um tema de interesse dos burgueses era a literatura: os livros que faziam mais sucesso nessa época eram os romances. Tendo como foco a família burguesa, os romances espelhavam as questões que faziam parte da vida privada e ajudaram a difundir um ideal social fundado no afeto entre os membros da família, na importância da educação, no valor da liberdade e na necessidade de garantir legalmente os bens de cada um. Esse ideal era percebido pelos burgueses como algo que interessaria a todos: um ideal para toda a humanidade, um ideal de humanidade. O surgimento do Iluminismo, no século XVIII, deu um contorno mais definido para essas ideias.

Os pequenos proprietários burgueses passaram a promover pontos de encontro para discutir de uma forma mais direta (e não só a partir das páginas de jornais e revistas) seus interesses comuns, inicialmente se concentrando nos romances e nos temas da vida privada. Habermas afirma que a imprensa e os pontos de encontro formaram juntos o que o autor chama de "esfera pública literária": em cafés, salões, eventos, associações privadas, clubes de leitura, pontos de vista eram trocados de forma imparcial. Até certo ponto, as desigualdades sociais e de gênero eram deixadas de lado em prol da troca de ideias.

Figura 10. Leitura da tragédia O órfão da China, exemplificando o surgimento da esfera pública literária no século XVIII

A partir do final do século XVIII tanto a imprensa quanto os grupos passaram a assumir posicionamentos mais claramente políticos e a discutir de forma direta as atitudes dos governantes e as leis que garantiam seu poder. É o surgimento da "esfera pública política". A esfera pública política desde o início atribuiu a si mesma dois papéis fundamentais: em primeiro lugar, examinar e questionar as ações dos governantes; em segundo lugar, justificar essas mesmas ações, caso não fossem consideradas resultado de um arbítrio, de uma mera vontade do governante. As ações que mereciam aprovação eram aquelas que podiam ser consideradas válidas de um ponto de vista racional e consensual. A esfera pública política discutia as possibilidades dadas ao governante em uma situação concreta, e os argumentos que fossem considerados os melhores a partir dessa discussão eram acatados por todos e oferecidos como base para a melhor conduta.

As novas constituições que foram surgindo no século XIX na Europa refletiram essa orientação e de certa forma reconheceram a importância da esfera pública política. Essas constituições asseguraram os direitos de participação na esfera pública: liberdades (de opinião, de expressão, de imprensa), direitos políticos (direito de encaminhar petições aos governantes, direito de voto), garantias da intimidade familiar (liberdades pessoais, garantia de que a moradia familiar não poderia ser invadida) e direitos de propriedade. É como se a esfera pública garantisse que, aos poucos, a expectativa expressa por Kant em seu texto sobre o Iluminismo fosse realizada: a liberdade para manter debates racionais garantiria que mais e mais seres humanos fossem esclarecidos, autônomos e realizados do ponto de vista social, econômico e político.

No entanto, a esfera pública política tinha seus limites e problemas. Afinal, se as discussões literárias permitiam uma participação mais abrangente (de mulheres e não proprietários, por exemplo), os debates políticos eram sempre encabeçados por homens, brancos e proprietários. As condições para participar dos debates políticos (ser um proprietário e dispor de uma educação) na prática excluíam a maioria dos cidadãos. De toda forma, a esfera pública política garantia uma possibilidade: um setor da sociedade poderia frear em parte o poder do Estado e dos governantes, ao submetê-lo às pressões de debates racionais.

O que aconteceu a partir desse momento? Do século XIX em diante, o capitalismo se tornou cada vez mais concentrador. Os pequenos e médios proprietários foram substituídos por monopólios, restringindo a circulação financeira. A imprensa refletiu essa mudança, concentrando-se cada vez mais no entretenimento, e aos poucos deixou de veicular as discussões entretidas pela burguesia. Os salões, cafés e demais pontos de encontro começaram a ser objeto de suspeita dos governantes e foram aos poucos deixando de lado as questões políticas. O Estado passou a assumir as funções da família burguesa, tornando-se cada vez mais burocratizado e entrando em todos os aspectos da vida familiar.

Em seu primeiro livro, Habermas parece acreditar que uma sociedade socialista, na qual os bens e a produção fossem socializados, poderia recriar as condições para uma esfera pública mais capaz de intervir nos poderes políticos. Mas o autoritarismo dos regimes socialistas (e sua decadência a partir dos anos 1970 e 1980) interditou essa via. Além disso, o filósofo alemão se tornou descrente da possibilidade de uma sociedade socialista ser suficientemente produtiva para atender as necessidades de suas populações.

"Razão comunicativa" e democracia deliberativa

A partir dos anos 1970 Habermas reorientará seus esforços no sentido da social-democracia. Sem deixar de lado os problemas e as limitações (ou como diria o autor, "patologias") do capitalismo industrial e sem abdicar de um posicionamento crítico, Habermas tentará formular um conjunto de princípios que deveriam nortear as relações entre as instituições políticas do Estado, as práticas econômicas do capitalismo e a sociedade civil, composta pelas demais instituições e formas de organização dos membros da sociedade. Esses princípios terão como base filosófica a ideia de uma razão comunicativa orientada para o entendimento mútuo dos participantes da vida social.

Para Habermas, a filosofia na Modernidade – incluindo o esclarecimento – se equivocou ao considerar a racionalidade humana como uma espécie de propriedade dos indivíduos. O autor, seguindo toda uma reorganização na filosofia que ocorreu no século XX e que mostrou como a linguagem é central no conhecimento, nas práticas e nas normas que estruturam a convivência humana (a chamada "virada linguística"), dirá que a razão deve ser observada a partir dos processos nos quais os seres humanos se comunicam. Afinal, ao conversar com alguém, tanto espero quanto uso certas convenções (em relação àquilo que digo, se digo de forma correta, se sou autêntico no que estou dizendo), que são perfeitamente racionais e podem ser expostas e discutidas. Esse modelo de racionalidade é chamado por Habermas de "razão comunicativa" e está em jogo sempre que indivíduos em comunicação perseguem algum tipo de consenso.

A aposta de Habermas é a seguinte: se a razão comunicativa fosse disseminada por toda uma sociedade como uma espécie de ideal assumido por todos (um ideal normativo) quando se comunicassem ou agissem em conjunto, o resultado seria uma transformação na qual as sociedades seriam mais capazes de controlar os poderes político e econômico. Afinal, uma racionalidade consensual, partilhada, determinaria os sentidos da produção e da política. Essa proposta adquire sentido se entendemos que ela pretende ser uma espécie de "terapia". Mas qual é a doença que se pretende curar aqui?

O desaparecimento dos regimes monárquicos e surgimento das democracias durante os séculos XIX e XX ocasionaram um novo modelo de sociedade em termos políticos e econômicos, cujo valor central é a autonomia. Politicamente, as decisões dos governantes não são resultado de suas vontades, mas passam pelo crivo das leis e reconhecem a supremacia do interesse coletivo (como está escrito em nossa Constituição: "todo poder emana do povo"). Esse modelo é chamado de "Estado Democrático de Direito". Do ponto de vista econômico, a produção passa a ser conduzida por empresas capitalistas voltadas para o lucro.

No decorrer da história uma série de acontecimentos distorceu esse modelo, que se tornou mais um ideal que uma realidade. Do ponto de vista político, as ações e decisões tomadas pelo Estado se tornaram dependentes das chamadas burocracias e tecnocracias. As burocracias são estruturas estáveis utilizadas pelo Estado para que ele possa intervir na vida social. Burocratas que atuam a partir de conhecimentos especializados são chamados de tecnocratas. Se, por exemplo, um país tem um grande número de analfabetos, situação que cria toda uma série de entraves para seu desenvolvimento, os tecnocratas farão a escolha das melhores ações a serem tomadas para reverter essa deficiência da população, e os burocratas conduzirão os esforços nesse sentido (formação de professores, localização dos não alfabetizados, criação de métodos e propostas para o ensino, etc.). Ora, na medida em que o Estado se efetiva por meio da ação dessas estruturas burocráticas, elas passam a exercer um poder real que atinge a todos. Assim, as decisões cruciais tomadas pelos governantes e pelas tecnocracias se tornaram cada vez mais exclusivas, diminuindo o poder real da população.

Do ponto de vista econômico surgiram as corporações multinacionais. Estas são empresas gigantescas que atuam em inúmeros países e que dispõem de enormes recursos materiais. Essas corporações frequentemente tomam decisões que afetam os interesses coletivos de forma negativa, ao explorarem de forma indevida os recursos naturais, degradarem o meio ambiente, prejudicarem as condições de vida da população, criarem cartéis e monopólios, entre outros exemplos. Mas o poder do qual dispõem as grandes empresas é tão grande, e sua área de atuação é tão vasta, que suas decisões parecem incontroláveis por parte das populações.

A autonomia dos sistemas político e econômico se torna ainda mais problemática em relação ao interesse coletivo se nos lembramos de que esses sistemas dispõem de amplos recursos para divulgar seus próprios pontos de vista, através dos meios de comunicação. Os meios de comunicação serão utilizados como forma de justificar, muitas vezes de maneira enganosa, as ações das empresas e dos governos.

É essa, em linhas gerais, a "doença" das sociedades contemporâneas: a obscuridade ou falta de transparência das instituições políticas e das grandes empresas. Mas qual seria a terapia que poderia levar a uma cura, segundo Habermas?

Se a política e a economia se converteram em um grande sistema, existe uma contrapartida social deste: o "mundo da vida". Este é composto pelo conjunto das pessoas que não participam diretamente das decisões políticas e econômicas. Ou seja, falamos daqueles que se educam, perseguem seus objetivos de vida, informam-se, relacionam-se, expressam-se e vivem em conjunto cotidianamente. O mundo da vida se organiza em uma série de associações: famílias, grêmios estudantis, agremiações esportivas, sindicatos, associações de moradores de bairros, grupos de profissionais, tribos urbanas, redes de relacionamento social, amigos que compartilham *hobbies*, clubes, associações de todos os tipos e com maior ou menor duração. São organizações instáveis, frágeis e que mudam de acordo com as transformações sociais e o surgimento de novos interesses, gostos e desejos.

Esses grupos, mesmo com interesses diferentes, compartilham uma mesma linguagem – a linguagem cotidiana, não especializada –, e esta força todos os seus participantes a tomarem em consideração as mesmas regras para expressar seus pontos de vista e argumentos. Isso permite a formação de opiniões consensuais e de vontades coletivas, a partir de processos sociais nos quais a comunicação entre os indivíduos garante a formação de uma opinião pública. Ora, esses grupos informais se comunicam, por sua vez, com esferas mais organizadas da vida social e política – partidos, universidades, meios de comunicação –, que levam essas opiniões formadas na sociedade para o centro dos processos decisórios realizados em assembleias e parlamentos. O resultado é a formulação de novas leis, que atenderão os interesses mais legítimos e que terão de ser considerados pelos governantes e pelo poder econômico. Esse modelo é chamado pelo autor de "democracia deliberativa".

Um ponto importante aqui: Habermas acha que esse modelo é melhor que o de uma democracia na qual ocorresse uma participação direta. O filósofo alemão aposta todas as fichas em um modelo de democracia no qual cada parte desempenha o papel que deve desempenhar: os poderes políticos devem reconhecer a opinião pública em suas ações, mas a sociedade não deve querer assumir funções políticas, dado que estas são mais bem realizadas por especialistas. O risco de uma democracia direta é a "tirania da maioria"; ou seja, uma maioria desinformada poderia colocar em risco os direitos e o valor de minorias, impedindo sua participação plena na vida social.

> Ver sugestões de atividades 8, 9, 10 e 11.

Entre Modernidade e Pós-Modernidade

Habermas: pela efetivação do "projeto da Modernidade"

Habermas acredita que a disseminação do modelo da democracia deliberativa poderia significar não só uma cura para as "patologias" das sociedades contemporâneas, mas ainda uma realização efetiva do que é chamado pelo autor de "projeto da Modernidade". Tal projeto teria surgido na época do Iluminismo e seria a própria substância ou conteúdo do esclarecimento. Mas como Habermas entende a relação entre Iluminismo, esclarecimento e Modernidade?

Em primeiro lugar, Habermas acredita que os pensadores franceses que no século XVIII foram conhecidos como iluministas (Voltaire, Diderot, Condorcet, entre outros) não tinham um ideal claro e comum do qual estivessem plenamente conscientes. Esse ideal surgirá a partir dos trabalhos de Kant e Hegel. Hegel terá sido o primeiro a avaliar a Modernidade como um tempo marcado por transformações como a Reforma Protestante e a Revolução Francesa e por uma diferença fundamental diante de todas as épocas anteriores: a separação das esferas da vida.

Esferas da vida são a política, a economia, a ciência, a moral e a arte. Elas tanto criam condições como representam, entendem, discutem aspectos da vida humana. Cada uma tem uma referência específica: os processos produtivos (economia), a criação de condições para a vida coletiva (política), o mundo natural que nos cerca (ciência), as relações humanas (moral), a expressão de desejos, sentimentos e opiniões subjetivos (arte). Antes da Modernidade todas essas esferas se apoiavam na religião: agora, elas são separadas da religião e separadas umas das outras, e em cada uma delas a razão entra cada vez mais, substituindo a fé.

Cada uma dessas esferas foi racionalizada de forma diferente. No caso da ciência, da moral e da arte, esferas culturais, o efeito foi de uma liberação maior: o cientista pode pesquisar de forma mais livre, as pessoas não precisam necessariamente assumir uma moral religiosa, os artistas têm uma maior liberdade para se exprimir. Mas, no caso da economia e da política, o efeito foi oposto. Elas passaram a ser submetidas cada vez mais a uma razão instrumental. A política e a economia passaram a ser objeto de uma busca de eficiência nos meios (que são racionalizados), mas que deixa de lado uma avaliação crítica dos fins. O exemplo mais extremo disso são as câmaras de gás utilizadas pelo regime nazista na Alemanha durante a Segunda Guerra Mundial para a eliminação de judeus, comunistas, desviantes sociais e opositores do regime. Era o meio mais eficiente para um objetivo vergonhoso e abjeto: matar gente.

Figura 11. Câmara de gás de Majdanek, Polônia

Para Habermas esse percurso histórico não indica um esgotamento das esperanças iluministas. Ao contrário, o filósofo alemão acredita que o Iluminismo do século XVIII deve ser recuperado como um projeto para o mundo contemporâneo, centrado no conteúdo do esclarecimento e em sua efetivação por meio de uma disseminação de procedimentos racionais consensualmente afirmados na sociedade, na política e na economia. Outro ponto importante: Habermas acredita que o saldo histórico dos últimos séculos (a criação e a ampliação de direitos sociais para as populações, o surgimento da noção de direitos humanos, o desenvolvimento de estruturas do Estado que servem às necessidades sociais, entre outros fatores) indica que ao menos em parte o projeto da Modernidade foi implementado.

Isso explica as críticas feitas por Habermas a autores como Foucault e seus contemporâneos. Foucault aponta o surgimento, na Modernidade, tanto da segregação e da desvalorização da loucura quanto das disciplinas que tornam os indivíduos dóceis e amestrados.

Para Habermas tais posicionamentos indicariam que Foucault perceberia os desdobramentos do Iluminismo na Modernidade de forma completamente negativa e pessimista, próxima aos pontos de vista expostos por Adorno e Horkheimer em sua *Dialética do esclarecimento*. Pessimismo que se torna ainda mais grave na medida em que Foucault criticaria a razão tal como se impõe no mundo moderno a partir do Iluminismo de uma forma contraditória. Foucault faria uma crítica racional da razão: mas como usar a razão para criticar a razão?

Habermas pretende confirmar essa suspeita afirmando que os pontos de vista de Foucault têm como base uma perspectiva acerca do ser humano cujo fundo é estético. Ou seja, Foucault teria dado mais espaço em sua interpretação da Modernidade para um modelo de ser humano extraído das obras culturais e artísticas e que seria totalmente descomprometido com uma base política, social e histórica. Isso teria levado Foucault a deixar de lado os importantes avanços ocorridos nas sociedades democráticas durante a Modernidade. Tal postura seria própria não apenas de Foucault, mas de todo um conjunto de pensadores que lhe são contemporâneos e que são qualificados por Habermas como "pós-modernos".

Figura 12. Jean-François Lyotard

Antes de avançar as possíveis respostas de Foucault a tais críticas, vejamos o que significa o termo "pós-moderno".

O filósofo francês Jean-François Lyotard foi o responsável por introduzir a expressão "pós-modernidade" no livro *A condição pós-moderna*. Nesse livro Lyotard discutia basicamente aspectos ligados às pesquisas científicas a partir dos anos 1970. Aos poucos a expressão se disseminou pelas mais variadas áreas, sendo até hoje objeto de acirrados debates. Daí a dificuldade: o que quer dizer pós-moderno?

Um ponto de partida está presente já no livro de Lyotard e nos ajuda a entender como esse termo foi recebido na filosofia. Para ele o pós-moderno significa uma "incredulidade diante das metanarrativas". O que quer dizer isso? Lyotard entende as grandes linhas da cultura moderna – o Iluminismo, o socialismo, o liberalismo, entre outros – como metanarrativas. Ou seja, cada uma dessas linhas culturais tenderia a contar uma história: a história dos seres humanos, e em particular a das sociedades ocidentais. E cada uma dessas linhas narraria sua história de acordo com uma orientação específica, dando-se ao luxo de prever ou até mesmo postular um futuro. Por exemplo, o iluminista contaria a história humana assim: os seres humanos se tornarão, a partir do Iluminismo, cada vez mais racionais, mais esclarecidos, mais emancipados e mais felizes. Lyotard dirá que essa é uma metanarrativa e que o desenvolvimento histórico posterior ao Iluminismo do século XVIII provou que isso simplesmente não era verdade, já que nada disso aconteceu. A cultura contemporânea teria se tornado cada vez mais incrédula, duvidaria cada vez mais dessa "metanarrativa". Generalizando, o autor afirma que todas as metanarrativas são colocadas em suspeita pela Pós-Modernidade, que pode assim ser entendida como uma manifestação histórica (que descreve a cultura ocidental a partir dos anos 1970) e como uma atitude (de dúvida, de suspeita em relação à cultura e que afirma a busca do novo, de novos referenciais, novas teorias, novas propostas). Ao usar a expressão "pós-moderno" para qualificar os autores da geração de Lyotard (incluindo Foucault), Habermas indica sua fidelidade ao que Lyotard chamaria de "metanarrativa iluminista".

Mas a verdade é que Foucault jamais se reconheceu como um pensador pós-moderno. Da mesma forma, o filósofo francês certamente não aceitaria as críticas de Habermas acerca de seu posicionamento diante do Iluminismo.

A presença cotidiana do pós-moderno

Aos poucos o termo "Pós-Modernidade" passou a englobar o conjunto da cultura a partir dos anos 1970, tornando-se uma caracterização desse período histórico. Alguns traços são reiteradamente vinculados a uma cultura pós-moderna: o sincretismo (mistura de referências díspares e que parecem não ter relação entre si, como uma propaganda de carro que usa música erudita ao fundo), a metalinguagem e a autorreferência (a referência, em uma obra artística, a aspectos de sua produção e do tipo de arte à qual se vincula, o filme que fala de cinema, a música que fala da música). Uma atitude recorrente da arte pós-moderna se vincula à ironia e à recusa da seriedade: um exemplo é a Figura 13, capa do primeiro disco da banda Velvet Underground, elaborada pelo artista plástico Andy Warhol. O videoclipe e a videoarte, a arquitetura que mistura as mais variadas tendências, as *performances*, as instalações, a moda contemporânea, o flash-mob, são alguns exemplos de propostas artísticas e culturais vinculadas ao termo pós-moderno. Outros traços típicos da cultura pós-moderna são o excesso, a superficialidade e a visualidade.

Figura 13. Capa do disco *The Velvet Underground and Nico*

Ver sugestão de atividade 12.

Foucault: governo de si, *parrhesia* e esclarecimento

Para Foucault a Modernidade é um período ambíguo, que possui suas próprias luzes e sombras. As relações de poder que surgem nesse período não são necessariamente negativas. Ao afirmar que tais relações produzem aqueles que delas participam, Foucault não assumiu a ideia de um poder opressivo que estaria em todos os lugares da sociedade, mas sim que certas relações de poder teriam aspectos mais e menos criticáveis. Assim, em suas análises históricas (do tratamento da loucura, das prisões, entre outras) o filósofo francês procurou destacar os aspectos mais negativos na medida em que pretendia oferecer indicações para grupos e interesses considerados por ele como legítimos. Por exemplo, na época em que discutiu o surgimento da disciplina nas prisões, Foucault participava do Grupo de Informações sobre as Prisões (GIP) e queria fornecer uma espécie de arma conceitual para que os prisioneiros pudessem questionar sua situação.

Para evitar críticas semelhantes à de Habermas, Foucault passou a se referir menos ao termo "poder" e mais ao termo "governo". Progressivamente o autor passará a formular as seguintes questões: o que significa governar, ser governado? Em que medida as operações do poder demandam um governo, como este se efetuou historicamente? Foucault discutirá os governos como formas concretas de exercício de poder por parte dos Estados e mostrará como o surgimento de estruturas estatais dedicadas a promover o bem-estar das populações (o que é considerado por Habermas um avanço do mundo moderno) também significa uma forma de controle social.

No entanto, a análise de Foucault aos poucos passará a se concentrar em outro tipo de questão. Aceitando que todas as sociedades dispõem de formas de governo que influem nas condutas dos indivíduos, Foucault notará que em muitas épocas é possível perceber também um esforço oposto por parte destes no sentido de se descolar das formas de governo existentes. Esse esforço pode ser apontado a partir da ideia de um governo de si mesmo. Foucault dedicará os últimos anos de sua carreira justamente a esta discussão: o que significa governar a si mesmo, tendo como pano de fundo a existência de formas de governo que fatalmente enquadram as possibilidades individuais? Quais são os espaços abertos para a liberdade, para a autonomia, em sociedades nas quais existem instituições de governo?

Essa análise de Foucault seguirá duas linhas. A primeira é marcada por uma referência contínua ao artigo de Kant sobre o esclarecimento e afirma que a Modernidade deve ser vista não como um projeto (já que as propostas e ideias que surgem nesse momento não seguem apenas uma direção, mas orientações distintas e até mesmo discordantes), e sim como uma atitude. O que é essa atitude? O texto de Kant pode ser visto como o momento no qual a filosofia passa a fazer perguntas não só sobre aquilo que seria universal e necessário (o Ser, o Homem, o Tempo), mas também se interroga sobre aquilo que é particular e transitório: a saber, a participação em uma época, o vínculo ao presente. Kant é contemporâneo do Iluminismo e em seu texto tenta extrair o sentido do movimento intelectual do qual ele próprio participa. Foucault dirá que a partir de Kant uma série de pensadores (Hegel, Marx, Nietzsche, Weber, a Escola de Frankfurt, ele próprio, entre outros) se colocaram esta questão: o que é este mundo no qual vivo, este presente do qual participo? Boa parte da filosofia nos últimos séculos poderia ser entendida como uma "ontologia do presente" ou uma "ontologia crítica de nós mesmos". O que diferencia a participação do filósofo francês nessa atitude é que seu enfoque é direcionado por um interesse. Ele pretende indicar os limites e as coações estabelecidos para a liberdade nas sociedades contemporâneas, mostrando como aquilo que é muitas vezes apresentado como inevitável e obrigatório faz parte de um contexto histórico determinado e pode assim ser eventualmente superado por movimentos e ações coletivas.

Dois traços definiriam a atitude moderna. Em primeiro lugar, ela indica o reconhecimento de que a época moderna e suas propostas se distinguem das outras na medida em que problematizam seu próprio sentido. São os modernos que colocam perguntas como "o que é a Modernidade?" ou "o que é ser moderno?", diferentemente dos antigos. Em segundo lugar, a atitude moderna se pauta pela busca por esclarecer quais são as possibilidades e os limites da liberdade diante dos governos.

Essa segunda linha levará Foucault a se interrogar pelos antecedentes da atitude moderna, em uma pesquisa que retornará até a Antiguidade Clássica e Tardia. Ao lado das formas de governo que existiram na Antiguidade (monarquia, tirania, oligarquia, democracia) teriam surgido alternativas distintas de formação individual, a partir de um conjunto de exercícios e práticas efetuados pelos sujeitos sobre eles mesmos. Trata-se de um modo de vida que se desenvolve no horizonte de relações de governo, mas que não é necessariamente redutível a elas.

Muitas doutrinas da Antiguidade – filosóficas, médicas, pedagógicas – podem ser interpretadas como morais aplicadas que visavam dar ao sujeito humano controle sobre aquilo que ele poderia sempre tentar controlar: a si mesmo. Tais morais pretendiam tornar o indivíduo apto a fazer de sua vida uma obra cuja aparição pública fosse exemplar e podem ser entendidas como "práticas" que habilitavam o sujeito a cuidar de si mesmo. Foucault mostrará que Sócrates não só recomendava o "conhece-te a ti mesmo", mas também era aquele que em inúmeras ocasiões exortava seus discípulos a cuidarem de si mesmos, a terem uma autorrelação ativa consigo mesmos. Essa autorrelação é nomeada por Foucault como um "modo de subjetivação" – o que se refere ao conjunto de escolhas destinadas a dar um valor e uma qualidade superior para a vida individual.

Como essa autorrelação ou "modo de subjetivação" se relaciona com os demais e com as estruturas sociais e políticas? Em que medida ela viabiliza uma atitude de resistência e indica a possibilidade de um modo de viver que não seja completamente confiscado pelas formas de poder e governo vigentes? É para dar respostas a essas questões que Foucault discutiu o significado da

Figura 14. Reunião dos atenienses na ágora por ocasião de discurso fúnebre de Péricles

parrhesia na Antiguidade. O que é *parrhesia*? Em muitas referências dessa época (nos diálogos de Sócrates assim como nas obras teatrais e históricas) percebemos que os antigos valorizavam enormemente o uso franco, honesto e ousado do discurso nas relações interpessoais e na vida política. Na vida política, o direito ao uso franco da palavra era um dos elementos que qualificavam aqueles que participavam diretamente das decisões na democracia ateniense. Interessa a Foucault mostrar como esse uso da fala indicava os limites e ampliava o espaço de liberdade daqueles que tinham a coragem de dizer a verdade – outro sentido do termo "*parrhesia*".

Retornemos à Modernidade e ao texto de Kant. Ali todo o esclarecimento é vinculado a uma frase latina: *sapere aude!*, ou seja, ouse pensar! Percebemos que as questões perseguidas por Foucault na Antiguidade são similares àquelas levantadas por Kant:

como se posicionar diante dos governos, até que ponto o pensar, o uso da razão viabilizam uma liberdade? A resposta que Foucault nos deixa não é explícita, mas aponta, assim como a frase latina citada por Kant, para um uso da razão como forma de resistência corajosa e ousada, capaz de apontar os limites da política e as fragilidades, omissões e restrições ilegítimas que a sociedade muitas vezes apresenta para modos e escolhas de vida diferenciadas.

Últimas considerações

Os trabalhos de Foucault e sua defesa intransigente da liberdade individual (que aparece sobretudo em seus últimos livros, cursos e entrevistas) tiveram uma grande acolhida por parte de ONGS, de movimentos sociais emergentes, de grupos que adotam modos de viver alternativos e que são vistos pelo público em geral com alguma reserva. Foucault aponta para formas de superação e transformação pessoal que podem indicar tanto novas formas de relacionamento e sociabilidade quanto plataformas críticas diante dos poderes sociais e políticos, estabelecendo limites para esses poderes.

Ao defender uma democracia deliberativa aberta a consensos formulados por uma razão comunicativa, aberta para o entendimento recíproco e na qual todos podem apresentar argumentos, Habermas estabelece um ideal para as instituições das sociedades ocidentais. Mesmo que esse ideal por vezes pareça distante da realidade, ainda assim ele nos fornece valiosas indicações sobre as instituições com as quais desejaríamos viver. Não seria bom que os poderes políticos e econômicos fossem exercidos a partir das pressões do mundo da vida e dos interesses comuns dos membros da sociedade, racionalmente definidos a partir dos debates da opinião pública?

> Ver sugestão de atividade 13.

Sugestões de atividades

1. Proponha aos alunos a seguinte discussão: a oposição à sociedade capitalista é uma proposta válida em vista do modo como vivem você e as pessoas ao seu redor? Essa reflexão dirá respeito ao conjunto das aspirações pessoais dos estudantes, que poderão ser discutidas e examinadas pela perspectiva do maior ou menor atendimento a expectativas pessoais ou alheias (familiares, por exemplo).

2. Conforme visto anteriormente, um dos pontos mais agudos de contestação nos anos 1960 era a padronização das formas de vida. Em uma direção muito diferente, é provável que grande parte dos estudantes de suas turmas deseje possuir as mesmas marcas de celular ou de roupa. Investigue com eles se isso é um traço da "natureza humana" ou apenas o resultado de operações de homogeneização ideológica.

3. Proponha em conjunto com o professor de História uma pesquisa relativa aos acontecimentos de maio de 1968 na França e suas reverberações por todas as partes do mundo, enfatizando eventos ocorridos no Brasil.

4. Apresente aos alunos alguma noção pretensamente universal sobre o "ser humano", mostrando seu efeito em termos de controle e marginalização. Mais uma vez, os exemplos ligados ao consumo podem ser úteis. Quem não possui algum produto em evidência nas propagandas costuma ser alvo de discriminação. Discuta as implicações de "incluir" e "excluir" os outros em termos daquilo que eles têm ou não, considerando se isso é uma característica do "ser humano" ou um efeito de determinada situação histórica.

5. Afirmar que "o poder está em todos os lugares", sendo as relações de poder consideradas produtivas, antes que repressivas, é uma grande mudança em termos das possibilidades de ação. Peça aos alunos exemplos dos efeitos práticos dessa mudança de concepção política, tendo como registro a vida no prédio ou no bairro.

6. Admitindo que o poder é relacional, proponha aos alunos que identifiquem sua presença em uma ou mais interações cotidianas – por exemplo, na forma como são definidas a frequência e a modalidade das relações sexuais para aqueles alunos que vivenciam relações amorosas como namoros ou casamentos. Aproveite para instruir os estudantes sobre a legislação vigente e também sobre métodos de contracepção. Cabe, inclusive, discutir se e como as autoridades religiosas podem ou não interferir em tais práticas.

7. Discuta, com a participação do professor de História, os diversos tipos sociais do Antigo Regime francês a partir da maneira como são apresentados na gravura *O suplício de Damiens* (Figura 5). Proponha aos alunos uma correlação entre a execução de Damiens e a de Tiradentes, no contexto da Inconfidência Mineira.

8. Explore a distinção entre "esfera pública literária" e "esfera pública política", mostrando aos alunos como cada uma delas surgiu e se desenvolveu. Procure atualizá-la, considerando como se dá, hoje, a introdução de temas de interesse comum nas telenovelas. Vale a pena examinar e discutir com os estudantes o impacto destas na formação da visão de mundo de suas famílias.

9. Indique quais práticas burguesas foram confirmadas pelo ideal de humanidade próprio do Iluminismo. Em seguida, proponha aos estudantes o seguinte exercício: vocês reconhecem alguma relação entre seus valores e escolhas e tais práticas e ideias? Além disso, procure definir com eles em que moldes tal relação é desejável ou não.

10. Proponha aos alunos uma pesquisa na qual, considerando a legislação vigente e a historiografia, sejam definidos os modos de participação política assegurados pelas constituições modernas e também quais são os obstáculos que impedem, na prática, sua realização.

11. Uma atividade interdisciplinar que poderá integrar os professores de Filosofia, Geografia e História consiste em uma pesquisa dos alunos seguida de debate entre estes e os professores. O tema: como o sistema do "mundo da vida" pode interagir com

os sistemas político e econômico, de modo a promover a realização da democracia deliberativa?
12. A partir das tendências observadas pela cultura e pela arte pós-moderna, proponha aos alunos um levantamento de referenciais culturais (filmes, discos, cartazes, canções, peças publicitárias, roupas, videoclipes, entre outros) nos quais essas tendências possam ser observadas.
13. Proponha aos alunos a redação de um texto – artigo, ensaio, conto – examinando se existe alguma proximidade entre o modo como eles entendem suas vidas e as propostas de Foucault e Habermas em relação ao poder e à liberdade.

Leituras recomendadas

LYOTARD, Jean-François. *O Pós-Moderno explicado às crianças*. Lisboa: Dom Quixote, 1993.

FOUCAULT, Michel. *Vigiar e Punir: história da violência nas prisões*. Petrópolis: Vozes, 1987.

Referências

FOUCAULT, Michel. *Vigiar e Punir: história da violência nas prisões*. Petrópolis: Vozes, 1987.

CONCLUSÃO

A filosofia vive um momento singular no Brasil de nossos dias. Sua adoção nos currículos escolares trouxe o desafio de sensibilizar os jovens para a reflexão filosófica, atividade tão trabalhosa quanto enriquecedora. O que fazer agora no âmbito desse ensino e aprendizado de modo a contribuir para que as gerações em formação sejam capazes de um futuro mais pleno, de uma cidadania mais ampla?

Este livro perseguiu a visão que acolhe e aproveita o enraizamento da filosofia na experiência cotidiana. Nossa proposta foi recuperar um sentido mais direto para a prática filosófica: aquele que reconhece a filosofia como pensamento crítico, voltado para a emancipação de todos os que com ela se envolvem. Como indica o próprio título, tratou-se de reconhecer a filosofia como esclarecimento. Sem ignorar a complexidade das discussões e a variedade de perspectivas dos mais de 25 séculos de produção filosófica, optou-se por salientar a ligação entre razão e experiência na resolução de problemas concretos inerentes aos desafios da vida.

Esse ponto de vista é autorizado pela história da filosofia. Mantidas as especificidades de cada período, corrente filosófica e autor em foco, recuperamos na dimensão viva de seu pensamento aquilo que falava da tomada de consciência, por indivíduos e sociedades, das condições reais de sua existência. A partir daí indicamos a herança dessas reflexões filosóficas na atualidade dos debates sobre a legitimidade do conhecimento, poder, justiça, responsabilidade social e cidadania.

A escolha dessa abordagem não foi motivada por critérios abstratos, mas pela intenção de elaborar um texto voltado para professores diretamente envolvidos com o ensino médio. Seu sentido é favorecer uma reflexão conjunta com os alunos sobre o amadurecimento e a emancipação necessários à vida adulta.

Esperamos fomentar no estudante que se aproxima da filosofia a aspiração de transformar sua própria realidade, tornando-a mais digna e satisfatória. O amor pela verdade, motivo expresso da pesquisa filosófica tradicional, pode reencontrar assim sua vocação libertadora. Ele ajudará a desenvolver nos alunos a aptidão a se relacionarem com o mundo em que estão através de mediações mais justas e legítimas, resultantes da investigação racional.

Tivemos o cuidado de não fornecer um modelo acabado ou mesmo soluções universais para a filosofia que assume a tarefa do esclarecimento. Afinal, são muitas as diferenças não só entre as versões antiga, moderna e contemporânea do tema, mas até mesmo entre formulações concorrentes de uma mesma época.

Nos seis capítulos precedentes, apresentamos o surgimento e o desdobramento histórico de algumas dessas perspectivas, acompanhados de diversas sugestões de atividades que pretendem mostrar sua atualidade.

No Capítulo I visitamos a Grécia Clássica, buscando as primeiras manifestações de elementos próprios do esclarecimento no trânsito do pensamento mítico e religioso para aquele de matriz racional e naturalista. As primeiras teorias filosóficas, que surgem no século VI a.C., já se contrapunham entre si, além de se contraporem aos obscurantismos e dogmas estabelecidos. Essa experiência mostrou que a filosofia, como indica seu nome de batismo, baseia-se mais na atitude de amizade ou interesse pela sabedoria e na possibilidade de defender o próprio ponto de vista com boas razões que na posse de um saber inquestionável.

A diversidade também esteve presente no contexto político da experiência democrática grega. O discurso do Péricles, grande administrador da Atenas do século V a.C., ressaltava a autenticidade do modelo de governo de sua cidade-Estado. Esta, diferentemente dos povos vizinhos, preocupava-se em garantir a mesma liberdade e direitos a todos os cidadãos para tomarem a palavra e decidirem os rumos de sua coletividade. Nesse contexto surgiu a figura de Sócrates. Ele reconhecia "nada saber" e, em vez de transmitir o conteúdo da verdade a seus discípulos, lançava mão do diálogo para promover o autoconhecimento e a autonomia intelectual. Dessa prática Sócrates extraía uma importante consequência: ele mostrava a seus concidadãos que apenas aqueles que se conhecem são capazes de se governar e de uma atuação válida diante das instituições políticas. Seu discípulo Platão elegeu o diálogo como método filosófico por excelência e nos legou com o seu mito da caverna uma das mais belas e duradouras metáforas do uso da luz da razão como caminho para a liberdade. Sua mensagem era clara: é preciso deixar para trás as imagens fascinantes que nos mantêm acorrentados a uma falsa realidade de sombras e conceber com a razão uma realidade mais verdadeira para as ações políticas. A partir daí definimos em que medida a consolidação do debate público em moldes argumentativos consistiu em movimento-chave de um longo processo civilizatório, do qual somos os herdeiros e no qual a filosofia desempenhou papel central.

As etapas seguintes da exposição seguiram um caminho análogo. No Capítulo 2 nos debruçamos sobre as propostas dos humanistas do Renascimento, mostrando como elas embasaram uma nova versão do esclarecimento: o Iluminismo do século XVIII. A revalorização do humano e o questionamento da autoridade da tradição são aspectos que aos poucos se difundem nos campos da arte, dos saberes, da religião e da política e preparam a humanidade para um amplo processo de modernização.

Vimos como a reavaliação da Antiguidade presente na obra de personagens como Petrarca, Lorenzo Valla e Pico della Mirandola abriu caminho para uma nova compreensão do conhecimento e das ações humanas. Essa mesma tendência repercutiria sobre as perspectivas abertas pela ciência moderna de Descartes, Bacon,

Galileu e Newton, bem como sobre teorias modernas da política de Rousseau, Voltaire e Diderot.

O rompimento com uma visão hierárquica do mundo foi decisivo para o surgimento da ciência moderna. As explicações fundadas sobre ideias teológicas preconcebidas a respeito de supostas conexões causais entre os fenômenos naturais e a ação de seres superiores invisíveis deram lugar à busca de resultados palpáveis e de um maior domínio sobre a natureza. Essa racionalidade científica não dogmática se conjugará com teorias da política e da sociedade nas quais a participação na coisa pública (agora conhecida pelo termo "Estado") é progressivamente afirmada. Reconhecemos aí o terreno fértil no qual se alça o Iluminismo, vertente cultural e filosófica que afirmará o livre exame, a soberania política ampliada e a busca permanente por uma atitude autônoma diante dos poderes políticos e religiosos.

O Capítulo 3 se detém na filosofia de Kant, que teve um papel decisivo nos debates do esclarecimento moderno. A polêmica a respeito do conhecimento científico protagonizada pela oposição entre racionalismo e empirismo incidiu sobre a reflexão do filósofo e emprestou a seu projeto crítico suas características nucleares. Sugerimos que a síntese produzida por seu pensamento representa o desejo de apresentar uma visão que combina as atitudes antimetafísica e antidogmática características de sua época. A influência do empirismo o obrigava a admitir que o espectro das coisas conhecidas por nós não ultrapassa o campo dos fenômenos sensíveis. Não teríamos acesso ao conhecimento da realidade metafísica das coisas em si mesmas, mas apenas ao que aparece diante de nós na experiência empírica. Mas Kant pensava que o uso de nossas faculdades mentais não se restringiria a um processamento dos dados recebidos pelos sentidos com vistas à produção do conhecimento: nossa razão teria um papel fundamental na formulação de ideias destinadas a produzir o aperfeiçoamento do gênero humano. A rigor, é a limitação do conhecimento humano que nos obriga a reconhecer a impossibilidade de dizer que não chegaremos lá:

se não temos acesso às realidades últimas, também não podemos dizer que alguma coisa jamais irá acontecer.

Ao levar a sério a ciência e seus limites, Kant percebeu que existe um campo de atuação necessário do qual o ser humano deve se apropriar para a construção de seu destino, objetivo a ser alcançado a partir do uso da razão. O contrário disso seria adotar uma atitude dogmática e sustentar um pretenso conhecimento de uma ordem prévia inquestionável que determinaria nosso futuro.

A partir daí o capítulo procurou definir as linhas de força que irradiam da filosofia kantiana plenamente madura, evidenciando o caráter decisivo do famoso artigo em que é dada a resposta à pergunta sobre o que é o esclarecimento. Nesse momento foram indicados os campos projetados por Kant para o aperfeiçoamento racional do homem, ligando esse aspecto prático de sua filosofia ao futuro do esclarecimento e à tarefa da realização da liberdade nos campos moral, jurídico, político e histórico. Diversas sugestões de atividades procuraram mostrar a atualidade de suas intenções.

No Capítulo 4 vimos como a filosofia de Nietzsche faz avançar a atitude crítica ao suspeitar de que o dogmatismo da tradição metafísica tenha estendido seus efeitos além do pensamento religioso. Ele parece ter produzido, de forma injustificada, uma espécie de "fé na razão".

Contrário a qualquer obscurantismo, o filósofo alemão saúda a retidão intelectual da ciência: a preparação dos procedimentos para o avanço do conhecimento e o compromisso com regimes de prova rigorosos. Mas Nietzsche desconfia da pretensão das ciências de chegar a verdades definitivas. Quando uma disciplina se arroga o direito de dar a última palavra sobre as coisas, incorre no mesmo erro das afirmações metafísicas que pretendem desfrutar de uma posição privilegiada de exceção, supostamente livre de erros, e que tornam o saber inquestionável.

Nietzsche formulou várias críticas à racionalidade, ao menos tal como esta é concebida por Kant. A admissão de que não temos acesso a realidades em si mesmas deveria produzir consequências sobre nossa disposição criativa e experimental. Quando nenhum privilégio é de antemão concedido à razão para dar a última palavra, mais possibilidades são abertas à existência concreta. Contra o purismo moral, Nietzsche demonstrou que bem e mal são valores relativos que se constituem ao longo da história. A moral não é ponto de partida, mas o resultado das escolhas humanas diante das necessidades da vida. Se nada do que experimentamos na natureza e na história se assemelha à verdade imperecível da metafísica, se o sentido das coisas não se encontra em outra realidade, mas é construído por nós mesmos durante uma vida terrena, a busca da liberdade se torna uma opção bastante atrativa.

Vimos que a tarefa atribuída por Nietzsche à filosofia é a de ousar saber para viver melhor, abandonando a segurança dos dogmas religiosos e a tutela da tradição, para que possamos afirmar a existência em nosso próprio nome. Observamos finalmente que, embora tenha criticado a racionalidade, sua proposta de afirmar a vida se desfazendo dos preconceitos para viver melhor ainda está em profunda sintonia com o lema do esclarecimento.

O Capítulo 5 discute as teorias de Hegel e Marx e aponta para seus desdobramentos na *Dialética do esclarecimento*, obra escrita por Adorno e Horkheimer durante a Segunda Guerra Mundial. O capítulo começa examinando a concepção dinâmica da dialética. Hegel criticou a teoria kantiana sobre as condições de possibilidade do conhecimento por considerá-la formalista e abstrata. O conhecimento não nasce pronto. Toda a nossa formação cultural, incluindo a formulação de conceitos operacionais para compreender a realidade, foi criada por nós mesmos ao longo do tempo, trabalhando em contato concreto com as coisas. A aprendizagem seria um processo de tentativas, erros e acertos. O saber verdadeiro seria assim o resultado obtido através de uma reflexão histórica do que foi sedimentado durante esse processo.

Marx concordava com a perspectiva histórica de Hegel, mas pensava que a filosofia até então tinha apenas interpretado o mundo – e era preciso transformá-lo. Afinal, se somos nós que construímos a história, também podemos mudá-la. Contra o idealismo dos filósofos alemães de seu tempo, Marx afirmou que não é a consciência humana que determina a vida, mas sim o contrário. Deveríamos reconhecer que o processo de produção das condições materiais de existência é que define o que pensamos, bem como nossas relações sociais e econômicas. Uma "falsa concepção interesseira" das classes dominantes tende a transformar em "leis eternas da natureza e da razão" o que surgiu do modo de produção capitalista. Tal ideologia mascarou a realidade social de opressão, alienação e espoliação das classes trabalhadoras, de modo a imobilizar a condição de nosso *status quo*.

Na *Dialética do esclarecimento*, Adorno e Horkheimer radicalizaram a crítica de Marx à ideologia ao denunciarem o modo como a indústria cultural utiliza os meios de comunicação de massas (cinema, rádio, televisão, revistas, publicidade, etc.) para estimular o consumo, gerar lucro e promover a aceitação resignada de projetos políticos autoritários. Os autores questionaram o progresso da razão e a própria ideia de esclarecimento. Eles criticaram o desenvolvimento do conhecimento e da técnica na medida em que este se deu apenas em sentido instrumental e produziu métodos eficientes para exterminar milhões de pessoas durante a Segunda Guerra Mundial. Esse desenvolvimento não produziu o verdadeiro esclarecimento, e sim a dominação do ser humano pelo ser humano e o mito da falsa liberdade. Mas Adorno e Horkheimer mantiveram a expectativa no potencial emancipatório da razão, bem como nas promessas de felicidade oferecidas pelas obras de arte.

No Capítulo 6 vimos que Foucault e Habermas, pensadores interessados em entender a complexidade das sociedades contemporâneas, renovaram em tempos recentes o debate acerca do esclarecimento e geraram todo um conjunto de discussões sobre seu sentido. Habermas propôs uma avaliação histórica na qual o esclarecimento é ainda uma tarefa por realizar. Somos assim convocados a formular através do diálogo público normas desejáveis para a vida em comum, tendo consciência dos mecanismos e dos eventuais desvios que incidem sobre as instituições políticas, jurídicas e econômicas. Já Foucault afirma o esclarecimento como a atitude crítica e militante na qual os aspectos intoleráveis do mundo que nos circunda representam uma convocação permanente para a busca de transformações em sentido tanto pessoal quanto coletivo. A revisão constante do que somos favoreceria um processo contínuo de libertação, o trabalho em prol da liberdade.

Para concluir, cabe dizer que a questão não está decidida. O legado do esclarecimento permanece aberto para novas interpretações, novas atitudes, debates e lutas. Isso não depõe acerca de uma debilidade da filosofia, mas mostra sua força antidogmática, poder reconhecível em qualquer versão do esclarecimento. Neste livro, pretendeu-se mostrar que a filosofia como esclarecimento não é uma atividade que se resolve apenas no campo das teorias: não se pode prescindir da prática. O esforço da reflexão filosófica poderá ser assumido sempre que pretendemos mudar nossa vida para melhor, servindo-nos do pensamento. Ao reconhecermos que a realidade não é definitiva, descobrimos que nossa ação sobre o mundo se refletirá no rumo das coisas.

Desejamos, ao final deste percurso, saudar e convocar todos aqueles que se comprometem com a valorização do ensino da filosofia no Brasil, todos aqueles que reconhecem o poder da filosofia de transformar e aperfeiçoar os que por ela se deixam atingir. Agradecemos a todos aqueles que nos acompanharam nesta travessia.

LISTA DE FIGURAS

Capítulo 1

Figura 1. Sócrates na Academia de Atenas (escultura). Foto de DIMSFIKAS em Greek Wikipedia. Disponível em: <http://commons.wikimedia.org/wiki/File%3ASocrates_by_Leonidas_Drosis%2C_Athens_-_Academy_of_Athens.JPG>.

Figura 2. Capa do livro *O Saci*, de Monteiro Lobato. Fonte: <http://www.aletria.com.br/imagens_up/click/click/click_img/1088/saci_perer%C3%AA_monteiro_lobato.jpg>.

Figura 3. Capa do livro *Os doze trabalhos de Hércules*, de Monteiro Lobato. Fonte: <http://freyasigel.files.wordpress.com/2011/08/hercules1.jpg>.

Figura 4. Capa do DVD do filme *Tróia*. Fonte: <http://www.static-yesfilmes.org/imagens/63a9ce7e58.JPG>.

Figura 5. Mapa da Grécia Antiga. Por Marciovinicius em pt.wikipedia. Domínio público. Disponível em: <http://commons.wikimedia.org/wiki/File%3AGreciaantiga.png>.

Figura 6. Busto de Pitágoras (escultura). Foto: Mini.fb. Disponível em: <http://commons.wikimedia.org/wiki/File%3APythagore_Villa_Borghese.jpg>.

Figura 7. Parmênides e Heráclito. Detalhe da pintura *Escola de Atenas*, de Rafael Sanzio. Domínio público. Disponível em: <http://commons.wikimedia.org/wiki/File%3ARafael_-_Escola_de_Atenas.jpg>.

Figura 8. Busto de Péricles. Cópia de Kresilas (Jastrow, 2006). Domínio público. Disponível em: <http://commons.wikimedia.org/wiki/File%3APericles_Pio-Clementino_Inv269_n2.jpg>.

Figura 9. Ruínas de Delfos. Foto: KufoletoAntonio De Lorenzo and Marina Ventayol. Disponível em: <http://commons.wikimedia.org/wiki/File%3ADelphi_tholos_cazzul.JPG>.

Figura 10. Sócrates dialogando. Detalhe da pintura *Escola de Atenas*, de Rafael Sanzio. Domínio público. Disponível em: <http://commons.wikimedia.org/wiki/File:Sanzio_01_Socrates.jpg>.

Figura 11. A morte de Sócrates, de Jacques-Louis David. Domínio público. Disponível em: <http://commons.wikimedia.org/wiki/File:Jacques-Louis_David_-_The_Death_of_Socrates_-_Google_Art_Project.jpg>.

Figura 12. Busto de Platão. Fonte: cópia de Silanion (Marie-Lan Nguyen [User:Jastrow] 2009). Disponível em: <http://pt.wikipedia.org/wiki/Ficheiro:Plato_Silanion_Musei_Capitolini_MC1377.jpg>.

Figura 13. Platão segurando o *Timeu*. Detalhe da pintura *Escola de Atenas*, de Rafael Sanzio. Domínio público. Disponível em: <http://commons.wikimedia.org/wiki/File%3ARafael_-_Escola_de_Atenas.jpg>.

Figura 14. Capa da edição brasileira do livro *O mundo de Sofia*. Fonte: <http://www.companhiadasletras.com.br/detalhe.php?codigo=10549>.

Figura 15. O mito da caverna. Por VELDKAMP, Gabriele; MAURER, Markus. Disponível em: <http://commons.wikimedia.org/wiki/File%3APlato_-_Allegory_of_the_Cave.png>.

Figura 16. Pôster do filme *Matrix*. Disponível em: <http://pt.wikipedia.org/wiki/Matrix>.

Figura 17. Homem pilha. Desenho nosso.

Figura 18. Pôster do filme *A ilha*. Disponível em: <http://pt.wikipedia.org/wiki/A_Ilha_%282005%29>.

Figura 19. Capa da edição brasileira do livro *A Caverna*, de José Saramago. Disponível em: <http://www.companhiadasletras.com.br/detalhe.php?codigo=11318>.

Capítulo 2

Figura 1. Francesco Petrarca. Pintura de Andrea del Castagno. Domínio público. Disponível em: <http://commons.wikimedia.org/wiki/File%3APetrarch_by_Bargilla.jpg>.

Figura 2. Lorenzo Valla (gravura). Domínio público. Fonte: Boissard, Jean-Jacques; Bry, Theodor de (Universidade Mannheim). Domínio público. Disponível em: <http://commons.wikimedia.org/wiki/File%3ALorenzo_Valla_aport011.png>.

Figura 3. Santo Agostinho. Pintura de Simone Martini. Domínio público. Disponível em: http://commons.wikimedia.org/wiki/File%3ASimone_Martini_003.jpg>.

Figura 4. Visão escolástica do Universo, de Michel Wolgemut e Wilhelm Pleydenwurff (texto: Hartmann Schedel). Domínio público. Disponível em: <http://commons.wikimedia.org/wiki/File%3ASchedelsche_Weltchronik_-_Kosmologie.jpg>.

Figura 5. Leonardo da Vinci (autorretrato). Foto de Nico Barbatelli (Museum of the Ancient People of Lucania, Itália). Domínio público. Disponível em: <http://commons.wikimedia.org/wiki/File%3ALeonardo_da_Vinci_LUCAN_Hohenstatt_20_Uffizi_copy.jpg>.

Figura 6. Capa do DVD do filme *A vida de Leonardo Da Vinci*. Disponível em: <http://en.wikipedia.org/wiki/The_Life_of_Leonardo_da_Vinci>.

Figura 7. *O Homem Vitruviano*, de Leonardo da Vinci. Domínio público. Disponível em: <http://commons.wikimedia.org/wiki/File%3ADa_Vinci_Vitruve_Luc_Viatour.jpg>.

Figura 8. Pôster do filme *Lutero*. Disponível em: <http://www.historia.seed.pr.gov.br/arquivos/Image/historia_cinema/lutero.jpg>.

Figura 9. Papa vendendo indulgências. Xilogravura de Lucas Cranach, o Velho. Domínio público. Disponível em: <http://commons.wikimedia.org/wiki/File%3AAntichrist1.jpg>.

Figura 10. *O Massacre da Noite de São Bartolomeu*, gravura de Frans Hogenberg. Domínio público. Disponível em: <http://www.dw.de/image/0,,1121069_4,00.jpg>.

Figura 11. Capa do filme *A Rainha Margot*. Disponível em: <http://cdn.fstatic.com/public/movies/covers/2012/11/thumbs/f0a18cfd8b4dda9b6a0c4b85d-652fce6_jpg_290x478_upscale_q90.jpg>.

Figura 12. John Locke. Pintura de Sir Godfrey Kneller. Domínio público. Disponível em: <http://commons.wikimedia.org/wiki/File%3AJohn_Locke.jpg>.

Figura 13. René Descartes. Pintura de After Frans Hals. Domínio público. Disponível em: <http://commons.wikimedia.org/wiki/File%3AFrans_Hals_-_Portret_van_Ren%C3%A9_Descartes.jpg>.

Figura 14. Isaac Newton. Pintura de Sir Godfrey Kneller. Domínio público. Disponível em: <http://commons.wikimedia.org/wiki/File%3ASir_Isaac_Newton_by_Sir_Godfrey_Kneller%2C_Bt.jpg>.

Figura 15. Dicionário de Pierre Bayle. Disponível em: <http://commons.wikimedia.org/wiki/File:Bayle_dictionnaire_1696.jpg>.

Figura 16. Pierre Bayle. Gravura de Pierre Savart. Domínio público. Disponível em: <http://commons.wikimedia.org/wiki/File:Pierre_Bayle_2.png>.

Figura 17. Capa do filme *O absolutismo - a ascensão de Luís XIV*. Disponível em: <https://ewmix.com/filme/4627/o-absolutismo-a-ascensao-de-luis-xiv-edicao-especial>.

Figura 18. Voltaire. Detalhe da pintura de Nicolas de Largillière. Domínio público. Disponível em: <http://commons.wikimedia.org/wiki/File%3AAtelier_de_Nicolas_de_Largilli%C3%A8re%2C_portrait_de_Voltaire%2C_d%C3%A9tail_(mus%C3%A9e_Carnavalet)_-002.jpg>.

Figura 19. Denis Diderot, pintura de Louis-Michel van Loo. Domínio público. Disponível em: <http://commons.wikimedia.org/wiki/File%3ADenis_Diderot_111.PNG][img]//upload.wikimedia.org/wikipedia/commons/thumb/6/63/Denis_Diderot_111.PNG/256px-Denis_Diderot_111.PNG>.

Figura 20. Jean-Jacques Rousseau. Retrato de Maurice Quentin de La Tour. Domínio público. Disponível em: <http://commons.wikimedia.org/wiki/File%3AMaurice_Quentin_de_La_Tour_-_Portrait_of_Jean-Jacques_Rousseau_-_WGA12360.jpg>.

Figura 21. Capa de *Do Contrato Social*. Disponível em: <http://commons.wikimedia.org/wiki/File:Social_contract_rousseau_page.jp>.

Figura 22. Capa do filme *O garoto selvagem*. Disponível em: <http://1.bp.blogspot.com/_PvAV129JXDU/TFDCkReoRgI/AAAAAAAAGgU/cfQwwVoP5Hg/s1600/21312872_4.jpg>.

Figura 23. Capa do DVD do filme *Casanova e a Revolução*. Disponível em: <http://images1.folha.com.br/livraria/images/1/e/1177073-250x250.png>.

Figura 24. Capa do DVD *O nome da rosa*. Disponível em: <http://en.wikipedia.org/wiki/The_Name_of_the_Rose_(film)>.

Capítulo 3

Figura 1. Immanuel Kant. Retrato de autor não especificado. Disponível em: <http://commons.wikimedia.org/wiki/File%3AImmanuel_Kant_(painted_portrait).jpg>.

Figura 2. David Hume. Retrato de Allan Ramsay. Domínio público. Disponível em: <http://commons.wikimedia.org/wiki/File%3ADavid_Hume.jpg>.

Figura 3. Ser inteligente com entendimento quadrado. Desenho nosso.

Figura 4. Nicolau Copérnico. Retrato de autor não especificado. Disponível em: <http://commons.wikimedia.org/wiki/File%3ANikolaus_Kopernikus.jpg>.

Figura 5. Geocentrismo e heliocentrismo. Disponível em: <http://portaldoprofessor.mec.gov.br/fichaTecnicaAula.html?aula=1352>.

Figura 6. *Newton under the apple tree waiting for the apple to fall*. Ilustração de Frits Ahlefeldt-Laurvig. Disponível em: <https://flic.kr/p/atscQt>.

Figura 7. Lançamento do foguete espacial *Surveyor 1*, NASA. Disponível em: <http://commons.wikimedia.org/wiki/File%3ASurveyor_1_launch.jpg>.

Figura 8. Assembleia Geral da ONU de 2006. Foto de Shealah Craighead. Disponível em: <http://commons.wikimedia.org/wiki/File:UN_General_Assembly_2006.jpg>.

Figura 9. Capa de *Crítica da razão Pura,* de Kant. Disponível em: <http://commons.wikimedia.org/wiki/File:Kant-KdrV-1781.png>.

Figura 10. Frederico II. Retrato de Antoine Pesne. Domínio público. Disponível em: <http://commons.wikimedia.org/wiki/File%3AAntoine_Pesne_-_Kronprinz_Friedrich_von_Preu%C3%9Fen.jpg>.

Figura 11. Hannah Arendt. Prolineserver, obra derivada: Wilfredo Rodríguez. Domínio público. Disponível em: <http://commons.wikimedia.org/wiki/File%3AHannah_Arendt.jpg>.

Figura 12. Capa do filme *Hannah Arendt*. Disponível em: <http://br.web.img2.acsta.net/r_160_240/b_1_d6d6d6/pictures/210/131/21013196_20130617174447625.jpg>.

Capítulo 4

Figura 1. Friedrich Nietzsche. Foto de Gustav-Adolf Schultze. Disponível em: <http://commons.wikimedia.org/wiki/File%3ANietzsche1882.jpg>.

Figura 2. Richard Wagner. Foto de Franz Hanfstaengl. Domínio público. Disponível em: <http://commons.wikimedia.org/wiki/File:RichardWagner.jpg>.

Figura 3. Apolo de Belvedere (escultura). Foto de Miguel Hermoso Cuesta. Disponível em: <http://commons.wikimedia.org/wiki/File:Apolo_de_belvedere_-_vaticano.jpg>.

Figura 4. Baco (ou Dioniso). Pintura de Caravaggio. Fotógrafo desconhecido. Domínio público. Disponível em: <http://commons.wikimedia.org/wiki/File:Baco_Baquides.jpg>.

Figura 5. Arthur Schopenhauer. Retrato de Jules Lunteschütz. Domínio público. Disponível em: <http://commons.wikimedia.org/wiki/File%3ASchopenhauer.jpg>.

Figura 6. Cientista representado no *Fenômeno da Ausência da Gravidade*, pintura de Remedios Varo. Disponível em: <http://www.wikiart.org/en/remedios-varo/gravity>.

Figura 7. *Romeu e Julieta*. Pintura de Frank Bernard Dicksee. Domínio público. <http://commons.wikimedia.org/wiki/File%3ADickseeRomeoandJuliet.jpg>.

Figura 8. Gravura do século XVIII alusiva ao Emílio de Rousseau. Fonte: RYDÉN, Hugo; STENHAG, Gunnar; WIDING, Dick. *Litteraturen genom tiderna. Kortfattad litteraturhistoria för gymnasieskolan*. Stockholm, 1982. Disponível em: <http://commons.wikimedia.org/wiki/File:Emile.jpg>.

Figura 9. Nietzsche como Super-Homem. Ilustração de Talmoryair. Disponível em: <http://commons.wikimedia.org/wiki/File%3ANietzsche_copy.jpg>.

Figura 10. Representação do eterno retorno, a serpente Ouroboros, anônimo. Domínio público. Disponível em: <http://commons.wikimedia.org/wiki/File%3ASerpiente_alquimica.jpg>.

Capítulo 5

Figura 1. George Wilhelm Friedrich Hegel. Retrato de Jakob Schlesinger. Domínio público. Disponível em: <http://commons.wikimedia.org/wiki/File%3A1831_Schlesinger_Philosoph_Georg_Friedrich_Wilhelm_Hegel_anagoria.JPG>.

Figura 2. Capa do livro *Primeiros escritos*, do jovem Karl Marx. Disponível em: <http://www.housmans.com/Socialism.php>.

Figura 3. Karl Marx. Foto de John Mayall. Domínio público. Disponível em: <http://commons.wikimedia.org/wiki/File%3AKarl_Marx.jpg>.

Figura 3. Friedrich Engels. Fotógrafo anônimo. Domínio público. <http://commons.wikimedia.org/wiki/File:Engels.jpg>.

Figura 5. Cena do filme *Tempos Modernos*. Disponível em: <http://revista.casavogue.globo.com/lazer-cultura/vem-ai-uma-grande-mostra-sobre-chaplin/>.

Figura 6. Capa do filme *Quando explode a vingança*. Disponível em: <http://www.imdb.com/media/rm3431964160/tt0067140?ref_=ttmd_md_nxt#>.

Figura 7. *Hand with reflecting sphere*. Litografia de M. C. Escher. Disponível em: <http://www.mcescher.com/gallery/italian-period/hand-with-reflecting-sphere/>.

Figura 8. Vaso com representação antiga de Ulisses e as sereias. Foto de Jastrow, 2006. Disponível em: <http://commons.wikimedia.org/wiki/File%3AOdysseus_Sirens_BM_E440_n2.jpg>.

Figura 9. *Ulisses e as sereias*. Pintura de Herbert James Draper. Fotógrafo desconhecido. Domínio público. Disponível em: <http://commons.wikimedia.org/wiki/File%3AUlysses_and_the_Sirens_(1909).jpg>.

Figura 10. Max Weber. Bibliothèque Nationale de France, Paris. Foto: © Jean-Loup Charmet/Explorer. Disponível em: <http://www.larousse.fr/encyclopedie/personnage/Weber/138958>.

Figura 11. Pôster do filme *Rambo III*. Disponível em: <http://en.wikipedia.org/wiki/File:Rambo3poster.jpg>.

Figura 12. Pato Donald tomando sua sova. Cena de *The Autograph Hound*, cartoon de 1939. Disponível em: <http://disney.wikia.com/wiki/File:29512.jpg>.

Figura 13. Freud diante da própria imagem. Foto: Harlingue/Viollet/Rex Features. Disponível em: <http://www.theguardian.com/lifeandstyle/2009/mar/06/psychology-understand-yourself>.

Figura 14. Pôster do filme *A onda*. Disponível em: <http://historianocinemaparavestibulandos.blogspot.com.br/2012/10/2010-onda-nazismo-e-2-guerra-mundial.html>.

Figura 15. Pôster do filme *Hollywoodismo: judeus, cinema e o sonho americano*. Disponível em: <http://www.imdb.com/title/tt0141163/>.

Figura 16. Pôster do filme *Arquitetura da destruição*. Disponível em: <http://cinemahistoriaufmg.blogspot.com.br/2010_08_17_archive.html>.

Capítulo 6

Figura 1. "*Il est interdit d'interdire!*" (É proibido proibir), Paris. Pichação de maio de 1968. De Espencat. Disponível em: <http://commons.wikimedia.org/wiki/File%3ASituationist.jpg>.

Figura 2. *"Plutot la vie"*. Pichação de maio de 68. Foto: Edouard Boubat Photographies, agência Gamma Rapho. Disponível em: <http://www.pinterest.com/pin/335658978448481261/>.

Figura 3. Capa do DVD do filme *Os sonhadores*. Disponível em: <http://www.sinopsedofilme.com.br/imagens/Os%20Sonhadores.jpg>.

Figura 4. Michel Foucault. Disponível em: <http://pt.wikipedia.org/wiki/Ficheiro:Foucault5.jpg>.

Figura 5. O suplício de Damiens (gravura). Fonte: Gallica/BNF. Domínio público. Disponível em: <http://commons.wikimedia.org/wiki/File%3ASupplice_de_Damiens.jp>.

Figura 6. Planta do Panóptico. Jeremy Bentham. *The works of Jeremy Bentham* vol. IV, p. 172-173. Disponível em: <http://commons.wikimedia.org/wiki/File%3APanopticon.jpg>.

Figura 7. Jürgen Habermas. Foto de: Wolfram Huke. Disponível em: <http://commons.wikimedia.org/wiki/File%3AJuergenHabermas_retouched.jpg>.

Figura 8. As Duas Alemanhas. Arte: *Folha Online*. Disponível em: <http://www1.folha.uol.com.br/mundo/2009/11/648425-alemanha-passou-mais-de--quatro-decadas-dividida-veja-mapa.shtml>.

Figura 9. Pôster do filme *O grupo Baader-Meinhof*. Disponível em: <http://www.imdb.com/media/rm1607174400/tt0765432?ref_=tt_ov_i>.

Figura 10. *Leitura da tragédia "O órfão da China" no salão de madame Geoffrin*. Pintura de Anicet-Charles-Gabriel Lemonnier. Disponível em: <http://commons.wikimedia.org/wiki/File%3ASalon_de_Madame_Geoffrin.jpg>.

Figura 11. Câmara de Gás de Majdanek, Polônia. Foto de Roland Geider (Ogre). Domínio Público. Disponível em: <http://commons.wikimedia.org/wiki/File%3ALublin_-_Majdanek_-_023_-_Gas_chamber.jpg>.

Figura 12. Jean-François Lyotard. Foto de Bracha L. Ettinger. Disponível em: <http://commons.wikimedia.org/wiki/File%3AJean-Francois_Lyotard_cropped.jpg>.

Figura 13. Capa do disco do *The Velvet Underground and Nico*. Disponível em: <http://en.wikipedia.org/wiki/File:Velvet_Underground_and_Nico.jpg>.

Figura 14. *Discurso fúnebre de Péricles*. Pintura de Philipp von Foltz. Disponível em: <http://en.wikipedia.org/wiki/File:Discurso_funebre_pericles.PNG>.

Este livro foi composto com tipografia Minion e impresso
em papel Offset 90 g/m² na Gráfica Paulinelli.